Maulbeerbaum. Ein Masurenkrimi.

Deutsche Erstausgabe

www.schruf-stipetic.de

Titel der Originalausgabe: *Drzewo morwowe*

Covergestaltung: Kathrin Mock

ISBN: 978-3-944359-37-3

Für die deutsche Ausgabe wurde die Originalausgabe bearbeitet.

Tomasz Bialkowski

Maulbeerbaum

Ein Masurenkrimi

Übersetzt von Ewa Krauss

schruf & stipetic

26. Januar 2004, Montag

Um einen rechteckigen Holztisch standen sechs Stühle. Auf einem davon saß gebückt ein grauhaariger Mann. Er strich sich mit den Händen über die mageren, nahezu knochigen Oberschenkel, dann griff er ungelenk an seine Knöchel. Langsam streckte er die steifen Glieder und richtete sich wieder auf. Mit feuchten Augen starrte er stumpf auf ein graues Blatt Papier, das vor ihm lag. Er ließ den Zeigefinger darauf kreisen und trommelte mit dem Daumen. Schließlich zerknüllte er das Blatt Papier mit der rechten Hand und warf es auf den verschlissenen Teppich. Schwerfällig erhob er sich und stakste auf seinen schmerzenden, dürren Beinen in den Flur. Mit sichtlicher Mühe schob er die Füße in schwarze Lederschuhe und nahm einen braunen Wollmantel vom Kleiderhaken. Auf den Kopf setzte er sich eine Nerzfellmütze. Er schaltete das Licht aus.

Vor der Wohnungstür blieb Raimund Gesler stehen. Seine Hand umklammerte den Türgriff, als ob er sich darauf stützte. Dann machte er das Licht wieder an und ging zurück in die Wohnung. Sein Blick wanderte über den gemusterten Teppich. Endlich fand er das zerknüllte Papier. Er hob es auf und ging zum Tisch. Mit der Handkante strich er das Papier glatt und kramte ein Feuerzeug aus der Hosentasche. Eine Flamme loderte auf. Im nächsten Moment legte er den brennenden Brief in einen Aschenbecher. Er zog den beißenden Rauch tief in die Lunge und verfolgte aufmerksam, wie das Blatt verbrannte. Als es sich in eine zarte Aschehaut verwandelt hatte, spuckte Gesler in das schwere, gläserne Gefäß. Langsam und bedächtig zerrieb er die Asche zwischen seinen knochigen Fingern, bis diese ganz grau waren.

Der alte Mann drehte sich um und schlurfte in seinen abgetragenen Schuhen zu einem alten Radioapparat aus der Vorkriegszeit.

Es war ein Telefunken-Gerät, Modell Fenomen Mb 713, hervorragend erhalten. Gesler hatte aber nicht vor, Musik zu hören. Mit schmutzigen Händen griff er ans blank polierte Gehäuse und drehte das Gerät um 180 Grad. Dann löste er die provisorisch befestigte Rückwand und holte einen in Stoff eingewickelten Gegenstand heraus. Er schlug das Tuch auf und wog die von Schmieröl glänzende Pistole in seiner Hand. Nachdem er sie mit dem Stofflappen abgerieben hatte, ließ er sie geschickt in die Innentasche seines Mantels gleiten.

Diesmal vergaß er, das Licht auszumachen. Die Wohnungstür aber schloss er sorgfältig hinter sich ab. Er verließ das Treppenhaus des Mietshauses in der Grunwaldzka-Straße 11. In unmittelbarer Nachbarschaft befand sich die kleine Turnhalle des Sportklubs *Budowlani*, wo die Ringer trainierten. Ein schwacher Lichtschein fiel aus den Fenstern auf die Straße. In Geslers Kindheit hatte dort eine Synagoge gestanden. Genau in dieser Straße hatte man 1941 alle Juden der Stadt und der Umgebung in einem Altenheim zusammengetrieben und dann an einen unbekannten Ort gebracht. Und jetzt war er an der Reihe. Ohne jeden Zweifel.

Plötzlich fühlte er eine unangenehme Kälte. Er rückte die Pelzmütze zurecht, schlug den Mantelkragen hoch und sah auf die Armbanduhr. Obwohl es erst drei Uhr nachmittags war, lag die Straße im Dunkeln. Schmutzige Schneehaufen türmten sich auf den Grünflächen und am Rand der Bürgersteige und ließen nur eine schmale Gasse frei, durch die sich die Menschen langsam und vorsichtig bewegten, um nicht auszurutschen. Gesler ging zum Taxistand an der Jana-Brücke. Unterwegs kam er an dem großen bröckelnden Obelisken vorbei, an dem eine Messingtafel angebracht war: »Am 3. Februar 1807 hielt sich Napoleon hier mit der Absicht auf, der russischen Armee eine Schlacht zu liefern.« Normalerweise musste er immer schmunzeln, wenn er diese alberne Inschrift las. Napoleon *hielt sich mit der Absicht auf*! Und das war Grund genug für eine Gedenktafel? Was für ein stumpfsinniges Volk! Hatten sie das Dezemberdekret schon vergessen? Lumpenpack! Woher kam diese unerwiderte Liebe zum Tyrannen?

Heute war ihm aber nicht zum Lachen zumute. Am Zebrastreifen blieb er stehen, obwohl er die Straße bequem noch vor dem herankommenden weißen Opel hätte überqueren können. Gesler hatte es nicht eilig. Er ging über die Brücke und schaute auf den Fluss hinunter. Trotz des heftigen Frosts war die Lyna noch eisfrei. In jungen Jahren hatte er hier häufig gepaddelt. Es war sein einziges Hobby gewesen. Im Kajak musste man an nichts anderes denken. In diesen paar Stunden auf dem Fluss war die Welt rein und voll intensiver Düfte. Beim Paddeln hatte er nicht über seine tagtägliche Arbeit nachdenken müssen. Jetzt aber war die Lyna wild und düster. So wie er selbst.

Am Taxistand stieg er in einen dunkelblauen Mercedes mit einem dicken Mittfünfziger am Steuer. Gesler wies ihn an, in die Parkowa-Straße am Rand des Stadtwalds zu fahren. Der Taxifahrer gehörte zu denen, die mit ihren Fahrgästen immer sofort eine Unterhaltung anfingen. Er kommentierte das Chaos auf den Straßen, die glatte Fahrbahn, die miese Beleuchtung. An der Sybirakow-Allee schwelgte er in Erinnerungen an das Waldstadion. Ausgerechnet. Bestimmt war der Mann früher selbst Sportler gewesen, wahrscheinlich Kugelstoßer. Das würde seinen korpulenten Körperbau erklären. Schweigend hörte Gesler sich die Geschichte eines gewissen Szmidt an, eines zweifachen Olympiasiegers, der in diesem Stadion sämtliche Rekorde gebrochen und – so wie der Fahrer selbst – eine Knieverletzung davongetragen hatte. Dann die Erzählung über den großen Leichtathletik-Wettkampf der Polen gegen die Schweizer. Der Fahrer zählte in einem Redeschwall Athleten aus der Zeit vor dem Zweiten Weltkrieg auf: Hirschfeld, Stock, Rosenthal. Auch beim Kassieren schwatzte er weiter über das Stadion, das die Kommunisten ruiniert hätten. Er wünschte sie zum Teufel.

Neugierig blickte der Taxifahrer seinem Fahrgast nach, den er dem Aussehen nach für einen pensionierten Lehrer hielt. Als der Alte an dem ehemaligen Kulturzentrum vorbei auf die alte Villa zuging, deren Blechdach im Mondlicht schimmerte, meldete sich der Taxifahrer bei der Zentrale und gab seinen Standort durch.

Gesler betrat einen Weg aus Betonplatten, auf dem verharschter Schnee lag. Den Zaun, hinter dem das schmucke Gebäude stand, ließ er links liegen. Dann verschwand er zwischen den Bäumen in der Dunkelheit. Er folgte einem schmalen Pfad, der nur an den Vertiefungen in der Schneedecke zu erkennen war. Aus der Tasche holte er eine kleine Lampe, um den Weg zu beleuchten. Mit der freien Hand schob er dick verschneite Zweige beiseite. Der Schnee fiel auf sein Gesicht und seine Schulter. Es war noch kälter geworden. Gesler spürte seine Hände nicht mehr und sein Gesicht war eiskalt. Nach einer Viertelstunde erreichte er endlich eine Lichtung und konnte wieder aufrecht gehen. Er war an dem Ort angelangt, von dem der Taxifahrer gesprochen hatte. Vom früheren Stadion war nur eine schneebedeckte schilfüberwucherte Wiese übrig, die sich im Frühjahr in einen Sumpf verwandeln würde.

Der Alte sah sich aufmerksam um. Seine Augen waren immer noch gut. Mitten auf der Lichtung glaubte er einen gebückten Körper zu erkennen, weitere Gestalten kauerten im Gebüsch am nahe gelegenen Hang. Instinktiv griff er nach der Pistole in seiner Tasche. Er schluckte und rief mit möglichst fester Stimme:

»Was willst du, Montalto? Wozu der Brief?«

Er bekam keine Antwort. In der Ferne krächzte ein Vogel.

»Ein seltsamer Ort für ein Treffen«, fuhr er fort. »Nach so vielen Jahren ... ein Vierteljahrhundert.«

In das Krächzen des Vogels mischte sich Hundegebell. Gesler schaltete die Taschenlampe aus und ließ sie in den Schnee fallen, holte die Pistole aus dem Mantel und entsicherte sie. Am Rand der Lichtung tauchten immer mehr Gestalten auf. Geslers Hand zitterte. Er hatte nur sechs Patronen, nicht genug für alle. Vor ihm lagen die letzten Minuten seines Lebens. Sechs Mal feuerte er aus der Makarov auf die dunklen Schatten. Das Dröhnen der Schüsse verfing sich in den schneebedeckten Zweigen und den Tribünen dieses gespenstischen Stadions.

Gesler lag zusammengekrümmt im Schnee. Irgendwo hinter ihm flog ein Vogelschwarm auf und kreiste flatternd über der Lichtung. Er hörte, wie schwere Schritte die Schneedecke durchbrachen und jemand keuchend vor ihm stehenblieb. Gesler bedeckte den Kopf mit den Händen. Sie waren auf einmal heiß. Dann spürte er einen bohrenden Schmerz im Rücken und im Nacken. Im letzten Moment kam ihm ein merkwürdiger Gedanke: Was, wenn er nicht gekommen wäre? Dann hätte Montalto ihn am Tisch in seiner Wohnung erledigt. Er verlor das Bewusstsein.

Als er wieder zu sich kam, lag er auf dem Rücken. Trotz der eisigen Temperaturen war ihm heiß. Vor allem an den Fußsohlen. Er lag mit den Füßen an einem großen lodernden Feuer, das laut knisterte und Funken versprühte. Seine Füße waren nackt. Die Hose fühlte sich nass an, vielleicht aufgrund des Temperaturunterschieds oder aber er hatte in die Hose gemacht. So etwas hatte er schon oft erlebt. Dann ging ihm ein weiterer irrationaler Gedanke durch den Kopf: Warum hatte er sich nicht die Hände nicht gewaschen, bevor er aus dem Haus gegangen war? Und wohin waren die Vögel auf einmal verschwunden? Stattdessen erkannte er nun die Gestalt eines Mannes, der sich bedrohlich über ihn beugte. Er stieß flehentlich hervor:

»Montalto. Warum?«

Aber die Stimme, die ihm antwortete, war die eines anderen. Sie kam Gesler bekannt vor, doch er konnte sich nicht erinnern, wem sie gehörte.

»Am 26. Januar, in Smyrna, zur Zeit der Herrschaft von Marcus Antonius und Lucius Aurelius Commodus, wurde Er auf Befehl des Prokonsuls ins Feuer geworfen.«

Der Mann packte Gesler an den Füßen und zog ihn noch näher zum Feuer. Die Flammen leckten gierig an seinen Füßen und griffen auf die Hosenbeine über. Der Schmerz wurde von Minute zu Minute größer und Gesler verlor erneut das Bewusstsein. Der andere rieb ihm Schnee ins Gesicht und zog ihn wieder weg vom Feuer. Gesler wusste, dass es noch nicht zu Ende war. Er kannte sich mit dem Folterhandwerk aus. Sein Henker zog ein langes Messer aus einer ledernen Umhängetasche und sagte:

»Das ganze Volk im Amphitheater verlangte Seinen Tod. Weil die Flammen Ihm nichts anhaben konnten, wurde Er mit dem Schwert enthauptet.«

Mit letzter Kraft hob Gesler den Kopf und sah, dass die Angreifer, auf die er seine Schüsse abgefeuert hatte, nur Schießscheiben mit menschlichen Umrissen gewesen waren. Er erkannte auch seinen Henker, schaffte es aber nicht, ihn beim Namen zu nennen, bevor das Messer seine Brust durchbohrte. Er starb langsam, während der andere die Pappfiguren ins Feuer warf und ihnen beim Verbrennen zusah. Er sprach:

»Und mit Ihm zusammen gingen zwölf Einwohner von Philadelphia in den Tod.«

Als der Mörder alle Attrappen verbrannt hatte, kehrte er zu dem Sterbenden zurück. Er drehte ihn um, sodass Gesler mit dem Gesicht im Schnee lag. Der Henker kniete sich auf den Rücken des Alten und zog dessen Kopf mit einem kräftigen Ruck zu sich. Das

Genick brach mit einem knackenden Geräusch. Dann trennte der Mörder mit dem Messer den Kopf vom Körper. Er griff nach den Beinen seines Opfers und zog mit dem leblosen Körper einen blutigen Kreis in den Schnee. Die Leiche legte er in der Mitte des Kreises ab, breitete ihre Arme aus und schob die Beine zusammen, all dies mit präzisen und bedächtigen Bewegungen. Zum Schluss holte er aus seiner Ledertasche einen kleinen Plastikbeutel, aus dem er einen großen, behaarten Schmetterling herauszog. Das Insekt war weiß mit von feinen Äderchen durchzogenen Flügeln. Der Mörder hob Geslers Kopf auf Augenhöhe, drückte ihm mit der Messerspitze den Mund auf und legte den Schmetterling hinein. Er trug den Kopf in den Kreis und legte ihn dort ab, wo er ihn abgeschnitten hatte. Die Vögel, die in diesem Moment lärmend über die Lichtung flogen, sahen nun eine Gestalt, die wie ein Kreuz auf dem Boden lag. Der Mörder wischte sich die Hände im Schnee ab, steckte das Messer zurück in die Tasche und verschwand zwischen den Bäumen.

26. März 2004, Freitag

Staatsanwalt Stefan Markowski fuhr mit seinem schwarzen BMW 745i vor der alten, denkmalgeschützten Getreidemühle vor. Sie beherbergte das vornehme Hotel *Mlyn*, das wegen seiner Lage inmitten von grünen Wäldern ein beliebtes Ausflugsziel war. Der Staatsanwalt stieg aus seinem luxuriös ausgestatteten Jahreswagen, eilte durch das Foyer direkt zur Rezeption, wo er einen Personalausweis zeigte und sagte, er habe ein Doppelzimmer auf den Namen Kowalski gebucht. Das war merkwürdig, denn Markowski alias Kowalski wohnte nur einige Straßenzüge weiter in einem pompösen Haus am Ostrand von Elblag. Er erhielt den Schlüssel und ging auf sein Zimmer, duschte und zog den Hotelbademantel an. Dann öffnete er die mitgebrachte Kognakflasche. Eine Viertelstunde später klopfte es. Mit lüsternem Lächeln zog er die Tür weit auf, doch beim Anblick der Gestalt im Flur wich er zurück. Innerhalb einer Sekunde verzerrte sich sein Lächeln zu einer scheußlichen Grimasse. Der Mann an der Tür packte den Staatsanwalt mit seiner Rechten am Hals und schlug ihm die linke Faust in den Magen. Dann schob er ihn ins Zimmer und schloss die Tür hinter sich zu. Der perplexe Markowski alias Kowalski stürzte und riss dabei den Tisch um. Die Flasche fiel ebenfalls zu Boden. Instinktiv versuchte er nach ihr zu greifen, um sie als Waffe zu benutzen. Doch der Angreifer trat sie ihm aus der Hand und traktierte den am Boden liegenden Mann mit heftigen Fußtritten. Der Staatsanwalt hob die Hände schützend vor den Kopf und rollte sich wie ein Embryo zusammen. Er vermied es, dem Angreifer ins Gesicht sehen, aber er kannte den Buckligen mit dem verbrannten Gesicht und den grausamen Augen nur zu gut.

»Was willst du?«, stöhnte er.

Er erhielt keine Antwort. Stattdessen warf ihm der Bucklige ein Knäuel aus Sakko, Hose und Seidenhemd zu. Mit zitternden Händen streifte Markowski den Bademantel ab und zog, immer noch auf dem Boden liegend, die Kleidungsstücke an. Als er fertig war, kroch er auf allen Vieren zu seinen Schuhen. Auf Befehl des Buckligen wusch er sich das Gesicht, zog seinen Kaschmirmantel, ein Weihnachtsgeschenk seiner Frau, an und streifte die Lederhandschuhe über seine verletzten Finger. Sie verließen das Zimmer und durchquerten einige Räume, ohne eine Menschenseele zu treffen. Über die Treppe gelangten sie zur Rezeption und gingen am Empfangschef vorbei, der ihnen höflich zunickte. Er schien überrascht, dass der Gast so plötzlich in Begleitung eines *unansehnlichen Zwergs* – so beschrieb er später Kowalskis Begleiter – das Hotel verließ. Durch die Glasscheibe zwischen Rezeption und Foyer versuchte er einen Blick ins Gesicht des Staatsanwalts zu erhaschen, doch der Gast trug einen Hut und den Rest des Gesichts verbarg ein Schal. Selbst wenn der Empfangschef es gewagt hätte, den Stammgast nach dem Grund für den plötzlichen Aufbruch zu fragen, hätte er keine Antwort erhalten. Denn der Staatsanwalt gehorchte dem Druck einer stahlharten Militärmesserspitze in seiner Lebergegend.

Sie traten vor das Hotel und gingen zum Wagen des Staatsanwalts. Markowski setzte sich ans Steuer und der Bucklige machte es sich hinter ihm bequem. Als sie losfuhren, sah Markowski, wie eine langbeinige Blondine das Hotel betrat. Für heute konnte er seine Spielchen mit dieser hübschen verruchten jungen Dame vergessen. Und die morgen beginnenden Osterfeiertage würde er sicherlich auch nicht zu Hause verbringen. Der Bucklige befahl ihm, nach Osten zu fahren. Schweigend glitten sie an schneebedeckten Äckern, Wäldern und kleinen Siedlungen vorbei. Nach etwa fünfundzwanzig Kilometern fuhren sie durch das Dorf Slobity. Kurz darauf erreichten sie eine große Schlossruine, an deren Südseite ein vernachlässigter Garten lag.

Der Wagen hielt im Innenhof der alten Residenz, die aus der Vogelperspektive wie ein gestauchtes »H« aussah. Markowski kannte diesen Ort gut. Es waren die Überreste einer gewaltigen Park- und Schlossanlage, der größten in diesem Teil des ehemaligen Preußens. Früher hatte sie dem berühmten Adelsgeschlecht von Dohna gehört. Hier hatten Könige gewohnt. Das Schloss war berühmt gewesen für seine prachtvollen Sammlungen Meißner, Berliner und chinesischen Porzellans, holländischer Porträtmalerei, für seine Bibliothek mit fünfzigtausend Bänden, das Tafelgold und -silber sowie die Delfter Fayencen. All dies war in den letzten

Kriegstagen Plünderungen oder Bränden zum Opfer gefallen. Markowski hatte diesen Ort unter Umständen kennengelernt, über die er lieber schwieg. Früher hatte er häufig in der Schlossruine verkehrt.

Der Bucklige befahl ihm, das Auto zu verlassen und stieg ebenfalls aus. Er stieß den Staatsanwalt durch knöcheltiefen Schnee in Richtung Schlosseingang. Auch im Innern der Ruine lag Schnee. Das Gebäude hatte kein Dach mehr. Die Fensterlöcher, durch die die letzten Strahlen der schnell sinkenden Sonne in den Hof fielen, ließen den Ort noch düsterer erscheinen. Der Bucklige lief auf und ab, als ob er nach etwas suchte. Immer wieder stampfte er mit den Militärstiefeln auf den Boden, bis unter seinen Füßen ein dumpfes Geräusch ertönte. Er bückte sich, wischte mit einem Handschuh den mit Ziegelscherben vermischten Schnee zur Seite und legte eine Bodenplatte aus Metall frei. Mit großer Mühe hob er die Klappe ein Stück weit an, legte sie auf seinem Knie ab, holte tief Luft und wuchtete sie dann mit einem Ruck ganz auf. Vor ihnen klaffte jetzt ein schwarzes Loch. Der Bucklige deutete nach unten und Markowski trat wortlos an den Rand. Als sich seine Augen an die Dunkelheit gewöhnt hatten, sah er eine Metallleiter, die nach unten führte. Ungelenk begann er hinabzusteigen, dabei blieb er mit dem Mantel hängen und riss ihn an der Tasche ein. Kaum war sein Kopf unter der Erdoberfläche verschwunden, ließ der Bucklige die schwere Klappe zufallen.

Markowski stand in absoluter Dunkelheit. Er tastete seine Umgebung ab und bewegte sich Schritt um Schritt vorwärts. Endlich stieß er an eine Wand. Knapp über dem Boden ertastete er eine Holzkiste. Er setzte sich darauf und begann, in seinen Taschen nach einem Feuerzeug zu kramen. Unglücklicherweise hatte er vor Kurzem den Bitten seiner Geliebten nachgegeben und aufgehört zu rauchen. Im Geiste verfluchte er diese Entscheidung.

Die Kälte kroch langsam in seine Hände und Füße. Markowski stand auf und ging mit ausgestreckten Armen weiter, bis er erneut gegen eine Wand stieß. Er stolperte, fluchte, richtete sich ungelenk wieder auf und marschierte in die entgegengesetzte Richtung, bis er wieder an der Metallleiter ankam. Ängstlich stieg er nach oben. Als er kurz innehielt, hörte er das Geräusch eines anspringenden Motors. Der Bucklige fuhr weg. Markowski fluchte laut und stieg weiter die Sprossen hinauf. Als er die Metallklappe erreichte, drückte er mit Kopf und Schultern dagegen. Die schwere Platte bewegte sich keinen Millimeter. Markowski gab nicht auf und versuchte es erneut. Dabei rutschte sein rechter Fuß ab, er verlor das Gleichgewicht und fiel mit dem Rücken auf den Betonboden. Seine Beine waren unnatürlich verdreht und ein rasender Schmerz ließ ihn das Gesicht verzerren. Mit der Hand ertastete er einen Knochen, der aus seiner zerrissenen Hose hervorstach. An den Fingern spürte er klebriges heißes Blut. Er versuchte aufzustehen, konnte aber seine Beine nicht bewegen und verlor das Bewusstsein.

Als er wieder zu sich kam, war es sechzehn Uhr. Doch das konnte er nicht wissen, denn seine schöne *Atlantica*-Uhr mit den phosphoreszierenden Zeigern war beim Sturz von der Leiter zerbrochen. Die Beine konnte er noch immer nicht bewegen. Seine Finger und die Nase waren taub. Allmählich verdrängte die Kälte den Schmerz und er wurde apathisch. Von Stunde zu Stunde sank seine Körpertemperatur. Bei siebenundzwanzig Grad wäre er tot. Und er behielt Recht.

Nach drei Tagen tauchte der Bucklige wieder auf. Er öffnete die Bodenklappe, leuchtete mit der Taschenlampe ins Loch und stieg hinunter. Markowskis Leiche lag unnatürlich verdreht auf der Seite. Der Bucklige zog den steifen Körper zur Leiter. Er band ihm ein Seil um die Brust und stieg wieder nach oben. Dann hievte er die Leiche keuchend Meter für Meter aus dem Keller und schleifte sie zum Auto. Er verstaute sie im Kofferraum und fuhr auf der schneebedeckten Straße einige Kilometer nach Osten, bis er an einen kleinen Fluss kam. Im Wasser trieben Eisreste. Der Bucklige zerrte die Leiche aus dem Kofferraum und schleifte sie mit großer Mühe ins Schilf. Dann blitzte in seiner Hand ein Militärmesser auf. Als er damit zum ersten Mal in Markowskis Rücken stach, sprach er:

»Er ist vor Ostern verschwunden. Niemand wusste, was sie mit Ihm gemacht hatten. Sein Körper wurde im Fluss gefunden. Das war am Ostermontag.«

Eine Viertelstunde lang stach der Bucklige auf den toten Staatsanwalt ein. Das scharfe Metall durchdrang Stoffschichten, die sich mit Haut-, Muskel-, Knochenpartikeln und Blut zu schmierigen Fetzen vermischten. Dann knotete er das Seil auf, das noch immer um die Brust des Toten hing, und band es ihm stattdessen um den Fuß. Das andere Ende schlang er um eine Trauerweide, die direkt am Wasser stand. Zum Schluss holte er einen Plastikbeutel aus seiner Tasche, in dem er einen weißen, behaarten Schmetterling aufbewahrte. Er steckte das Insekt in Markowskis aufgerissenen Mund und schob den Körper ins Wasser. Die Leiche fiel zwischen schmutziggraue Eisschollen, die sie fast verdeckten. Nur ein Bein ragte aus dem Wasser, von dem das Seil zum Baum führte. Erschöpft kehrte der Mörder in den warmen Wagen zurück und fuhr davon.

10. August 2004, Dienstag

Es war schon fast acht, als Tomasz Biernats Handys klingelte. Auf dem Display erschien der Name eines seiner Patienten. Kurz überlegte er, ob er das Handy nicht lieber auf den Tisch zurücklegen sollte, auf dem ein Glas kühles Bier stand, das er beim Fußballgucken trinken wollte. Aber es war zwecklos. Erstens würde es der Anrufer erneut versuchen, zweitens war er einer seiner besten Privatpatienten, die ihm immerhin ein gutes und regelmäßiges Einkommen bescherten, und drittens ging Biernat davon aus, dass das Gespräch bestimmt nur eine simple Beratung und daher schnell erledigt wäre. Und wenn nicht, könnte er kurz die paar Meter zu dem Anrufer rübergehen – sie waren schließlich fast Nachbarn.

Biernat nahm mit einem knappen »ja« ab, das keinen Zweifel daran ließ, dass Anrufe um diese Zeit den Gipfel der Taktlosigkeit darstellten. Als er aber hörte, worum es ging, griff er zu seinem Arztkoffer und verließ in Hausschuhen und im Laufschritt das Haus.

Auf der Straße überlegte er, was ihn wohl erwartete. Am Telefon war die Frau des pervers reichen Immobilienmaklers gewesen, der im Privatleben Alkoholiker war und unter strenger Geheimhaltung einige Entzugsbehandlungen und eine strikte Abstinenzphase in einer Privatklinik absolviert hatte. Biernat versorgte ihn mit Nemexin, einem Mittel gegen Depressionen. Und nun hatte dieser Idiot wohl mittags wieder Schnaps gesoffen, sodass es ihm jetzt sehr schlecht ging. Er musste sich übergeben, hatte Durchfall und zitterte am ganzen Körper. Wenn Biernat Pech hatte, würde er einen seiner besten Privatpatienten verlieren.

Als er die Tür zur Villa des Maklers aufriss ohne anzuklopfen, bot sich ihm folgendes Bild: In der Mitte des überdimensionierten Salons standen die Hauseigentümer an eine Säule gefesselt. Biernat war in eine Falle getappt. Dann bemerkte er die dritte Gestalt im Raum: Ein nicht allzu großer Mann schloss hinter dem überraschten Arzt die Tür. Übergangslos holte er aus und schlug Biernat einen Spazierstock mit Messingknauf vors Schienbein. Der Schmerz zuckte durch die Beine bis in die Hüfte. Biernat fiel auf die blank polierten Fliesen aus spanischem Terrakotta, direkt vor die Füße des Angreifers.

Jetzt konnte er ihn besser sehen. Der Mann hatte einen Buckel und für seine unverhältnismäßig langen Beine einen kurzen Oberkörper, aus dem halslos ein Riesenkopf hervorwucherte – oder vielmehr etwas, das früher ein Kopf gewesen war. Denn dem Ungeheuer fehlte das rechte Ohr, und über die gesamte rechte Gesichtshälfte zog sich eine braune geleeartige Verkrustung. Offenbar hatte ihn Feuer oder Säure so verunstaltet. Er hatte weder Augenlider noch Wimpern. Die Augen des Mannes waren grau und unruhig. Auf seinem kahlen Schädel glänzten Schweißtropfen. Er erinnerte an eine gigantische Spinne. Biernat bemerkte auch die Hände in den schwarzen Lederhandschuhen, die jetzt ein Messer hielten. Der Angreifer legte ihm die Klinge an die Kehle und befahl ihm, zur Treppe zu kriechen. Der Arzt gehorchte wortlos. Er schob sich an den geknebelten Menschen vorbei, deren Hände mit einer Wäscheleine so aneinandergefesselt waren, dass sie die Säule umfassten und ein zitterndes Ornament formten. Die Schuhe des Hausherrn standen in einer ziemlich großen stinkenden Pfütze.

Biernat kroch ungeschickt die Treppe hoch. Wenn er abrutschte, stach der Peiniger ihm mit der Messerspitze in den Hintern und trieb ihn mit Fußtritten weiter. Mit großer Mühe erreichte der Arzt schließlich das Obergeschoss. Er kannte das Haus, hatte den zitternden alten Trinker hier oft besucht. Jetzt zitterte er selbst, in Panik. Sie erreichten das Schlafzimmer. Der Bucklige stieg über den Rücken des Arztes hinweg und riss die Bettwäsche vom Ehebett. Mit dem Messer schlitzte er die dicke Matratze auf. Stück für Stück trennte er Stoffschichten heraus, bis er zu den Stahlfedern gelangte. Er säuberte sie von Schaumstoffresten und Rosshaar. Mit schriller Stimme befahl er Biernat, Hose und Hemd auszuziehen. Der entsetzte Arzt gehorchte ohne Widerrede. Er kannte seinen Peiniger. Er wusste auch, dass die letzte Stunde seines Lebens vor ihm lag. Kurz überlegte er, welche Tortur ihm zuteil werden würde, und der

Gedanke an Flucht durchzuckte ihn. Kaum merklich drehte er sich zum Fenster. In diesem Moment zog ihm der andere die Messerklinge über den Rücken. Mit einem lauten Schrei stürzte der Arzt auf den dicken Teppich.

Der Bucklige schob ihm ein Stück Schaumstoff in den Mund und befestigte es mit einem Leinenstreifen. Dann befahl er seinem Opfer, sich auf das nackte Metallgerüst zu legen. Biernat gehorchte. Die Sprungfedern zerstachen ihm Rücken, Hintern, Oberschenkel und Schultern. Ihre Spitzen bohrten sich in die Haut und rissen sie auf. Blut tropfte auf den Teppich. Dann packte der Bucklige die Arme seines Opfers, breitete sie aus und fesselte sie mit einer Schnur ans Bettgestell. Genauso verfuhr er mit den Beinen. Der Schmerz wurde so unerträglich, dass der Arzt das Bewusstsein verlor.

Als er wieder zu sich kam, bemerkte er ein dickes schwarzes Stromkabel, das mit dem metallenen Bettgestell verbunden war. Er hörte die Worte, die der Bucklige über seinem Kopf deklamierte: »Am 10. August wurde Er in der Via Tiburtina auf ein glühendes Gitter gelegt. Darauf wurde Er zu Tode gequält.«

Der Henker hob den Stecker des schwarzen Kabels. Langsam, wie in Zeitlupe, näherte sich seine Hand der Wand. Mit den Worten: »Ich sende diesen Häretiker zu Dir, o Gott! Fälle ein gerechtes Urteil über ihn!«, schob der Bucklige den Stecker in die Steckdose. Ein Stromstoß ging durch die Sprungfedern des Bettes. Das Gewebe des Mannes fing an zu schmoren, seine Muskeln krampften und sein Herzschlag setzte aus. Das Zimmer füllte sich mit dem Gestank verkohlter Haut. Der Körper zuckte und dann lag er still.

Der Mörder zog das Kabel aus der Steckdose und holte einen Plastikbeutel aus der Tasche. Vorsichtig entnahm er ihm einen behaarten Schmetterling und versuchte, ihn zwischen die toten Lippen des Arztes zu schieben. Doch der Mund war starr und verkrampft. Der Bucklige schlug ihm mit dem Messerknauf die Vorderzähne aus und legte dann das Insekt in die blut- und schaumgefüllte Mundhöhle. Dann wischte er seine Handschuhe an einem Stück Leinen ab und steckte das Messer wieder in die Tasche. Langsam stieg er in den pompösen Salon hinunter. Als er an der Säule vorbeiging, bemerkte er, wie die Frau mit letzter Kraft versuchte, den Körper ihres Mannes zu stützen, dessen Herz versagt hatte. Irgendwie war es ihr gelungen, den Klebestreifen von ihrem Mund abzureißen. Als sie den Mörder sah, begann sie zu schreien und um Erbarmen zu flehen. Er gab ihrem flehentlichen Bitten nach und verließ schweigend das Haus.

13. August 2004, Freitag

Seit zwei Stunden rollte Pawel Werens mit seinem neuen roten Golf GTI auf der Fernstraße 7 Richtung Norden. Er lehnte sich in dem karierten Sitz zurück und spürte das Leder des schwarzen Lenkrads in seiner rechten Hand. Dank der sportlichen Ausstattung glitt das Auto ruhig über den Asphalt. Beim Gedanken an die viertausend Zloty, die ihn die technischen Extras gekostet hatten, verzog Werens das Gesicht. Im Grunde genommen bereute er die Ausgaben aber nicht. Er hatte schon immer so ein Auto haben wollen. Kurz vor Olsztynek schloss er das Schiebedach. Das Wetter ließ heute zu wünschen übrig – der Himmel zog sich zu und es fing an zu nieseln. Eine Wetterkapriole, nicht mehr. Seit zwei Wochen war es sehr heiß. Über der staubigen Straße bildete sich ein Dunstschleier.

Die Hauptstraße bog nach Westen ab, Richtung Gdansk. Werens nahm jedoch eine andere Strecke: er nahm die 51, die bis zur Grenze der russischen Enklave Kaliningrad führte. Ganz so weit wollte der junge Mann aber nicht fahren. Ziel seiner Reise war Olsztyn, jahrhundertelang auch als Allenstein bekannt, die mittelgroße Hauptstadt dieser Region. Mit seinen zweihunderttausend Einwohnern war es nach Kaliningrad der zweitgrößte Ort Ostpreußens und bis zum letzten Krieg Garnisonsstadt. Hier öffnete sich das Tor zu Masuren – touristische Region mit Hunderten von Seen und weiten, noch unberührten Wäldern.

Werens hatte einen Nachrichtensender eingestellt, in dem jeden Morgen das aktuelle Zeitgeschehen aus Politik und Gesellschaft kommentiert wurde. Heute ging es um Geheimdienste und um das Ausmaß der Missstände in ihren Reihen. Ein Oberst im Ruhestand, dessen Namen Werens nicht verstanden hatte, sagte gerade mit sonorer Stimme:

»Nach der Wende wurden in Polen über siebzig Prozent der Beamten des Staatsapparats entlassen und durch neue ersetzt. Und es gibt weiterhin Entlassungen und Neueinstellungen. Die Reihen werden immer weiter gesäubert.«

»Ist das ein gutes Zeichen?«, fragte der Journalist.

»Selbstverständlich!«

»Wo liegt dann das Problem?«

»Aus dem militärischen Nachrichtendienst WSI wurde kaum einer entlassen. Ein paar läppische Prozent! Sind Sie sich der Dimension dieser schizophrenen Situation bewusst? Verstehen Sie das Ausmaß? Das sind Leute, die Waffenverkäufe an die russische Mafia zu verantworten haben! Die umgehen das von der UNO verhängte Waffenembargo! Alle Spione, die in den letzten Jahren in unserem Land gefasst wurden, standen auf der Gehaltsliste unserer Nachrichtendienste, arbeiteten aber für beide Seiten.«

»Kurz gesagt: Verräter.«

»Als was soll man sie sonst bezeichnen? Diese Menschen verfügen über ungeheure Macht. Sie arbeiten mit Methoden wie Erpressung oder Einschüchterung. Seit Jahren belasten sie unser Land. Sie zersetzen es von innen.«

»Was sollte man denn Ihrer Meinung nach tun?«

»Alle entlassen. Und zwar sofort! An ihre Stelle sollten andere treten, die nicht in die alten Seilschaften verstrickt sind. Die den Staat schützen, statt ihm zu schaden.«

»Warum wird das nicht getan?«

»Weil diejenigen, die solche Veränderungen einleiten könnten, ihnen verpflichtet sind. Sie haben Angst. Sie werden alles tun, um den gegenwärtigen Zustand beizubehalten.«

»Sie sind also der Meinung, dass alle hohen Staatsbeamten unter Druck stehen?«

»Jeder von uns hütet ein Geheimnis oder hat etwas zu verbergen.«

Werens wiederholte lautlos: »Jeder von uns hütet ein Geheimnis oder hat etwas zu verbergen.« Dann wechselte er den Sender. Aus den Lautsprechern dröhnte rhythmische Musik. Er beschloss, sich hinter dieses Thema zu klemmen, sobald er wieder in Warschau war. Als aufgehender Stern am Journalistenhimmel musste er sich mit brandaktuellen News befassen. Dazu gehörte zweifelsohne die Reform der Nachrichtendienste. Dazu gehörte leider auch eine Mordserie, die die Öffentlichkeit in letzter Zeit in Aufregung versetzte.

Vor einigen Tagen hatte sich im Land die Nachricht vom dritten Opfer des *Schmetterlings* verbreitet. So nannte man den Verbrecher, der es auf ältere Männer abgesehen hatte. Werens hatte sich mit Händen und Füßen dagegen gewehrt, dieses Thema zu übernehmen. Ihm war auch egal, dass die Geschichte Geld und Ruhm versprach. Er hatte diese Reise nach Norden um jeden Preis vermeiden wollen, hatte andere Arbeit vorgeschützt, aber es nützte nichts. Man ließ ihm keine Wahl. Die Redaktion hielt ihn für den besten Mann für diesen Einsatz. Unbedacht hatte Werens seine Herkunft erwähnt. Er hatte seine Kindheit und Schuljahre in Olsztyn verbracht, dort Abitur gemacht. Dann war er nach Warschau gegangen, um Journalistik zu studieren. Den Grund, warum er nicht in diese Stadt zurückkehren wollte, verbarg er allerdings in der dunkelsten Ecke seiner Seele.

Allmählich näherte er sich den Vororten und erkannte einiges wieder. Rechts lag Brzeziny – eine Siedlung mit Einfamilienhäusern für Wohlhabende. Links sah er den Campus der Universität. Er fuhr langsamer, um sich die neuen Bauten genauer anzusehen. Plötzlich ging ein Ruck durchs Auto. Etwas musste ihm unter die Räder geraten sein. Im Rückspiegel sah er einen braunen Hund, der die Hinterläufe nachzog. Mit großer Mühe und herzzerreißendem Jaulen versuchte er, sich von der Fahrbahn zu schleppen. Werens wurde blass, hielt an und schaltete das Radio aus. Er sprang aus dem Auto und lief zu dem verletzten Tier mitten auf der Fahrbahn, was einen Rückstau verursachte, der von Minute zu Minute wuchs. Die Fahrer hupten oder drohten mit geballter Faust. Niemand zeigte Verständnis oder streckte seinen Kopf in den Regen, um Hilfe anzubieten oder Mitleid mit dem verwundeten Tier zu bekunden.

Werens hob den Hund vorsichtig auf und trug ihn langsam zu seinem Wagen. Ohne sich um das Blut auf der Straße und auf seiner Hose zu kümmern, legte er das Tier auf die edlen Lederpolster in seinem Wagen. Dann wendete er und fuhr zur Tierklinik in der Obitza-Straße, zu der sie mal einen Schulausflug gemacht hatten. Das musste in der elften Klasse gewesen sein. Es war kein schlechtes Gymnasium gewesen, mit tollen Lehrern. Aber dann fiel ihm das Absurde der Situation auf. Während in seinem Auto ein verletzter Hund jaulte, dachte er gerührt an Zeiten zurück, die er eigentlich um jeden Preis vergessen wollte.

Mit quietschenden Reifen hielt Werens vor dem Eingang der Tierklinik. Er nahm das benommene Tier auf den Arm und eilte mit ihm ins Gebäude. An der Anmeldung wurde er sofort in ein

Behandlungszimmer geschickt. Die junge, hübsche Tierärztin stellte keine Fragen. Im Zimmer saßen außer ihr noch zwei junge Menschen, wahrscheinlich Studenten im Praktikum. Werens ging hinaus, während der Hund eine Spritze gegen die Schmerzen bekam. Er lief nervös um sein Auto, schließlich stieg er ein und zündete sich eine Zigarette an. Verdammt. Er wusste, warum er nicht hierherkommen wollte. Hier passierte ihm nie etwas Gutes. Und jetzt noch dieser verfluchte Köter. Es war seine Schuld. Er hatte nicht aufgepasst. Diese gottverdammte Stadt hatte ihn abgelenkt. Zum Teufel mit ihr!

Er hielt es im Auto nicht mehr aus, zog ein letztes Mal an der Zigarette und stieg wieder aus. Es regnete noch immer und nach ein paar Minuten war er völlig durchnässt. Er kehrte ins Klinikgebäude zurück, setzte sich auf eine Holzbank in der Ecke des Flurs und wartete. Um sich die Zeit zu vertreiben, blätterte er die Tierfutter-Broschüren durch. Menschen mit Tieren kamen und gingen. In der Luft hing der Geruch von Brennspiritus. Davon wurde ihm übel und er hielt sich die Nase zu. Nach einer Stunde kam die hübsche Tierärztin aus dem Behandlungszimmer und Werens sprang auf.

»Fahren Sie immer so?«, fragte sie.

»Nur in dieser Stadt«, erwiderte er und verbarg sein Gesicht in den Händen.

»Schlechte Ausrede. Kennen Sie den Hundebesitzer?«

»Ebenso wenig, wie ich Sie kenne.«

»Ich hoffe, das ist kein Grund, mich auch anzufahren.« Sie verzog missbilligend das Gesicht. Die Situation wurde unangenehm, Werens' Nervosität und Unsicherheit wuchsen. Sollte er vielleicht flüchten? Die Ärztin klopfte ihm auf die Schulter.

»Keine Sorge. Ein offener Bruch der Hinterpfote den wir richten konnten. Der Rest sind Prellungen. Keine inneren Verletzungen. Er bleibt ein paar Tage bei uns.«

»Und dann?«

»Wir geben ihn im Tierheim ab. Es ist ein herrenloser Hund. Das sieht man sofort.«

»Ich verstehe. Was bin ich Ihnen schuldig?« Er sah sie fragend an. Sie sah immer noch verärgert aus.

»Nichts. Es ist ja nicht Ihr Hund.«

»Aber ich habe ihn verletzt. Wie viel?«

»Passen Sie in Zukunft besser auf. Insbesondere in dieser Stadt, die Sie so hassen.«

»Woher wollen Sie das wissen?«

»Das haben Sie doch selbst gesagt.«

»Habe ich das tatsächlich gesagt? Dann muss es wohl stimmen. Auf Wiedersehen.«

Er gab der Frau die Hand und verließ langsam das Gebäude. Den Rest der Strecke zum Hotel legte er im Schneckentempo zurück. Er hatte keine Lust auf weitere Überraschungen. Nur Ruhe und Distanz konnten ihn vor weiteren Problemen in dieser Stadt bewahren.

Im Foyer des Hotels *Kopernik* redete Werens schon seit einer Viertelstunde auf die Empfangsdame ein und wurde immer ungehaltener. Doch die Hotelangestellte schüttelte nur den Kopf und hielt ihm ein künstliches Lächeln entgegen. Er resignierte.

»Wenn es schon einen Fehler mit meiner Reservierung gegeben hat, können Sie mir dann zumindest sagen, wo ich sonst in dieser Stadt ein Zimmer kriege?«

»Nirgendwo, befürchte ich. Die Stadt ist voll. In der Gegend laufen verschiedene Großveranstaltungen. Gleich in der Nähe gibt es ein Volleyballturnier. Unsere Hotelgäste sprechen von nichts anderem. World Cup oder so etwas. In der Stadt gibt es nicht gerade viele Hotels. Gegen Monatsende wird vielleicht ...«

»Monatsende? Soll das ein Witz sein?!«, rief Werens, hob seine Tasche auf und lief zur Tür, ohne sich von der ratlosen Frau zu verabschieden.

»Verdammt nochmal!«, brüllte er und verschreckte eine deutsche Rentner-Reisegruppe, die gerade das Hotelrestaurant ansteuerte. Der rothaarige Reiseleiter blickte dem großen gutaussehenden und modisch gekleideten jungen Mann kopfschüttelnd nach.

Werens war wütend. In der Redaktion hatten sie seine Buchungsdaten durcheinander gebracht. Für nächsten Monat war ein bequemes Einzelzimmer im ersten Stock für ihn reserviert. Für heute aber nicht! Es war Freitagnachmittag, Sommer. Ein Anruf in der Redaktion würde zu nichts führen.

Was sollte er tun? Er stieg wieder in den Wagen und steuerte das Hotel *Warminski* an. Er fuhr am Rathaus vorbei, bog in die Pilsudskiego-Allee ein, ließ links das Gericht und etwas weiter sein ehemaliges Gymnasium liegen. Obwohl so viele Jahre vergangen waren, hatte er immer noch den Stadtplan im Kopf.

Der Mann am Empfang sah ihn komisch an, aber dann beugte er sich über seinen Rechner und bot ihm eine Suite an, aus der gerade ein Schlagersänger ausgecheckt hatte. Werens winkte müde ab und schlug spaßeshalber vor, die Suite mit einem Foto auf der ersten Seite seiner Zeitung zu bezahlen. Oder mit einem Interview.

Was für ein Tag! Normalerweise glaubte er nicht an die Magie von Zahlen und Zeichen, aber nun ließ ihn der Gedanke nicht mehr los, dass er sich nicht ausgerechnet an einem Freitag, dem Dreizehnten, auf diese Geschichte hätte einlassen sollen. Zuerst der Unfall mit dem Hund und jetzt kein Dach über dem Kopf! Werens kehrte zu seinem Auto zurück und fuhr langsam los. An der nächsten Kreuzung bog er nach links ab und hielt vor einem vierstöckigen Gebäude. Das Haus beherbergte die zwielichtige Absteige *Czajka*. Auf der Eingangstreppe saßen drei glatzköpfige junge Männer mit bloßem Oberkörper und zahlreichen Tätowierungen. Die Muskelpakete tranken Dosenbier und kommentierten auf wenig charmante Art das Aussehen einer jungen Frau, die gerade mit ihrem Kind am Hotel vorbeiging. Das wäre das Letzte, dachte Werens. Ich bin zwar am Ende, aber so schlimm steht es noch nicht um mich. Morgen früh habe ich hier eine kaputte Scheibe am Auto. Und in der Nacht werde ich noch ausgeraubt und zusammengeschlagen. Rasch verließ er die schmale, holprige Gasse wieder und hielt ein Stück weiter auf einem Supermarktparkplatz.

Es gab eine einfache Lösung, die er aber um keinen Preis wahrnehmen wollte. Zwei Straßenzüge weiter, in der Mickiewicza-Straße, lag die Wohnung seines Vaters. Eine gute Viertelstunde lang saß er einfach da und trommelte mit den Fingern aufs Lenkrad. Plötzlich kam ihm eine Idee. Er holte sein Handy aus der Tasche. Nervös blätterte er in den Kontakten und fand schließlich die Nummer von einem seiner Schulfreunde. Gleichzeitig fiel ihm aber auch der letzte Besuch dort ein. Er erinnerte sich an die zwei bescheiden möblierten Zimmer, von denen sich eines der Freund mit seinem Bruder teilte, während im anderen die Eltern wohnten. Er schüttelte den Kopf. Wie konnten sie es nur in dieser Enge aushalten? Da war auch noch ein riesiger Hund gewesen. Und ein Fahrrad im Flur. Und die Freundin, die gerade aus der Toilette gekommen war. Noch einmal schaute er in seine Kontakte. Er hatte keine anderen Bekannten in dieser Stadt. Das war der Tribut zehnjähriger Abwesenheit. Er scrollte weiter und blieb bei einem Namen hängen. Sein Onkel, der ältere Bruder seines Vaters. Das wäre eine Möglichkeit. Sollte er es versuchen? Er wählte. Nach kurzem Klingeln hörte er eine alte, aber energische Stimme:

»Pawel? Bist du es? Wo bist du, mein Junge?«

»Ich bin in der Stadt, Onkel Mariusz. Kann ich ein paar Tage bei dir bleiben?«

»Hast du deinen Vater angerufen?«

»Noch nicht. Ist das ein Problem?«

»Wenn ein Sohn seit zehn Jahren nicht mit seinem Vater spricht, nenne ich das ein Problem.«

»Ich rufe nicht an, weil ich einen Rat brauche, sondern weil ich Hilfe suche. Kannst du mir helfen? Nur ein paar Tage?«

»Bei mir kannst du auch ein ganzes Jahr bleiben. Das weißt du doch selbst. Es ist aber schade, dass du dich nur dann an mich erinnerst, wenn du Hilfe brauchst.«

»So ist das Leben. In einer Viertelstunde bei dir?«

»Wenn du schon unterwegs bist, bring mir ein Päckchen dieser blauen Zigaretten mit.«

»Du rauchst immer noch?«

»Oder besser zwei, damit ich für Sonntag welche habe.«

Zehn Minuten später bog Werens in die Falata-Straße. Weitere fünf Minuten kostete ihn der Besuch in einem Laden. Die Sonne brach wieder durch die Wolken. Ihr Anblick und die Aussicht, die Nacht bequem zu verbringen, hoben Werens' Stimmung. Er legte eine Flasche finnischen Wodka zu den Zigaretten. Ohne ihn würde es ihm schwerfallen, die nächsten Stunden zu überstehen.

Das Haus seines Onkels lag in einem lauschigen, grünen Villenviertel, dicht am Wald. Die Häuser dort stammten zum Teil noch aus der Vorkriegszeit und hatten steile rote Ziegeldächer, teils waren sie aber auch modern und erst in den letzten Jahren entstanden. Hier herrschten Ruhe und Stille.

Der Onkel erwartete ihn in der offenen Tür, auf seinen Gehstock gestützt und mit dem durchdringenden Blick, der jede Lüge durchschaute. Der graue Haarkranz um den wohlgeformten Kopf war spärlich geworden. Er trug ein weites helles Hemd und eine schwarz-weiß gestreifte kurze Hose, seine immer noch muskulösen

Beine steckten in Ledersandalen. Wäre da nicht der Altersunterschied gewesen, hätten sie fast gleich ausgesehen. Beide waren groß und schlank. Werens öffnete das efeubewachsene Tor zum Grundstück und ging auf ihn zu. Sie umarmten sich herzlich.

»Wie lange ist das her?«, fragte Werens.

»Du fragst mich danach, den Alten?«

»Es kommt mir vor, als ob es gestern gewesen wäre. Du hast dich gar nicht verändert.«

»Ich bin nicht erpicht auf deine Schmeicheleien! Hast du Kippen gekauft?«

»Hab' ich. Und noch was dazu.« Er zwinkerte seinem Onkel zu.

»Braver Junge. Pass bloß auf. Gleich werde ich dich einer Frau namens Eliza vorstellen. Sie ist nicht nur schön, sondern auch außergewöhnlich. Leider verabscheut sie alle Laster. Ich verkrieche mich ins Gebüsch, wenn ich eine rauchen will und trotzdem wittert sie es. Das da solltest du besser wegstecken«, er zeigte auf die Flasche. Heute Abend ist sie weg. Dann reden wir.« Der ältere Mann lächelte verschmitzt.

»Wohnt sie etwa hier?«, fragte Werens überrascht.

»Was gibt es da zu staunen?«

Die Antwort seines Onkels verschlug Werens die Sprache. Doch der Alte redete einfach weiter.

»Ich freue mich, dass du zu uns gekommen bist! Seit deinem letzten Besuch hat sich hier viel geändert. Du ahnst nicht mal, wie grundlegend! Na, hol mal dein Gepäck. Wir wollen gleich essen.«

Werens ging zum Auto und holte die Reisetasche. Auf dem Rückweg musterte er den alten Mann etwas aufmerksamer. Sein Onkel wirkte gesund und energisch.

Werens erinnerte sich an ihre erste Begegnung vor vielen Jahren. Er war damals kaum fünf Jahre alt gewesen und sie waren vom Dorf in diese Stadt gekommen. Der erste Weg hatte sie in eine Kirche geführt. Er hatte neben seiner Mutter und dem jüngeren Bruder gestanden, während ein großer, schöner Mann etwas erzählte. Die Menschen hatten aufmerksam zugehört, einige junge Frauen hatten errötend miteinander getuschelt. Der Mann auf der Kanzel hielt eine inbrünstige Predigt, von der Pawel damals kein Wort verstanden hatte. Nach dem Gottesdienst hatten sie vor der Kirche auf den Priester gewartet. Die Mutter hatte den kleinen Pawel hochgehoben und ihn dem Geistlichen gereicht. Dasselbe tat sie mit seinem jüngeren Bruder. Gleich darauf saßen die beiden auf den breiten Schultern des Priesters, ihres Onkels. Die Menschen, die vorbeigingen, verneigten sich respektvoll. Das hatte so ausgesehen, als ob sie sich vor den beiden Jungen verneigten, die über ihren Köpfen thronten.

Es war Mittagszeit und Werens konnte sich gleich mit an den hübsch gedeckten Tisch setzen. Doch zuvor machte der Onkel ihn förmlich mit Eliza bekannt. Pawel küsste ihr die Hand, verneigte sich und lächelte. Eliza war eine schöne Frau um die fünfzig, viel jünger als der Onkel, sehr gepflegt, groß und schlank, elegant. Sie trug eine helle Leinenhose und eine grüne, gelb geblümte Tunika. Ihre dicken schwarzen Haare hatte sie hochgesteckt. Die großen himmelblauen Augen sahen immer wieder diskret zu Pawel. Wenn sich ihre Blicke begegneten, lächelte sie warmherzig. Aber gleich darauf kehrte ihr Blick zum Hausherrn zurück. Werens spürte etwas Besonderes in ihrem gegenseitigen Umgang und in den Blicken, die sie sich zuwarfen. Es war rührend.

Das Essen war liebevoll zubereitet. Zuerst gab es eine nach Waldpilzen duftende Suppe, zum Hauptgang geschmorte Putenbrust mit viel Gemüse. Sie schwiegen beim Essen, was Werens verdächtig vorkam. Danach gab es Kaffee und Joghurtkuchen. Erst als er mit einer silbernen Kuchengabel bewaffnet war, machte der Onkel den Mund wieder auf:

»Ich habe gesehen, dass du mir vor dem Haus eine Frage stellen wolltest und dass du offensichtlich nicht die rechten Worte gefunden hast. Ich verstehe das. Sogar einem Journalisten fällt es manchmal schwer, nach bestimmten Dingen zu fragen. Zumal wenn man den eigenen alten Onkel fragen muss. Um dich nicht länger auf die Folter zu spannen, will ich dir einige Dinge erklären. Im Jahre 1983, mein lieber Pawel, promulgierte, oder – auf Deutsch gesagt – verkündete Papst Johannes Paul II. den Kodex des kanonischen Rechts oder Codex Iuris canonici auctoritate. Wie du weißt, war ich damals schon lange Priester, sodass die Einführung einiger neuer Paragrafen auf mich keinen großen Eindruck machte. Der Stand der Dinge hat sich aber vor etwa sechs Jahren geändert, als zwischen uns«, Mariusz legte die Kuchengabel beiseite und drückte Elizas Hand, »die Liebe entbrannte.«

Die Gabel fiel Pawel Werens aus der Hand und hastig versuchte er, sie unter dem Tisch hervorzuholen, ohne die Augen von seinem Onkel abzuwenden.

»Und diese Liebe ist keineswegs platonisch, was hier klar gesagt werden muss.« Der Hausherr lächelte Eliza an. »Das war natürlich ein Problem. Ich wollte nicht mit einer Lüge leben. Ich wollte, dass die ganze Welt unser Glück sieht. Und hier kommt der bereits erwähnte Kodex ins Spiel, genau genommen das sechste Buch mit dem Titel *Strafbestimmungen in der Kirche*. Der Kanon 1394, Paragraf 1, lautet: *Ein Kleriker, der eine Eheschließung, wenn auch nur in ziviler Form, versucht, zieht sich die Tatstrafe der Suspension zu; wenn er aber trotz Verwarnung nicht zur Einsicht gekommen ist und fortfährt, Ärgernis zu geben, kann er schrittweise mit Entzug von Rechten und auch mit der Entlassung aus dem Klerikerstand bestraft werden.*«

Der junge Werens verschluckte sich und bekam einen Hustenanfall. Seine Augen tränten. Er griff nach der gefalteten Serviette, wischte sich über die Augen und den Mund. Der Onkel war aber noch nicht fertig.

»So ist es, mein Lieber. Dein Onkel und diese schöne Frau sind zum Stein des Anstoßes geworden! Ein Spinnennetz aus schmutzigen Gerüchten überzog die ganze Gegend. Meine Vorgesetzten waren sehr unzufrieden. Sie befahlen mir, mich von Eliza zu trennen. Aber kann man einem so alten und sturen Mann wie mir überhaupt etwas befehlen? Seit sechsundsechzig Jahren lebe ich auf dieser Welt. Es gibt wenige Dinge, vor denen ich in meinem Alter noch Angst habe. Dazu gehören bestimmt keine dämlichen Vorschriften! Man hätte mich vielleicht taktvoll bitten können. Aber es gibt eben gewisse Grenzen. Es gibt Dinge, die nicht verhandelbar sind.«

»Das heißt, dass ...«, versuchte Werens etwas zu sagen, aber er bekam immer noch schlecht Luft.

»... ich kein Priester mehr bin. Darin besteht mein persönliches dogmatisches Schisma oder, wenn du so willst, meine Häresie! Es ist nicht das erste Mal in der Kirchengeschichte. Man hat mich selbstverständlich aus dem Klerus entlassen. Ich wurde zum glücklichen Gatten dieser schönen Frau! Entschuldige bitte, dass wir dich zur Hochzeit nicht eingeladen haben. Wir wollten keinen Staub aufwirbeln. Und doch ist gehörig Staub aufgeflogen.«

»Aber ...«

»Und ich fühle mich damit pudelwohl! Ich meine nicht mit dem Staub, sondern im Ehestand. Ich bin ein glücklicher Mann! Jetzt erlaube mir bitte, dass ich mich wieder diesem Kuchen zuwende. Und dir empfehle ich das Gleiche. Eliza ist eine hervorragende Köchin, das muss mit aller Deutlichkeit gesagt werden.«

»Das kann ich nur bestätigen!« Pawel versuchte sich in Höflichkeit, obwohl ihm bizarre Gedanken im Kopf umherschwirrten. Er erhob sich vom Stuhl, gratulierte Eliza zur Eheschließung und küsste sie unbeholfen auf die Wange. Das gleiche Ritual vollzog er bei seinem Onkel. Das weitere Gespräch verlief in ungezwungener Atmosphäre. Der Onkel erzählte einen Witz nach dem anderen, einige davon so derb, dass Eliza errötete. Nach zwei Stunden verzog sich Werens nach oben in sein Zimmer und legte sich hin. Er war müde von der anstrengenden Reise über schlechte Straßen, an deren Ende er den Hund angefahren hatte. Und die sensationellen Nachrichten, die ihm sein Onkel zu Mittag aufgetischt hatte, musste er auch erst mal verdauen.

Werens träumte, dass er sich inmitten eines riesigen Sees befand. Um ihn herum war nichts als Wasser, kein Ufer in Sicht. Gleich würden seine Kräfte schwinden und er würde ertrinken. Verzweifelt sah er sich nach Rettung um. Aber auf der glatten Wasserfläche war niemand zu sehen. Er warf sich nach vorne und ruderte mit den Händen. Er öffnete den Mund, brachte jedoch keinen Ton heraus. Stattdessen klammerte sich eine gewaltige böse Kraft an seine Füße und zog ihn in die Tiefe. Werens schluckte Wasser. Es drang in seinen Mund, seine Nase und seine Augen. Er sank immer tiefer. Das Wasser war kalt und wurde immer dunkler. Schließlich tauchte er komplett unter in diesem eiskalten Wasserbecken, in dem vollkommene Dunkelheit herrschte.

Er wachte schweißüberströmt in der Dachkammer auf, die im Haus seines Onkels als Gästezimmer fungierte. Die Dämmerung draußen erschreckte ihn zunächst. Durchs offene Fenster strömte milde Sommerluft hinein, die der Regenguss am Nachmittag vom Staub gereinigt hatte.

Es ging ihm viel besser. Er stand auf und ging nach unten, ins Wohnzimmer. Sein Onkel war in die Lektüre eines dicken Buches versunken. Als er seinen Neffen erblickte, legte er es beiseite und lud ihn lächelnd ein, sich zu ihm zu setzen. Werens schlug sich die

Hand vor die Stirn. Schnell rannte er wieder nach oben und war gleich wieder da, diesmal mit der Wodkaflasche in der Hand. Er hatte sie auf Anweisung des Onkels in ein nasses Handtuch gewickelt und im Bad versteckt. Im Kühlschrank im Erdgeschoss hätte Eliza die Flasche womöglich entdeckt. Und mit Alkohol stand sie auf Kriegsfuß. Jetzt war Eliza weg, sie besuchte eine Bekannte. Sie konnten also in Ruhe ein Gläschen trinken.

»Verdammte Heuchler!« Etwas ließ Mariusz keine Ruhe. »Jahrelang haben sie gebuckelt, ich sollte sie trauen oder ihre Kinder taufen. Ich hatte immer einen Rat für sie, habe sie mit Geld unterstützt. Und jetzt drehen sie sich um, wenn sie uns auf der Straße begegnen. Spießiges Pack! Keiner grüßt uns, mein lieber Pawel. Sie machen uns das Leben zur Hölle. Manch einer von ihnen wird noch früh genug selbst in der Hölle schmoren! Wenn du wüsstest, was ich über sie weiß! Und jetzt bin ich Luft für sie.«

Werens verstand die Empörung seines Onkels über dessen ehemalige Gemeindemitglieder. Es war also nicht alles in Ordnung, wie er es zuvor am Tisch dargestellt hatte.

»Du hast beim Mittagessen erzählt, dass man dich aus der Kirche ausgeschlossen hat. Heißt das, du wurdest exkommuniziert?«

»Was sonst!«, rief Mariusz. »Aber, mein Lieber, ich bin noch weiter gegangen. Als sie mir mit dem Interdikt, das heißt dem Verbot kirchlicher Amtshandlungen, drohten, habe ich beschlossen, den Gesetzesmühlen zuvorzukommen und bin selbst aus der Kirche ausgetreten! Kurz gesagt, ich bin nicht ausgeschlossen worden, sondern von alleine gegangen. Du musst zugeben, das macht schon einen Unterschied. Es ist doch besser, eine Party von selbst zu verlassen, als vor die Tür gesetzt zu werden, oder?«

»Du machst wohl Witze?«

»Nicht im Geringsten! Ich habe den formalen Akt der Apostasie vollzogen. Ich habe die Soutane abgelegt und bin aus dem Verein ausgetreten! Natürlich habe ich Probleme bekommen. Das Kirchenrecht ist in dieser Hinsicht ziemlich restriktiv. Die Kirche ist immer noch der Meinung, mich hinausgeworfen und mit dem Kirchenbann belegt zu haben. Ich weiß es aber besser!«

Werens war tief beeindruckt. Der Mann neben ihm stellte die Liebe zu einer Frau über den Gehorsam gegenüber der Kirche.

»Denkst du, ich bin verdammt?« Der Onkel lachte. »Denkst du, dass Gott von mir verlangt, ihn nicht ernst zu nehmen, indem ich mich verstecke und meine Gefühle verleugne? Will er das? Wenn es so sein sollte, dann sind Er und ich geschiedene Leute!«

»Onkel, du bist zum Ketzer geworden«, sagte Werens leise, als fürchte er sich vor seinen eigenen Worten.

»Und wenn schon! Gib mir eine Zigarette!« Der Onkel zog den Rauch tief in die Lunge. »Und was wäre, mein Lieber, wenn ich Recht habe? Wenn nicht ich derjenige bin, der irrt? In letzter Zeit denke ich viel darüber nach. Aber, wenn wir schon dabei sind: Was führt dich eigentlich hierher?«, fragte er und sah seinen Neffen interessiert an.

Werens schwieg.

»Ich rechne nicht damit, dass du zurückgekehrt bist, um mit deinem Vater zu sprechen. So naiv bin ich auch wieder nicht. Dann würdest du jetzt bei ihm sitzen und nicht bei mir.«

»Nein. Ich bin nicht wegen meines Vaters hier. Ich habe hier einen Job. Ich schreibe einen Artikel.«

»Interessantes Thema?«

»Das kommt darauf an. Für jemanden mit Hang zum Makabren mag das Thema interessant sein. Ich wollte diesen Auftrag nicht. Normalerweise betreibe ich keinen investigativen Journalismus.«

»Warum hat man dich dann geschickt?«

»Weil ich die Stadt kenne. Ich bin ja hier geboren. Und ich bin neu in der Redaktion, ich kann es mir nicht leisten, einen Auftrag abzulehnen. Heute noch dabei, morgen weg. So geht das bei uns. Da ist Flexibilität gefragt, Engagement.«

»Klar. Was ist das für eine Angelegenheit? Kannst du mir mehr darüber erzählen?«

»Wenn du willst. Ist eine ziemlich bekannte Geschichte.«

»Entschuldige bitte, ich bin furchtbar schlecht informiert. Für mich spielen sich bekannte Geschichten nur noch in diesem Buch ab. Seit Tausenden von Jahren.« Der ehemalige Priester zeigte auf das dicke Buch im schwarzen Ledereinband. »*Sola scriptura* – nur die Schrift. Glaub mir, ich untersuche diese Geschichten viel tiefgründiger als manch ein Kardinal. Besonders jetzt, nachdem man mich ausgeschlossen hat, das heißt, nachdem ich gegangen bin«, sagte er ernsthaft.

»Und ich dachte, du würdest hier sitzen und Mankell lesen.«

»Was lesen?«

»Egal. Wie gesagt, die Sache hat Aufsehen erregt. Die Medien nennen es die *Akte Schmetterling*.

»Womit hat es dieses schöne Insekt verdient, ausgerechnet zum Helden der Sauregurkenzeit zu werden?«

»Der *Schmetterling* ist ein Mensch. Oder vielmehr eine Bestie in menschlicher Gestalt. Er bringt ältere Männer um und legt ihnen einen Schmetterling in den Mund. Man weiß noch nicht, ob es sich um einen Einzeltäter oder eine Gruppe handelt. Die Zeugen beschreiben übereinstimmend ein einzelnes Individuum. Einen dämonischen Buckligen mit Brandnarben im Gesicht, dem ein Ohr fehlt. Er könnte aber auch nur der Vollstrecker sein.«

»Der Vollstrecker wovon?«

War sein Onkel blass geworden? Hatten die Informationen den zart besaiteten Geistlichen so sehr erschüttert?

»Das weiß man nicht. Von irgendwelchen Urteilen? Alles hat vor einigen Monaten begonnen. Im Januar wurde ein Toter mit abgeschnittenem Kopf in den Ruinen des alten Waldstadions gefunden. Sein Körper war in Form eines Kreuzes abgelegt worden. Um das Kreuz hat der Täter mit dem Blut des Opfers einen Kreis gemalt. Oder etwas in dieser Art. Davor wurden dem Mann die Fußsohlen angesengt. Der Ärmste muss schrecklich gelitten haben. Und der Psychopath hat ihm einen Schmetterling in den Mund gesteckt.«

Werens füllte die Gläser. Sie leerten sie. Der Wodka war nicht besonders kalt, aber durchaus genießbar. Der Onkel hörte zu, ohne ihn zu unterbrechen. Die Erzählung des Neffen schien ihn zu fesseln und der Alkohol zu beruhigen.

»Die nächste Leiche fand man dann im März. Zu Ostern. Der *Schmetterling* entführte einen Staatsanwalt im Ruhestand aus einem Hotel. Er hat sein Opfer in einem alten, unterirdischen Verlies fernab der Stadt gefangengehalten. Der Staatsanwalt hatte keine Chance. Im März war es nachts häufig weit unter null Grad. Er ist erfroren. Seine Leiche wurde einige Kilometer weiter am Fluss gefunden, sie war mit einer Leine an einem Baum befestigt. Im Mund der Leiche hat man wieder einen Schmetterling gefunden. Das dritte Opfer ist ein alter Arzt aus Barczewo. Der Mörder hat ihn zum Haus eines Patienten gelockt und dort umgebracht.«

Der Onkel bat um ein weiteres Glas Wodka. Mit versteinerter Miene kippte er es herunter.

»Gibt es eine Verbindung zwischen diesen Unglücksraben?«

»Eher nicht. Der erste war ein Polizist im Ruhestand, der zweite Staatsanwalt, der dritte Arzt – wie gesagt. Unterschiedliche Wohnorte. Unbescholtene Bürger, wie man zu sagen pflegt. Kein erkennbares Motiv.«

»Zufällige Opfer?«

»Schwer zu sagen. Eigentlich hätte so ein Psychopath dem Erstbesten die Kehle durchschneiden können ... Aber warum hat er ihnen Schmetterlinge in den Mund gesteckt?«

»Er hat also gezielt gehandelt. Vielleicht ging es um Rache?«

»Das könnte ich mir auch vorstellen. Die Polizei vermutet, es handle sich um so eine bescheuerte Sekte. Das ganze Blut, die Zeichen. Vielleicht verrückte Freimaurer?«

Der Onkel lächelte und schüttelte mitleidig den Kopf.

»Du hast keine Ahnung von Freimaurern. Das waren geheime Männerbünde, in die nur Angehörige von Eliten aufgenommen wurden: Adlige, Offiziere, reiche Kaufleute und höhere Beamte. Niemand hat dort Köpfe abgehackt und sie mit Schmetterlingen bestückt. Das Freimaurertum gründet auf den Idealen des Humanismus, des Rationalismus, des Liberalismus, der Aufklärung und der religiösen Toleranz. In unserer Stadt gab es auch eine Loge. Sie nannte sich *Stein an der Alle*. Die Mitglieder versammelten sich im *Königlichen Hof*. Um 1900 war der Großindustrielle Wilhelm Sperl der Vorstand. 1933 wurde die Loge von den Nazis verboten.«

»Du hast recht, die beiden Dinge haben wohl nichts miteinander zu tun. Du siehst selbst, es ist eine scheußliche Angelegenheit.«

»Was hast du also vor?«

»Morgen will ich mir die Tatorte anschauen, ein paar Leute befragen, Fotos machen. Ich bin kein Polizist. Ich soll lediglich einen interessanten Artikel schreiben. Angeblich kann ich das ganz gut.«

»Das bezweifle ich nicht! Du hast ein neues Auto, das sieht nicht billig aus. 180 PS?« Der Onkel streckte seine Hand mit dem leeren Glas aus, das sofort wieder gefüllt wurde.

»210«, sagte Werens stolz. »Das ist aber auch alles, was ich habe. Ich wohne zur Miete.«

»Du wirst später dieses Haus erben. Außer dir und Eliza habe ich niemanden. Dein Vater ist auch nicht mehr so jung. Was wirst du mit dem Haus machen? Verkaufen?«

Werens dachte an seine Kindheit zurück. Hier, in dem Haus in der Falata-Straße hatte sein Großvater Jan gewohnt. Warum er selbst mit seinen Eltern und dem Bruder auf dem Lande gelebt hatte, wusste Pawel nicht mehr. Er war schon drei oder vier Jahre alt gewesen, als sie vorübergehend ins Haus des Großvaters zogen, bis die junge Familie eine Mietwohnung einige Straßenzüge weiter bekam. Manchmal hatte er seinen Großvater besucht, einen strengen, verschlossenen Mann, der den ganzen Tag im Garten verbrachte und seine Rosen pflegte, die sich um ein kunstvolles Spalier rankten. An die Großmutter konnte er sich nicht erinnern. Ebenso wenig an den Onkel, der über Jahre Kaplan in einer entlegenen Gemeinde gewesen war. Komisch, erst jetzt fiel ihm ein, dass sie die Feiertage oder Ferien nie gemeinsam verbracht hatten. Eigentlich hatte er den Onkel viele Jahre lang gar nicht gekannt. Erst kurz vor dem Abitur war dieser in sein Leben getreten, als man ihn in diese städtische Gemeinde versetzt hatte. Dann war der Großvater gestorben und das Haus hatte einige Jahre leer gestanden. Ziemlich ungewöhnlich, zumal einige Straßenzüge weiter der andere Sohn des Verstorbenen lebte. Aber Pawel hatte damals schon in Warschau studiert und sich nicht die Bohne für Familiengeheimnisse interessiert. Vor einigen Jahren war dann der Onkel in dieses Haus gezogen.

»Was wirst du mit dem Haus machen?«, wiederholte der Onkel.

Werens antwortete ausweichend. Sie tranken schweigend weiter. Der Onkel hing seinen eigenen Gedanken nach und Werens war froh, einem Gespräch über die Vergangenheit zu entkommen. Und diesmal hatte er Glück. Draußen schlug das Gartentor zu, Eliza war zurück. Werens schnappte sich Gläser und Flasche und ergriff die Flucht. Von unten vernahm er ein paar Gesprächsfetzen, die sich zu einem Streit entwickelten. Wahrscheinlich hatte Eliza entdeckt, dass sie Alkohol getrunken hatten. Sie warf ihrem Mann vor, unvernünftig zu sein und ihre Bemühungen um seine Gesundheit zu untergraben. Die Probleme hatte Werens nicht. Er saß allein auf dem Balkon, rauchte eine Zigarette nach der anderen und beobachtete Mond und Sterne. Die Nacht war mild und schön. Am Ende vergaß er sogar, dass er in dieser verhassten Stadt gelandet war. So schlief er auf dem Liegestuhl ein.

14. August 2004, Samstag

Werens wachte mit Kopfschmerzen auf. Zuerst fiel sein Blick auf die umgefallene Wodkaflasche neben dem Liegestuhl. Benommen starrte er auf seine silberne Armbanduhr. Es war fast acht, folglich blieb ihm noch eine halbe Stunde, um sich einigermaßen in Form zu bringen. Unwillig schleppte er sich ins Badezimmer. Dort duschte er, putzte sich die Zähne und rasierte sich. Erfrischt marschierte er nach unten in die Küche. Dort erwarteten ihn ein üppig gedeckter Tisch und ein gut gelaunter Onkel.

»Diese Frau ist einfach ein Juwel«, rief Mariusz. »Vor einer Stunde hat sie mir erklärt, sie würde keine Säufer bedienen!« Er wies seinem Neffen einen Platz zu.

»Das ist wohl keine frohe Botschaft, oder?«

»Meinst du? Schau dir bloß diesen Tisch an! Was siehst du?«

»Teller, Besteck, Tassen.«

»Pawel, zur Sache!«

»Schinken, Rührei, Tomaten, Kaffee und Fisch.«

»Das ist Lachs! Ganz frisch!«

»Und in welchem Verhältnis steht das zu den morgendlichen Drohungen?«

»Sie gibt uns noch eine Chance. Unsere liebe Eliza will uns warnen. Wenn wir uns nicht bessern, ist ab morgen ein solches Frühstück Geschichte. Ist sie nicht ein Juwel?«

»Ich bin ganz deiner Meinung. Und das Frühstück ist eine Mahnung, nach dem Motto: Seht, was euch entgehen wird?«

»Genau.«

»Und was tun wir?«

»Wir beginnen mit dem Lachs.«

Der alte und der junge Werens machten sich ans Essen. Eliza, die nebenan am Wohnzimmerfenster stand und an der weißen Spitzengardine zupfte, verfolgte ihren Wortwechsel amüsiert.

»Zum Glück haben wir heute Samstag. Der fatale Dreizehnte ist überstanden«, sagte Pawel.

»Bist du abergläubisch?«

»Es wird schon was dran sein. Ich habe gestern einen Hund angefahren.«

»Und du hast kein Hotelzimmer gekriegt.«

»Hör auf damit, Onkel Mariusz! Entschuldige! Ich wollte euch einfach keine Umstände bereiten!«

»Das klingt nicht sehr überzeugend. Den Aberglauben an den Dreizehnten gibt es übrigens erst seit Anfang des zwanzigsten Jahrhunderts.«

»Ich dachte, er wäre schon älter.«

»Nein. Er ist kaum hundert Jahre alt. Im Jahre 1307 ließ der französische König Philipp IV., alias Philipp der Schöne, Jacques de Molay, den letzten Großmeister des Tempelritterordens, am Freitag, dem 13. Oktober, in den Kerker werfen.«

»Ist das alles?«

»Nein. De Molay wurde beschuldigt, einen Götzen namens Baphomet zu verehren. Man warf ihm Gotteslästerung, Kindermord, Homosexualität sowie schwarze Magie vor und sagte ihm nach, er habe Christus abgeschworen. Die Kirche liebt solche furchterregenden Spektakel. Was nützte es einem Tempelritter, in einem Prozess für unschuldig befunden zu werden? Das Ergebnis der Verhandlung wurde geheim gehalten – das Urteil über die Tempelritter war längst gefallen.«

»Hat de Molay gestanden?«

»Unter der Folter hätte jeder gestanden. Aber kurz vor dem Tod, schon auf dem Scheiterhaufen, hat de Molay sein Geständnis widerrufen. Er hat dabei den König und Papst Klemens V. mit einem Fluch belegt. Der König sollte binnen eines Jahres und der Papst nur vierzig Tage später sterben.«

»Ist das eingetreten?«

»Was denkst du? Philipp IV., der sich den größten Teil des Vermögens der Tempelritter unter den Nagel gerissen hatte, erlitt einen Schlaganfall, und der Papst, der diesen düsteren Prozess zugelassen hatte, war einen Monat später tot. Manche behaupten, er sei an der Ruhr gestorben – andere meinen, er sei von einem Mönch vergiftet worden. Der Fluch lastete bis in die dreizehnte Generation auch auf den königlichen Nachkommen. Beiden war ihre Gier jedenfalls nicht gut bekommen.«

»Und was war mit dem verhängnisvollen Dreizehnten?«

»Die Sache hat einen Haken. Damals wurde noch der julianische Kalender verwendet. Wenn man das Datum in unseren gregorianischen Kalender überträgt, fällt der Unglückstag auf den Zweiundzwanzigsten.«

»Dann steht mir das Schlimmste ja noch bevor.« Werens musste lachen.

»Sieht ganz so aus.«

»Aber heute kann ich ja wohl einen kleinen Ausflug riskieren.«

»Du willst die Tatorte besuchen.« Der Alte wurde ernst. »Eine schreckliche Geschichte. Kannst du mir etwas mehr über dieses enthauptete Opfer erzählen?«

»Ich weiß nicht viel. Ein ehemaliger Polizist lässt sich von einem Taxi zu dem verlassenen Stadion fahren. Mitten im Winter. Der Alte stapft durch Schneewehen, er hat eine alte P64 dabei, wie sie früher von Polizei und Armee verwendet wurde, und gibt sechs Schüsse in Richtung Wald ab. Die Kugeln bleiben in Baumstämmen stecken. Der Kerl liegt da, mit abgetrenntem Kopf, ausgebreiteten Armen und verbrannten Füßen, als ob man ihn gefoltert, vielleicht auch verhört hätte. Alles würde auf eine alte Abrechnung hinweisen, wenn das ganze Blut nicht gewesen wäre. Vielleicht war das aber nur ein Ablenkungsmanöver.«

»Und das zweite Opfer?«

»Das hat den ersten Mord in ein anderes Licht gerückt.«

»Nämlich?«

»Vielleicht war der erste Mord eine Warnung für die anderen.«

»Zwischen den Morden könnte eine Verbindung bestehen?«

»Jedes der Opfer hatte einen Schmetterling im Mund.«

»Scheußlich.«

»Es könnte auch ein Mafiakrieg sein«, sagte Werens.

»Was für Mafiosi soll es denn hier schon geben?«

»Du hast keine Vorstellung, wie viele Menschen in krumme Geschäfte verwickelt sind. Ihr lebt hier im Grenzgebiet. Menschenhandel, Drogen, Waffen. Vor meiner Reise habe ich eine Liste aller gemeldeten Straftaten in diesem Gebiet zusammengestellt. Schusswechsel, Entführungen, Brandstiftungen. Ich will damit nicht sagen, dass es dieselben Täter sind, die jetzt diese makabren Morde begehen. Aber wer weiß!«

»Willst du in diese Richtung recherchieren?«

»Ja. Offen gesagt möchte ich genau so darüber schreiben. Meiner Meinung nach haben wir es mit einem Bandenkrieg zu tun. Zwei Gangs kämpfen um Einfluss. Der Blutkreis dient nur zur Tarnung oder als Warnung.«

Mariusz trommelte gedankenverloren mit seiner Gabel auf die Tischkante. Unvermittelt sagte er: »*Acta martyrum.*«

»Was?« Werens verstand nicht.

»Das Blut. Es ist nur eine Idee. Wahrscheinlich nicht so wichtig. Ein blödes Gedankenspiel. Wie dem auch sei. Wann musst du los?«

»Sofort.«

»Warte kurz. Ich gebe dir eine Karte mit. Vielleicht kannst du die gebrauchen.« Der Onkel holte eine gefaltete Landkarte. »Hier, und pass auf dich auf!«

»Mache ich. Nach einem solchen Frühstück muss ich allerdings aufpassen, nicht einzuschlafen. Aber ich denke, heute wird mir nichts zustoßen. Wir haben erst den Vierzehnten. Bis zum Zweiundzwanzigsten sind es noch acht Tage.«

24. Januar 1976, Samstag

In der Auffahrt zum Schloss der Familie Dönhoff fuhren elegante Limousinen vor. Sie passierten den prächtigen Park und die zugefrorenen Teiche und hielten vor dem von vier ionischen Säulen flankierten Portal. Das Barockschloss war eine einzigartige Anlage. Es hatte dreihundertfünfundsechzig Fenster und zwölf gemauerte Schornsteine auf dem Dach. Weitere Entsprechungen zum Kalender waren die zweiundfünfzig Zimmer, die durch die gleiche Zahl an Türen miteinander verbunden waren.

Aus den Limousinen stiegen Männer in dunklen Mänteln. Über eine doppelläufige Außentreppe gelangten sie in das imposante Gebäude. Ein großer, kräftiger Mann in dunklem Anzug übernahm die Autoschlüssel und fuhr die Autos, eins nach dem anderen, zu einer riesigen neugotischen Scheune mit Bohlendach, auf dem eine Schneehaube saß. Gegen zwanzig Uhr betrat der letzte Gast das Schloss. Direkt vor ihm führte eine breite Treppe ins Obergeschoss, rechter Hand lagen der Theatersaal und die Gästezimmer. Ein Hüne, der am Durchgang zum linken Gebäudeflügel postiert war, wies ihm den Weg zur Schlosskapelle. Dort wurde er bereits von den anderen Teilnehmern der geheimen Zusammenkunft erwartet. Schließlich saßen zwölf Männer um einen viereckigen Tisch. Ein Kerzenleuchter verbreitete nur ein schwaches Licht, sodass die Versammelten einander kaum sehen konnten. In der Kapelle herrschte bedrückende Stille. Plötzlich flackerten Scheinwerfer eines vorbeifahrenden Autos in den Fensterscheiben auf. Ein unruhiges Murmeln ging durch den Saal. Kurz darauf öffnete sich die Tür und ein stattlicher Mann in schwarzem Kapuzenmantel betrat die Kapelle. Die Runde atmete erleichtert auf. Der Mann stellte sich an die Stirnseite des Tisches und sagte mit sanfter Stimme:

»Seid gegrüßt, meine Brüder! Es heißt, dass Esau, Korach und ihresgleichen blutsverwandt waren und deswegen von ihrem Schöpfer verfolgt wurden.«

Die Augen der Versammelten hingen an den Lippen des Redners.

»Er konnte ihnen aber nichts anhaben, denn Sophia, die Weisheit, nahm sie bei sich auf. Seid ohne Furcht! Unsere Beratung möge beginnen!«

Ein anerkennendes Murmeln folgte den Worten des Zeremonienmeisters. Ein finsterer glatzköpfiger Mann stand auf, verneigte sich vor den Versammelten und sprach voller Inbrunst:

»Bruder Montalto, ehrwürdige Brüder! Seit vielen Jahren kommen wir an diesem Ort zusammen. Er gibt uns Schutz und Sicherheit. Das ist das Verdienst des ehrwürdigen Bruders, der über dieses Schloss verfügt. Tagsüber geht er seinen Dienstpflichten nach, und abends widmet er sich unserer Sache. Noch nie hat sich ein Unbefugter in der Nähe aufgehalten, während wir getagt haben. Die Zeiten sind gefährlich. Unsere Sache und unsere Taten haben das Interesse offizieller Stellen erregt. Ich brauche hier nicht zu wiederholen, was unser Anliegen ist. Wir haben uns hier versammelt, um einen Beschluss zu fassen«, sagte er und ließ den Blick über die Anwesenden wandern.

»Sie haben Recht, Bruder.« Der Mann rechts vom Glatzköpfigen ergriff das Wort. »Hier sind wir sicher, aber Menschen, die uns schaden wollen, planen ihre Taten woanders. Unsere ganze Umsicht ist vergebens, wenn unsere Feinde nur einen Schritt davon entfernt sind, unsere Pläne aufzudecken.«

»Wieso?« Ein kleiner Mann mit rötlichem Gesicht sprang auf.

Wieder ergriff Montalto das Wort:

»Ich habe immer versucht, euch und unsere Sache zu schützen. Deshalb verwenden wir weder Namen, noch Pseudonyme, die erlauben würden, jemanden zu identifizieren. Leider ist einer unserer Brüder vor Kurzem in die Hände des Feindes gefallen. Aber der Einzige, der eure Namen kennt, bin ich.«

»Bruder Montalto«, sprach der erste Redner wieder, »du genießt unser grenzenloses Vertrauen. Nie würden wir an dir zweifeln!«

Nach diesen Worten standen alle Männer auf, um ihr Vertrauen in Montalto zu demonstrieren. Dieser wies sie mit einer Handbewegung an, sich wieder hinzusetzen und sagte:

»Habt Dank für die Worte. Ich bin überzeugt, dass unser Bruder nichts verraten wird, was den Feind auf unsere Spur bringt. Aber es ist bereits zu viel passiert.«

»Wozu rätst du uns?«

»Was ist zu tun, Bruder?«

»Seit Jahrhunderten werden wir vom Schöpfer verfolgt. Doch wir wurden von einer stärkeren Macht und einer höheren Gewalt erschaffen. Glaubt mir, der Demiurg versucht mit all seinen Kräften, uns zu vernichten, aber er kann uns nichts anhaben. Wir sind in eine höhere Sphäre aufgestiegen, denn die stärkste Macht – die Weisheit – hat uns gnädig aufgenommen. Wir können die Hand nicht gegen unseren Bruder erheben, können aber vernichten, was uns bedroht.«

»Wie das?«

»Womit?«

»Wir werden das Gerichtsgebäude in Brand setzen. Dort liegen die Akten, die uns kompromittieren«, sagte Montalto, worauf der Saal mit erregtem Gemurmel reagierte.

»Wer soll diese Tat vollbringen, Bruder?«, fragte ein knochiger Alter. »Keiner von uns hat damit Erfahrung.«

Montalto klatschte in die Hände und in der Tür erschien ein junger Mann mit vernarbtem Gesicht und einem Buckel.

»Er«, sagte Montalto und bedeutete dem Jüngling, aus dem Schatten zu treten und sich ihnen zu nähern. Die Versammelten musterten den jungen Mann aufmerksam und kommentierten sein Aussehen. Erst dann bemerkten sie einen großen schwarzen Schäferhund, der einen Schritt hinter ihm saß. Der Hund sah ergeben zu seinem Herrn auf. Bereit, sich auf jeden zu stürzen, der diesen bedrohte.

»Welche Garantie haben wir, dass er uns nicht enttäuscht?«, fragte jemand.

»Genau. Was passiert, wenn dieser Grünschnabel gefasst wird? Wird er schweigen? Wird er unserer Sache treu bleiben?«

»Soll ihn etwa der Hund schützen?«, spottete jemand.

In diesem Moment blitzte ein langes Militärmesser in der Hand des jungen Mannes auf und er stach damit in die Kehle des Hundes, der mit immer noch zutraulichem Blick tot umfiel.

Abrupt verstummten alle. Keiner wagte es mehr, über den jungen Mann mit dem pockennarbigen Gesicht zu spotten. Das Entsetzen auf den Gesichtern wandelte sich in Bewunderung.

»Zweifelt ihr noch, meine Brüder? Wer zweifelt noch an der Ergebenheit dieses jungen Mannes?«, fragte Montalto.

Niemand antwortete.

»Es ist also beschlossen. Morgen um diese Zeit wird die Stadt in einem Flammenmeer versinken, das die Umtriebe unserer Feinde zunichte machen wird. Brände passieren. Besonders leicht in alten Häusern. Nun erlaubt mir, zum nächsten Punkt der Tagesordnung überzugehen. Der wahre Bekenner ist unerschrocken, wenn es darum geht, Unaussprechliches zu vollbringen!«

Montalto klatschte erneut in die Hände. Die schwere Flügeltür öffnete sich sperrangelweit und die dunkle Kapelle füllte sich mit halbnackten Mädchen und Jungen. Montalto gab ein Zeichen, und die Orgie begann.

14. August 2004, Samstag

Gleich nach dem Frühstück fuhr Werens zum Waldstadion. Er parkte seinen Wagen in der Wendeschleife für den Stadtbus. An derselben Stelle hatte der Taxifahrer im Januar den alten Mann aussteigen lassen, der durch den Schnee in die Dunkelheit gegangen war und dort den Tod getroffen hatte.

Das Stadion bestand nur noch aus einer zugewucherten Wiese mit bröckelnden Steinstufen. Eine Allee für immer erloschener Laternen führte zum ehemaligen Sportplatz, der von dicht stehenden Bäume umgeben war.

Werens ging an den Überresten von Vereinshäusern und Umkleidekabinen vorbei und setzte sich auf einen Betonklotz, der einmal eine bequeme Bank gewesen war. Er beobachtete einen Jungen, der mit einem schwarzen Schäferhund auf der Wiese spielte. Der Junge warf Stöckchen in die Luft, der Hund lief ihnen schwanzwedelnd hinterher. Werens hatte sein Notizbuch mit Zeitungsausschnitten zu der Tat hervorgekramt. Er las sie noch einmal langsam durch: *Am 26. Januar um 15.00 Uhr stieg der 60-jährige pensionierte Polizist Raimund Gesler in ein Taxi und ließ sich zum ehemaligen Waldstadion fahren, wo er von unbekannten Tätern überfallen wurde. Aus dem Bericht des Taxifahrers geht hervor, dass sein Passagier keine Anzeichen von Angst gezeigt habe. Vor Ort wurden sechs Schüsse aus einer Pistole P64 abgefeuert, für die das Opfer einen Waffenschein besaß. Alle sechs Geschosse wurden in der Rinde der umstehenden Bäume gefunden. Ihre Position weist darauf hin, dass die Angreifer im Abstand von einigen Metern voneinander standen. Es wird ausgeschlossen, dass die Schüsse zufällig oder in Panik abgegeben wurden. Raimund Gesler war ein erfahrener Polizist und ein ausgezeichneter Schütze. Es gibt keine Anzeichen dafür, dass auf Gesler geschossen wurde. Ungeklärt ist, wie das bewaffnete Opfer ohne Schusswechsel überwältigt werden konnte? Alle vor Ort gesicherten Spuren sind dem Opfer zuzuordnen. Vor seinem Tod wurde der ehemalige Polizist besonders grausam gefoltert. Seine Füße wurden verbrannt und der Kopf vom Torso getrennt. Ein wichtiger Hinweis ist ein Schmetterling, der am Körper des Opfers gefunden wurde.*

Werens holte eine Digitalkamera aus seinem Sportrucksack und machte Aufnahmen vom Gelände. Er fotografierte auch den prächtigen Schäferhund, der mit einem Stock im Maul zum wiederholten Mal über die Wiese rannte, auf der einst wahrscheinlich auch der junge Raimund Gesler sportliche Wettkämpfe verfolgt hatte. Nun war auch Gesler Teil der Legende dieses Ortes.

Vom Stadion aus fuhr Werens in die Grunwaldzka-Straße 11. Hier hatte der ermordete Polizist gewohnt. Das zweistöckige Haus lag etwas zurückgesetzt an der Straße, die steil bergauf führte. Werens stellte das Auto auf einem kleinen Parkplatz hinter dem Gebäude ab und stand dann ratlos vor der Eingangstür. Die Klingelschilder trugen nur Nummern, vermutlich hatte man die Namen entfernt, um die Privatsphäre der Bewohner zu schützen. Schließlich drückte Werens den erstbesten Klingelknopf und murmelte etwas von *Werbung* in die Gegensprechanlage. Es funktionierte – er war drin. Als auf sein Klopfen an der ersten Wohnungstür niemand öffnete, ging er zur nächsten. Dort hatte er mehr Glück. In einem schmalen Spalt erschien der Kopf einer Frau mit schütterem grauen Haar. Werens nannte seinen Namen und erkundigte sich, welche der Wohnungen Gesler gehört hatte.

»Da ist sowieso keiner. Raimund hat alleine gelebt«, sagte die Frau mit einer mechanisch klingenden Stimme. Erst jetzt bemerkte Werens, dass sie unter ihrem Halstuch eine Stimmprothese trug. »Er wohnte hier gleich nebenan, in der Drei.«

»Dann war er Ihr Nachbar.«

»Nächstes Jahr wären es vierzig Jahre geworden. Er wohnte schon vor uns hier. Schon als Kind. Er stammte aus dem Ermland. Ich komme aus der Gegend von Lublin.«

»Hatte er manchmal Besuch?«

»Wer hätte ihn denn besuchen sollen?«

»Na ja, Freunde, Bekannte, Arbeitskollegen.«

»Raimund war Junggeselle. Bei ihm kam selten jemand vorbei. Arbeitskollegen, sagen Sie. Vielleicht, wer weiß? Er war ein mürrischer Kauz. Verstehen Sie? Kriegte den Mund nicht auf. Aber wenn er mal was gesagt hat, dann hat es gesessen!«

»Wie meinen Sie das?«

»Ich habe streunende Katzen gefüttert. Hier, am Haus. Und die von der Verwaltung haben es mir verboten. Von wegen Gestank und Katzengejammer in der Nacht. Eine ganze Woche lang habe ich geweint. Als ob die armen Viecher jemanden gestört hätten. Raimund hat es mitgekriegt und mich gefragt: Frau Rosa – so heiße ich nämlich – was ist los? Ich muss die Tiere verjagen, hab ich gesagt. Und dass sie im Winter ohne Hilfe und Futter sterben würden. Sie hätten sehen sollen, wie er sich aufgeregt hat! Er ist sofort zu diesen Klugscheißern gerannt. Ich weiß nicht, was er ihnen gesagt hat. Aber er war ganz rot im Gesicht, als er wiederkam.«

»Hat es was genützt?«

»Und wie, mein Lieber! Er war eben ein echter Kerl! Am nächsten Tag sind zwei Typen zu mir gekommen. Ob ich Hilfe bräuchte mit diesen Katzen. So war Raimund. Und jetzt hat man ihn umgebracht. So einen guten Menschen! Wer macht denn so was! Selbst wenn er früher bei der Polizei war. Und davor bei der Volksmiliz. Er war bestimmt ein guter Beamter. Nach der Wende wurde er nicht entlassen, er blieb bis zur Rente im Dienst.«

»Hatte er Familie oder Verwandte?«

»I wo! Er war mutterseelenallein. Weihnachten habe ich ihn immer zu uns eingeladen, aber er wollte nie. Offenbar war es ihm lieber so. Und die Wohnung steht bis heute leer.« Die Frau rückte ihre Stimmprothese zurecht.

»Und die anderen, die hierherkamen?«

»Arbeitskollegen?«

»Ja, genau.«

»Keiner ist gekommen. Kaum zu glauben.«

»Gar niemand?«

»Nein. Obwohl. Einmal war einer da. Der fiel mir auf, weil er so ein Scheusal war. Er hat im Treppenhaus auf Raimund gewartet. Geraucht hat er, hier im Treppenhaus. Da habe ich ihm gesagt, er soll das lassen. Angeschaut hat er mich, sag' ich Ihnen, dass es mir durch Mark und Bein ging. Hässlich wie eine Kröte!«

»Hat er was gesagt?«

»I wo! Wenn sie den gesehen hätten, wären Sie auch auf der Stelle weggewesen! So schrecklich sah er aus! Was hätte ich auch tun sollen? Ich habe nichts weiter gesagt und mich eingeschlossen. Später habe ich Schritte im Treppenhaus gehört. Offenbar ist ihm die Lust vergangen, auf Raimund zu warten.«

»Ist das alles?«

»Reicht das nicht? Eine Stunde lang habe ich gezittert, bis das Scheusal weg war.«

»War er allein?«

»Wer hätte so einen schon begleiten wollen?«

»Und wann war das?«

»Im Januar. Ich kann mich sehr gut erinnern. Es lag viel Schnee. Die armen Kätzchen haben jämmerlich gefroren! Ich habe das alles schon der Polizei erzählt. Sie sind aber nicht von der Polizei?«

»Doch, doch. Es gibt eine neue Spur«, log Werens.

»Was für eine Spur?«

Er hatte nicht vor, Erklärungen abzugeben, die ihn hätten verraten können. Schnell lenkte er ab.

»Haben Sie den Mann noch einmal gesehen? Diesen Mann, der vor Geslers Tür gewartet hatte?«

»Das eine Mal hat mir gereicht. Aber Raimund war ein guter Mensch«, wechselte sie das Thema. »Er hatte ein Herz für Tiere. Für Menschen allerdings weniger.«

Mehr war nicht herauszuholen. Gesler war ein einsamer älterer Herr gewesen, dem das Leid seiner Mitmenschen naheging. Aber etwas an diesem Porträt war zu idyllisch. Wegen Tierliebe wird keinem der Kopf abgehackt. Hatte ihm der Mörder im Januar einen Besuch abstatten wollen? War der Besuch der Auslöser für die Fahrt ins Stadion gewesen? Werens bedankte sich und verließ das Haus.

Er hatte sich vorgenommen, den zweiten Tatort noch am gleichen Tag zu besichtigen. Auf der Karte seines Onkels sah er sich an, wie er zum Dorf Gutkowo kam. Er fuhr nach Westen, Richtung Elblag, hinter der Stadtgrenze dann Richtung Norden. Nach anderthalb Stunden erreichte er das Hotel *Mlyn*. Die Küche hatte noch auf, und er nutzte die Gelegenheit und bestellte etwas zu essen: Wiener Schnitzel mit Champignons und Stampfkartoffeln und ein kleines Bier. Während er auf sein Essen wartete, schaute er sich in der geschmackvoll eingerichteten Gaststube um. Der Staatsanwalt Markowski war aus seinem Zimmer entführt worden, wo er auf eine geheimnisvolle Frau gewartet hatte, mit der er sich seit Monaten traf. Wer war seine Geliebte? Hatte sie etwas mit der Sache zu tun? Einem Impuls folgend stand Werens auf und ging zur Rezeption. Dort sprach er den jungen Angestellten freundlich an, stellte sich vor und fragte nach den Ereignissen des unheilvollen Tages. Der junge Mann schien sich nicht recht zu erinnern. Er stammelte etwas von wegen lange her und verwies auf das allgemeine Durcheinander an den Feiertagen, bis er schließlich zugab, dass die Hoteldirektion eine Nachrichtensperre verhängt hatte. Werens zeigte Verständnis. »Janas«, sagte er, nachdem er den Namen des Rezeptionisten auf dessen Namensschild abgelesen hatte, »ich werde Ihnen keine Unannehmlichkeiten bereiten und Sie müssen auch nichts sagen. Mich interessiert nur, ob die Besucherin des Staatsanwalts eine Prostituierte war. Falls ja, würde ich nie wieder in Ihrem Hotel absteigen. Falls es sich dabei aber nur um ein Gerücht handelt und der Ruf der Dame untadelig war, würde ich mich freuen, wenn Sie mir einen Ihrer schicken Prospekte geben würden.« Janas sah ihn mit großen Augen an, dann drehte er sich um. Als Werens an seinen Tisch zurückkehrte, auf dem das dampfende Essen bereits auf ihn wartete, hatte er einen bunten Prospekt in der Hand.

Nach dem Mittagessen beschloss er, dem Haus des toten Staatsanwalts einen Besuch abzustatten. Zwar rechnete er nicht damit, mit der Familie sprechen zu können, aber er wollte vor Ort Fotos machen. Er bat Janas um ein Telefonbuch und fand darin Markowskis Anschrift. Janas erklärte ihm den kurzen Weg und Werens pfiff anerkennend durch die Zähne. Der Staatsanwalt hatte eine ganz schöne Chuzpe, dachte er. Und Nerven. Die eigene Frau vor ihrer Nase zu betrügen! Er stieg ins Auto und fuhr um die Ecke in die Reymonta-Straße.

Das gesuchte Haus war eine großzügige, zweistöckige Villa mit einer rot gepflasterten Einfahrt. Hinter dem Haus erstreckte sich ein gepflegter Garten mit Kieswegen, einem Teich und einer bequemen Bank, auf der der Staatsanwalt an lauen Nachmittagen, wie etwa dem heutigen, wohl zu sitzen pflegte. Irgendetwas trübte allerdings das Idyll. Werens kam nicht darauf, was es war, aber es beschlich ihn das merkwürdige Gefühl, dass die Harmonie dieser vollkommenen grünen Welt gestört war. Er holte seinen Fotoapparat heraus und machte schnell einige Bilder. Normalerweise kümmerte sich ein Profi um die Aufnahmen für die Veröffentlichung, und das würde auch in diesem Fall so laufen. Die Fotos waren nur für seinen persönlichen Gebrauch. Er hatte vor, sie am Abend genauer zu betrachten und nach einem Anzeichen oder Detail – er wusste selbst nicht genau, wonach – zu suchen.

Vor der Villa tauchte plötzlich eine Frau in Werens Alter auf. Schnell drückte er auf den Auslöser. Werens mochte schöne Frauen. Und sie mochten ihn, das nutzte er gerne aus. Er flirtete gern und hatte auch nichts gegen kurze Abenteuer, danach verschwand er und hinterließ seinen Geliebten nur eine, wie er meinte, nette Erinnerung. Noch nie hatte er eine feste Beziehung gehabt. Wenn eine Frau ihm zu nahe kam, brach er die Beziehung ab. Er war jung, frei und attraktiv. Auf die große Liebe konnte er noch ein wenig warten, sofern es so etwas überhaupt gab.

Die schlanke, hochgewachsene Frau trug einen kurzen weißen Rock. Ihr sympathisches Gesicht war mit Sommersprossen übersät. Sie hatte eine Haarklammer im Mund, mit der sie ihr dichtes rotes Haar feststecken wollte. So ein Glück, dachte Werens. Ich begegne hier ja nur Schönheiten. Als die Frau ihn bemerkte, kam sie lächelnd auf ihn zu.

»Kann ich Ihnen helfen?«, fragte sie freundlich.

»Ich möchte Sie keineswegs an einem Samstagnachmittag stören.«

»Warum tun Sie es dann?«

Er lächelte verlegen.

»Worum geht es denn?«

»Ich bin Journalist. Mein Name ist Pawel Werens. Ich bin aus Warschau und ich schreibe über den Mord an Herrn Markowski.«

»Und?«

»Ich habe einige Fragen in diesem Zusammenhang. Dürfte ich?« Er deutete auf das Gartentor.

In diesem Moment ging die Eingangstür der Villa auf und eine ältere Frau trat heraus. Ihr fülliger Körper steckte in einem vornehmen roten Abendkleid und auf dem braunen, lockigen Haar saß ein Hut.

»Beata!«, rief sie der rothaarigen Schönen zu. »Beeil dich! Wir haben nur noch eine halbe Stunde!« Ihr desinteressierter Blick streifte Werens nur, danach verschwand sie wieder im Haus.

»Sie sehen selbst.« Die Rothaarige lächelte und zeigte Werens ihre strahlend weißen Zähne. »Ich habe keine Zeit für Sie. Vielleicht ein anderes Mal.«

Gebannt sah er ihr nach, als sie mit wiegendem Schritt zum Haus ging. Und als sie ihm über die Schulter zurief: »Und bringen Sie mir bitte mein Bild mit!«, vergaß er fast, warum er hier war.

Schließlich verjagte ihn ein kräftiger Dobermann vom Zaun und Werens kehrte zurück zu seinem Wagen. Komische Leute, dachte er. Um sie herum bricht die Hölle los und sie amüsieren sich, als ob nichts passiert wäre. Markowski war hier offenbar kein Thema mehr. Werens hätte ja auch der Überbringer von wichtigen Informationen sein können. Warum benahmen sich die Frauen so eigenartig? Andererseits waren seit dem Mord etliche Monate vergangen und sie hatten inzwischen sicherlich die Nase voll von der ganzen Geschichte. Er setzte sich ans Steuer und studierte bedächtig die Landkarte, bis er das Dorf fand, in dem der Staatsanwalt gefangen gehalten worden war. Sein Finger tippte auf den kleinen Fluss Bauda, in dem man im März die Leiche des Staatsanwalts gefunden hatte. Er vergaß die attraktive Rothaarige und fuhr los.

Bis zur Schlossruine der Dohnas brauchte er eine halbe Stunde. Er streifte zwischen den verfallenen Mauern der früher einmal prunkvollen Residenz herum und dachte an die Ereignisse, die sich vor einigen Monaten hier abgespielt hatten. An Markowski, der hier in ein dunkles Kellerloch gestoßen worden und erfroren war. Was für ein schrecklicher langsamer Tod. Den Eingang zum Keller konnte er nicht finden. Die Schlossmauern hatten an einigen Stellen den letzten Frühlingsstürmen nachgegeben, sodass Werens an vielen Stellen vor unpassierbaren Trümmerbergen stand.

Werens war überzeugt, dass die Frau, mit der sich Markowski heimlich im Hotel getroffen hatte, in die Entführung verwickelt war. Vielleicht hatte sie den Mörder zu seinem Opfer geführt. Woher hätte er sonst gewusst, wo der Staatsanwalt steckte? Es war zwar vorstellbar, dass der Mörder sein Opfer beobachtet hatte, aber wie durch ein Wunder war er genau in dem Moment ins Zimmer gekommen, als der Mann noch alleine war. Das konnte kein Zufall sein. Nichts in diesem Fall war Zufall. Jemand hatte gezielt auf grausame Art und Weise einen Polizisten, einen Staatsanwalt und einen Arzt umgebracht. Als wären sie alle einem Rachefeldzug zum Opfer gefallen. Aber welchem? Waren sie tatsächlich drei unbescholtene Bürger? Nach dem Motto: Ein Polizist macht einen gefährlichen Verbrecher dingfest, ein Staatsanwalt trägt zu seiner Verurteilung bei und ein Arzt erfährt bei einem Krankenbesuch im Gefängnis ein finsteres Geheimnis? Nein, diese Version verwarf Werens. Ging es um Korruption? Hatten sie zu viel gewusst? Warum waren diese Menschen so brutal ermordet worden und warum hatten die Leichen einen toten Schmetterling im Mund gehabt?

Plötzlich durchfuhr ihn eine Gedanke: der Schmetterling! Warum interessierte sich keiner für das Insekt? Was für eine Art Schmetterling war das überhaupt? Wenn das unwichtig war, hätten es unterschiedliche Schmetterlinge sein können. Es waren aber immer dieselben gewesen. Das musste eine Bedeutung haben!

Werens fuhr zur Bauda. Nach zehn Minuten Autofahrt erreichte er den Fluss, der jetzt im Sommer kaum Wasser führte. Hier hatte man Markowskis Leiche gefunden, zwischen Schilf und Gras, mit einem Bein an einen Baum gebunden. Ein weiteres Zeichen. Aber wofür? Wenn es dem Mörder egal gewesen wäre, hätte er den Körper im Keller gelassen. Die Polizei hatte Markowskis Blut und ein Stück seines Mantels in den Trümmern gefunden. Der Mörder hätte den Körper auch aus dem Keller hieven und in den Trümmern liegen lassen können. Warum hatte er das nicht getan? Weil er wollte, dass die Leiche am Wasser lag; besser: im Wasser. Warum nur?

Werens sah sich um. Die Gegend war verlassen. Irgendwo in der Ferne zeichneten sich die verschwommenen Umrisse einer Siedlung ab. Am anderen Flussufer begann ein Waldstück, an dessen Rand sich ein gepflegtes Anwesen hinter blühenden Bäumen versteckte. Ansonsten waren ringsum nur brachliegende Ackerflächen und Wiesen, auf denen gescheckte Kühe weideten.

Werens bemerkte einen Mann, der sich vom Haus her auf ihn zu bewegte. Der Mann hinkte und hatte offensichtlich Probleme beim Laufen. Werens witterte sofort eine gute Gelegenheit, einen Einheimischen zu befragen. Es gab allerdings eine Schwierigkeit:

Zwischen dem Fremden und Werens lag der Fluss. Der Mann war etwas älter und schmächtig, er trug einen Strohhut, ein kariertes Hemd und eine helle Leinenhose über sehr dünnen Beinen. Das Gesicht mit einem kantigen Unterkiefer und einer Adlernase war sonnengebräunt. Die Augen verdeckte eine dunkle Brille.

»Eine schöne Gegend hier«, rief Werens.

Die Antwort überraschte Werens.

»Er lag dort, Sie sind schon richtig hier.«

»Woher wissen Sie, wonach ich suche?«

»Zum Angeln sind Sie jedenfalls nicht gekommen. Ich sehe keine Angelrute. Sie sind auch nicht der Erste. Es ist nicht schwer, euch Journalisten zu erkennen.«

»Das stimmt. Ich bin wegen des Mordes hier.«

»Hab ich's nicht gesagt? Das ist die richtige Stelle. Dort hat man ihn gefunden. Sein Bein war an den Baum gebunden.«

»Wer hat ihn gefunden?«

Der Mann zeigte auf einen großen Hirtenhund, der gerade in großen Sätzen vom Haus angelaufen kam. »Mein Hund. Er hat ewig lang gebellt, da bin ich aus dem Haus und bis hierher durch den Schnee gelaufen. Auf den Feldern bleibt der Schnee lange liegen, manchmal sogar bis in den April.«

»Haben Sie auch ein Auto gesehen?«

»Was für ein Auto?«

»Einen schwarzen BMW.«

»Oh, ein guter Wagen. Ich bin viele Jahre Audi gefahren. Aber in meinem Alter? Ich habe kein Auto gesehen.«

»Haben Sie vielleicht etwas gehört?«

»Ich verstehe Sie schlecht. Kommen Sie zu mir rüber!«

»Gibt es hier irgendwo eine Brücke? Einen Steg?«

»Gehen Sie durch den Fluss.«

»Wie, durch den Fluss?«

»Nur Mut! Im Leben muss man alles mal versucht haben. Er ist nicht tief! Das Wasser reicht knapp über die Knie.« Der Alte winkte Werens aufmunternd zu. »Es gibt keinen anderen Weg.«

»Vielleicht ein andermal!«, rief Werens schmunzelnd. Der Kerl machte wohl Witze!

»Was?«, rief der Alte.

»Nichts. Sie sagen also, Sie haben nichts gesehen?« Werens schrie fast.

»Leider. Was ist jetzt? Besuchen Sie einen alten, einsamen Mann?«

»Ich kann nicht. Jedenfalls vielen Dank!«

»Nichts zu danken. Kommen Sie ein andermal vorbei. Ich bin immer hier.«

Werens fotografierte den Wasserlauf, der sich gemächlich nach Norden schlängelte, wo er dann in die Weichsel mündete. Auch der Wald, der das Anwesen von Osten her vor neugierigen Blicken schützte, gefiel ihm. Zum Schluss richtete er das Objektiv auf das schöne Haus inmitten des satten Grüns. Den idyllischen Anblick störte ein Baum, der wahrscheinlich im Sturm umgeknickt war. Aus der gelben Wunde floss glänzendes Harz auf die Baumrinde. Er machte auch eine Aufnahme von dem alten Mann und dem Hirtenhund, wie sie zum Anwesen zurückgingen. Tja, dachte Werens, sieht tatsächlich eher nach Sommerfrische aus.

Von der schmalen Straße bog er auf die Landstraße nach Süden. Ohne Eile bewegte sich die Sonne parallel zu ihm. Ähnlich gelassen hängte Werens einen Ellbogen aus dem Fenster und zog an seiner Zigarette. Er fuhr an verlassenen Dörfern vorbei und wurde immer wieder von Rasern überholt. Werens zögerte den Moment hinaus, in dem er in diese verdammte Stadt zurückkehren würde, und rechtfertigte sich vor sich selbst damit, dass er gründlich nachdenken musste. Er kam in den Forst bei Taborz und bog in der Nähe des *Napoleonshügels* nach Osten ab. Die Stadt erreichte er just in dem Moment, als die Sonne hinter den Dächern der historischen Altstadt versank. Statt direkt in die Falata-Straße zu fahren, lenkte er den Wagen zur tierärztlichen Ambulanz. Er wollte nach dem verletzten Hund sehen. Und nicht nur nach ihm.

Wie erhofft hatte die hübsche Tierärztin Dienst. Sie war gerade in ein Gespräch mit der völlig aufgelösten Herrin eines apathischen Hamsters vertieft. Die Tür zum Dienstzimmer stand einen Spalt breit offen. Werens nahm Platz im Wartezimmer und beobachtete die junge Frau unverhohlen. Als sie ihn bemerkte, verließ sie ihren Platz am Schreibtisch. Lächelnd ging sie zur Tür und machte sie zu.

Er konzentrierte sich erneut auf die Story mit dem dreifachen Mord. Aus der Tasche holte er ein schwarzes Diktiergerät, drückte die Aufnahmetaste und legte los: »Drei alte Männer werden im Abstand von einigen Monaten umgebracht. Zwei davon hatten von Berufs wegen Kontakte zur Unterwelt. Der Mörder oder die Mörder hinterließen weiße Schmetterlinge im Mund der Toten. Es gibt folglich zwei Merkmale, die alle drei Fälle verbinden: das Alter der Opfer und Schmetterlinge. Eine weitere Gemeinsamkeit stellen die Tatorte dar. Sie sind nicht weit voneinander entfernt. Von einem zum anderen braucht man höchstens zwei Stunden. Zwei der Opfer waren vermögend. Der Staatsanwalt vielleicht sogar steinreich. Hat er sich schmieren lassen? Das erste Opfer, ein Polizist, hat in bescheidenen Verhältnissen gelebt. Seine Wohnsituation deutet nicht auf Geld hin. Aber dieser Eindruck kann auch täuschen. Vielleicht hatte er Schulden, pflegte einen ausschweifenden Lebensstil oder war spielsüchtig. Nun müsste man die Vergangenheit dieser Menschen unter die Lupe nehmen. Der Staatsanwalt muss nicht zwangsläufig immer Staatsanwalt gewesen sein. Der Polizist war schon vor 1990 bei der Volksmiliz und wurde später übernommen. Der Staatsanwalt hatte eine Frau und eine Geliebte. Der Polizist hat alleine gewohnt, ruhig und zurückhaltend, ohne Angehörige. Und dann der Arzt. Diese Leute müssen irgendwo verkehrt haben, es muss Menschen geben, die mit ihnen Umgang hatten, außerhalb ihrer Berufstätigkeit. Ich behaupte, dass die Ermordeten einander kannten. Ich kann es nicht beweisen, aber eine andere Lösung macht keinen Sinn.«

Werens hielt inne, als die Tür zum Sprechzimmer aufging und die Tierärztin mit der Eigentümerin des schlafenden Hamsters erschien. Die Ärztin begleitete sie zum Ausgang und kehrte anschließend zu Werens zurück.

»Führen Sie immer Selbstgespräche?«

»Wie bitte?«

»Ich frage, ob es normal ist, dass ein erwachsener Mann mit sich selbst spricht?«

Werens erhob sich von der Holzbank und gestikulierte, um sein Benehmen zu erklären. Es dauerte eine Weile, bis die Tierärztin bemerkte, dass er ein Diktiergerät in der Hand hielt.

»So arbeite ich normalerweise«, brachte er schließlich heraus. »Später höre ich es in Ruhe ab.«

»Ich verstehe.« Sie lächelte und streckte ihm ihre Hand entgegen. »Ich bin Hanna.«

»Pawel«, antwortete er schnell und drückte ihre Hand.

»Du willst dich nach dem Hund erkundigen? Das ist nett. Es geht ihm viel besser als gestern. Und du siehst auch besser aus.«

»Wie bitte?«

»Gestern warst du ganz durchnässt.«

»Und durch den Wind.«

»Das kann man wohl sagen. Gehen wir?« Sie machte sich auf den Weg zu einem Seitenflügel des Klinikgebäudes. Werens folgte ihr und nutzte die Gelegenheit, sie zu mustern. Im Gegensatz zur Stadt gefielen ihm ihre Einwohnerinnen immer besser.

Der Hund lag mit fiebrig glänzenden Augen in einer vergitterten Box. Als er die Menschen bemerkte, versuchte er aufzustehen. Sein dünner Schwanz setzte sich kaum merklich in Bewegung. Armes Vieh, dachte Werens. Ein herrenloser, ewig hungriger Köter, der nun einen vollen Napf vor der Nase hatte und sich nicht satt essen konnte, weil er zu schwach war. Ironie des Schicksals.

»Es steht nicht schlecht um ihn. Wir haben seine Pfote gerichtet und er hat etwas gegen die Schmerzen bekommen. Bald wird er wieder laufen können.«

»Wohl kaum.«

»Wieso?«

»Er soll doch ins Tierheim. Dort hat er nicht genug Auslauf.«

»Tierheim ist immer noch besser als Straße.«

»Ich kann ihn nicht zu mir nehmen. Was soll ich mit ihm in Warschau?«, sagte Werens entschuldigend. »Ich bin viel unterwegs und tagsüber kaum zu Hause.«

»Ich erwarte gar nicht von dir, dass du ihn nimmst.«

»Ich habe hier ohnehin genug Probleme, auch ohne ihn.«

»Was für Probleme?«

»Wo wir schon dabei sind. Vielleicht könntest du mir helfen. Das heißt – mir jemanden empfehlen, der mir helfen könnte.«

»Worum geht es denn?«

»Ich suche jemanden, der sich mit Schmetterlingen auskennt. Einen Entomologen. So heißen die doch, oder?«

»Ich sehe, du brauchst tatsächlich Hilfe. Entomologie ist ein sehr breiter Bereich der Zoologie. Ein Entomologe wird wohl eine Menge über Insekten wissen, aber wenn du etwas Spezielles über Schmetterlinge wissen möchtest, brauchst du einen anderen Fachmann.«

»Nämlich?«

»Einen Lepidopterologen.«

»Was für ein Dompteur?!«

Die Ärztin prustete los, was den Hund so erschreckte, dass er auf seinen drei gesunden Pfoten am Gitter hochsprang. Beruhigend streichelte sie ihm den Hals. Der Hund legte sich wieder hin und rollte sich zusammen, ohne die Menschen aus den Augen zu lassen.

»Das ist ein Experte, der sich mit Schmetterlingen auskennt.«

»Kennst du einen?«

»Was springt für mich dabei raus?« Sie sah ihn schelmisch an.

»Ein bezauberndes Abendessen in netter Begleitung.«

»Das geht nicht.«

»Warum?«

»Ich gehe abends nie mit Fremden aus.«

»Dann vielleicht nachmittags?« Werens gab nicht auf.

»Das schon eher. Wann und wo?«

»Morgen? In der Altstadt?«

»Ist die nette Begleitung auch vertrauenswürdig?« Ihre Augen blitzten fröhlich.

»Hand aufs Herz!«

»Na gut. Einverstanden.«

Werens drückte ihre Hand und sagte:

»Ich hole dich morgen um vier ab.«

»Gut, bis morgen«, erwiderte sie und sah ihm tief in die Augen. Der flirterprobte Werens war sich ganz sicher: Bei einem Kaffee würde es nicht bleiben. Wenn da mal nicht doch noch ein Abendessen drin war. Die nächste Nacht würde er wohl nicht beim Onkel verbringen. Und darüber war er alles andere als traurig.

Bevor sie sich verabschiedeten, schrieb Hanna ihm die Adresse des Schmetterlingsforschers und ihre eigene in sein Notizbuch. Der Wissenschaftler wohnte im Zentrum, in der Kopernikusstraße; Hanna in einer der neuen Siedlungen, die er noch nicht kannte. Er würde seinen Onkel fragen, wo das genau war.

Er ließ den Motor an und schaltete das Radio ein. *Cry, cry,* ertönte der aufdringliche Refrain eines nicht besonders intelligenten Songs. Passt irgendwie, dachte er und grinste. Es ist zum Heulen, wieder in dieser verdammten Stadt zu sein. Nur gut, dass es hier Hanna gab. In diesem Moment begannen die Nachrichten. An erster Stelle kam die Meldung über die Suche nach einem Serienmörder, der bislang nicht gefasst werden konnte. Man appellierte an die Bevölkerung, wachsam zu bleiben und Ruhe zu bewahren. Der Nachrichtensprecher verlas eine Personenbeschreibung. Am Ende kündigte er an, dass für Sonntagnachmittag eine Pressekonferenz mit dem Sprecher der örtlichen Polizei angesetzt war.

25. Januar 1976, Sonntag

Der Grundriss des neogotischen Gerichtsgebäudes von Olsztyn erinnerte an den Buchstaben »T«. Es war ein dreigeschossiges massives Bauwerk mit Dachgauben und Arbeitsräumen unter dem Dach. Ein junger Mann mit krummem Rücken musterte aufmerksam die unverputzten Backsteinwände. Trotz der Dunkelheit entdeckte er das angelehnte Fenster. Er lehnte eine Holzleiter an die Wand und stieg flink hinauf. Gleich darauf war er im Gebäude und zog die Leiter herein. Die Tür zum Flur war nicht verschlossen, sodass der Einbrecher ungehindert das Zimmer verlassen konnte. Er huschte durch den Gang mit der Spitzbogendecke in der ersten Etage und lief eine Treppe hoch. Schnell fand er das Zimmer, in dem die Akten aufbewahrt wurden, die er suchte. Der Schlüssel, den er aus der Hosentasche holte, passte genau ins Türschloss.

Er trat ein. Die Straßenlaternen erhellten den Raum nur spärlich. Der Bucklige war gerade im Begriff, sich einem Wandschrank zu nähern, als er über einen Hocker stolperte. Er fiel hin und riss dabei eine Lampe sowie einen Stapel Akten vom Tisch. Langsam richtete er sich wieder auf und humpelte zum Schrank. Plötzlich hörte er Schritte auf dem Flur. Er musste die Tür von innen abschließen, sonst würde man ihn entdecken! In letzter Sekunde gelang es ihm, den Schlüssel im Schloss umzudrehen.

Jemand, sicherlich der Wachmann, rüttelte an der Türklinke. Der Bucklige holte eine Benzinflasche aus seinem Rucksack, schüttete den Inhalt über den Holzschrank, hob ein Blatt Papier vom Fußboden auf, rollte es zusammen und zündete es an. Die Fackel legte er unter den Schrank. Das Feuer erfasste sofort das ganze Möbelstück, die Flammen züngelten über den Teppich und krochen auf den Brandstifter zu. Der Wachmann rüttelte immer kräftiger an der Tür. Als diese nachgab, entfachte der Luftzug das Feuer mit neuer Kraft. Die Flammen züngelten über die dünne Holzvertäfelung an den Wänden entlang und bis zur Tür. Als der Bucklige das Fenster aufriss, brauste ein Feuerschwall in seine Richtung. Er kletterte auf das Fensterbrett. Seine Chancen, den Sprung heil zu überstehen, waren gleich null. Aber er zog es vor, es zu versuchen, statt von den Flammen des brennenden Archivs verschluckt zu werden. Er sprang. Der Flug dauerte eine nicht enden wollende Sekunde – dann landete er im Schnee.

Er hatte Glück gehabt. Der Schnee hatte den Aufprall abgemildert. Sein linkes Bein war gebrochen. Aber er musste sofort hier weg. Überall dröhnten Sirenen, wurde geschrien und gerufen. Er hob den Kopf und sah, dass das Flammenmeer das Dach erreicht hatte. Teile der berstenden Dachziegel stürzten in den Schnee, der sofort unter ihnen schmolz. Als der Buckelige sich unter Schmerzen davonschleppte, traf ihn einer dieser glühenden Brocken im Gesicht. Er heulte auf und fasste sich an die Backe. Seine Gesichtshaut löste sich von Muskeln und Knochen und tropfte wie geschmolzenes Wachs in den Schnee. Hinkend und röchelnd vor Schmerz schleppte er sich zur Straße, auf der sich immer mehr neugierige Gaffer drängten. Entsetzt starrten sie ihn an, als er an ihnen vorbeihumpelte, und wandten sich dann angewidert ab.

14. August 2004, Samstag

Der Onkel wartete schon im Wohnzimmer auf ihn. Eliza war wie am Vorabend weg. Werens vermutete, dass sie ihm lieber nicht begegnen wollte, weil er es war, der dieses Chaos, diese widerliche Mordgeschichte, Alkohol und Zigaretten in ihr Leben brachte, wo sie doch gedacht hatte, diese Laster für immer aus ihrem Haus verbannt zu haben. Und bestimmt war sie eifersüchtig, ging es Werens durch den Kopf, auf die Zeit, die er beanspruchte und auf das Interesse, das der Onkel im entgegenbrachte.

Jetzt saß er mit seinem Onkel im Wohnzimmer und ruinierte dessen Gesundheit mit finnischem Wodka, den er an der Tankstelle gekauft hatte. Der Onkel fragte nach seiner Ausbeute. Werens fing mit der Meldung über die für den nächsten Tag geplante Pressekonferenz im Polizeipräsidium an. Dann erzählte er, was er selbst herausgefunden hatte.

»Der Schlüssel zur Lösung liegt in dem Hotel in Elblag. Diese Frau ... Der Empfangschef gab mir zu verstehen, dass sie, entschuldige bitte die Bezeichnung, keine Nutte war. Trotzdem ging sie regelmäßig mit dem Staatsanwalt aufs Zimmer. Sie waren ein Liebespaar. Ein Zufall ist ausgeschlossen. Am Tag der Entführung kam sie zu spät. Als ob sie ihn ausliefern wollte.«

Der Onkel hörte ihm aufmerksam zu. Mit der rechten Hand strich er über die Armlehne seines Ohrensessels, in der Linken hielt er eine Zigarette. Im Grunde interessiert ihn die ganze Geschichte gar nicht, dachte Werens, er nutzt nur die Gelegenheit, um mal über die Stränge zu schlagen. Doch er täuschte sich, denn der Onkel fragte, ob er etwas über den Polizisten herausbekommen habe, und erinnerte sich sogar noch an dessen Namen.

»Heute früh war ich bei diesem Gesler.«

»Hast du mit seinen Angehörigen gesprochen?«

»Der Mann hat keine Familie. Er war ein typischer Einzelgänger. Die Nachbarin sagte, es hätte ihn nie jemand besucht. Ich glaube ihr. Sie ist die Sorte Frau, die ihre Nase überall reinsteckt. Das Haus ist überschaubar. Sie wohnt im Erdgeschoss und hat ein Faible für Katzen und fürs Spionieren.«

»Interessant.«

»Nachbarn heimlich in ihren Schlafzimmern zu beobachten?«

»Nein, ich habe was anderes gemeint. Ich habe an den Einzelgänger Gesler gedacht.«

»Im Januar ist etwas Interessantes passiert. Jemand hat nach ihm gesucht. Die Beschreibung, die mir die Frau gegeben hat, passt sehr gut zu dem Mann, nach dem gefahndet wird.«

»Das bedeutet, dass er ihn schon damals hätte töten können.«

»Eben. Warum hat er ihn zum Stadion gelockt?«

Dann fragte der Onkel nach dem letzten Opfer, das in der Villa ermordet worden war. Auch an dessen Namen erinnerte er sich – Tomasz Biernat.

»Er war Arzt. Schon älter, hatte eine Privatpraxis. Morgen ist die Pressekonferenz. Und morgen werde ich auch etwas mehr über den Schmetterling erfahren. Ich treffe jemanden, der sich mit diesen Insekten auskennt. Er wohnt im Zentrum.«

»Du liegst nicht auf der faulen Haut. Das ist eine gute Idee.«

»Nicht wahr? Kaum zu glauben, dass bisher keiner darauf gekommen ist.«

Der Onkel stand auf und ging schweigend auf und ab.

»Ich habe lange über die ganze Angelegenheit nachgedacht. Es gibt etwas, was du wissen solltest. Vielleicht steht es auch in keinem Zusammenhang mit den Morden, aber ich fühle mich verpflichtet, es dir zu erzählen. Der erste Tote, das war im Winter, nicht wahr?«

»Ja. An einem Montag.«

»Das ist weniger wichtig. Die Geschichte erinnert mich seltsamerweise an den Tod eines bestimmten Heiligen.«

»Wie bitte?!«

»Des heiligen Polykarp von Smyrna. Einer Figur aus den Anfängen der Kirchengeschichte.«

Werens sah seinen Onkel belustigt an. Der Alte hatte wohl zu viel getrunken. Aus Höflichkeit wollte er ihn aber nicht unterbrechen. Er schenkte sich ein neues Glas ein und fischte eine Zigarette aus der Schachtel.

»Polykarp war Bischof von Smyrna. Heute liegt diese Stadt in der Türkei. Aus den *Acta martyrum* geht hervor ...«

»Acta was?«

»Gerichtsprotokolle der Märtyrer. Über Jahrhunderte wurden sie von der Kirche verwendet, um die Moral der Gläubigen zu stärken; Berichte über Gerichtsprozesse und Hinrichtungen von christlichen Märtyrern im Römischen Reich, die nach einem bestimmten Muster zusammengestellt sind. Häufig waren es Briefwechsel zwischen christlichen Gemeinden. Man könnte sie als die ersten Zeugnisse christlicher Literatur ansehen. Aber ich wollte dir etwas anderes erzählen. Eines der ersten Dokumente in dieser Sammlung ist die Beschreibung vom qualvollen Tod des besagten Polykarp.«

»Und wo ist der Zusammenhang zum Tod eines alten Bullen?«

»Warte, hör zu. Dieser Polykarp war schon ein Greis. Am 22. Februar wurde er von einem seiner Diener verraten. Man hat ihn in Smyrna verhaftet und zum Stadion gebracht.«

Werens verschluckte sich. Er legte die Zigarette ab und war nun ganz Ohr.

»Im Stadion fanden Spiele statt. Polykarp sollte öffentlich seiner Gefolgschaft Christi abschwören. Er war ein angesehener Mann. Angeblich hatte er einige der Apostel persönlich gekannt, und der Evangelist Johannes hatte ihn zum Bischof von Smyrna geweiht. Hätte er seinem Glauben abgeschworen, hätte das die Moral der frühen Christen empfindlich geschwächt. Aber Polykarp tat es nicht. Dafür wurde er zu einem qualvollen Tod verurteilt. Zuerst wurde er ins Feuer geworfen. Dabei bildeten die Flammen des Scheiterhaufens einen Kreis und berührten seinen Körper nicht. Dann ...«

»Wurde er geköpft? Mit dem Schwert?«

»Genau. Verstehst du jetzt? Er ging zusammen mit zwölf anderen Menschen in den Tod.«

»Und mit seinem Blut wurde ein Kreis gemalt.«

»Nein, das leider nicht.«

»Und der Schmetterling im Mund?«

»Auch nicht.«

»Dann nützt uns die ganze Geschichte nicht viel. Wir haben ein Stadion, einen alten geköpften Mann und ein Feuer. Aber der Rest passt nicht ins Bild. Wo sind die zwölf anderen? Der Schmetterling? Das Blut? Und dann das Datum. Du sprichst vom Februar, unser Opfer wurde aber im Januar umgebracht.«

Der Onkel ging zur Anrichte und kehrte mit einer bauchigen Rotweinflasche an den Tisch zurück. Werens lächelte nachsichtig, als ob er sagen wollte: Was soll der Wein? Wir haben doch noch Schnaps! Der Onkel zog den Korken heraus, der nur locker aufgesteckt war und neigte den Flaschenhals zur weißen Tischdecke. Der junge Werens stöhnte kurz auf, als der Alte die rote Flüssigkeit auf den Tisch schüttete und dann noch zwei kurze Bewegungen machte. Auf der schneeweißen Tischdecke war ein Kreis zu sehen und in dessen Mitte – ein Kreuz. Mit blitzenden Augen sah der Alte zu seinem Neffen auf.

»Lag der Geköpfte so?«, fragte er düster.

»Exakt«, antwortete Werens.

»Das ist das gnostische Kreuz.«

»Was heißt das?«

»Dass wir ein ernstes Problem haben.«

»Ja, ja, Onkel Mariusz«, nickte Werens und grinste ironisch. »Und morgen landen Außerirdische in der Falata-Straße. Her mit dem Wein! Da hilft nur noch trinken!«

Wieder versank Werens im Wasser. Eine dicke, schwere Flüssigkeit umgab ihn und lähmte all seine Bewegungen. Irgendwo über sich erkannte er einen Lichtschein, die Umrisse eines Menschen und Füße, die sich rhythmisch bewegten. Er wollte etwas sagen, aber Wasser lief ihm in den Mund, drang ihm in Nase und Ohren, dann spürte er, wie es seinen Hals und seine Lunge füllte. Sein Körper wurde immer schwerer, mit jeder Sekunde sank er tiefer. Die nassen Kleider behinderten seine Bewegungen. Er wollte sie abstreifen, stattdessen verfing er sich im hellen weiten Hemd. Die Schnürsenkel wickelten sich wie Stricke um seine Beine, sie waren ungewöhnlich lang, umschlangen seine Knie und Hüften, fesselten schließlich seine Hände. Werens wurde steif, verwandelte sich in einen Kokon, der kaum noch um sein Leben kämpfte. Tonnenschwer sank sein Körper zu Boden.

Er wachte schweißgebadet auf und sah sich benommen um. Er war auf dem Balkon. Der Mond schien am sternenklaren Himmel. Neben ihm stand die fast leere Wodkaflasche. Er griff danach und trank den letzten Rest. Der warme, scharfe Alkohol rann ihm durch die Kehle. Aus der Hosentasche holte er eine zerknitterte Zigarettenschachtel, fand die Streichhölzer auf dem Boden und steckte sich eine an. Er verschluckte sich am ersten Zug. Tränen schossen ihm in die Augen. Beim nächsten Mal atmete er den Rauch tief ein. Langsam wurde er ruhig.

14. August 2004, Samstag

Jan und Elzbieta hatten sich im Restaurant des Erholungsheims für Angestellte des Justizministeriums am Ufer des Lutrysees kennengelernt. Der sportliche, sonnengebräunte Enddreißiger setzte sein charmantes Lächeln ein und es verfehlte bei Elzbieta nicht seine Wirkung. Der goldene Ehering an Jans rechtem Ringfinger störte sie genauso wenig wie Jans Ehefrau, die den ganzen Tag im Liegestuhl auf dem Steg saß und sich hinter einer bunten Frauenzeitschrift verkroch. Und die schlanke, blonde Elzbieta wiederum ließ Jan nicht kalt, wenn sie in ihrem knappen Bikini, manchmal nur mit einem Handtuch um die Hüfte, an ihm vorbeilief. Tag für Tag tauschten sie am Strandkiosk Höflichkeiten aus. Immer häufiger musste Jan mal eben Zigaretten, Taschentücher oder gekühlte Cola am Kiosk besorgen. Bei jedem Besuch wurden seine scherzhaften Bemerkungen gegenüber Elzbieta anzüglicher.

Eines Tages beschloss Jans Frau, die barocke Marienkirche im nahe gelegenen Wallfahrtsort Swieta Lipka zu besichtigen und bei ihrer Schwester im nicht weit entfernten Reszel zu übernachten. Um sie nicht begleiten zu müssen, redete sich Jan mit Magenschmerzen heraus. Eine Busreise sei in seinem Zustand unvorstellbar und eine Autofahrt würde ihm den Rest geben. Seine Frau stieg also alleine in den Bus, winkte zum Abschied mit ihrem Strohhut. Mit leidender Miene winkte Jan ihr hinterher.

Kurz vor acht Uhr wartete Jan, wie durch ein Wunder genesen, frisch geduscht und herausgeputzt an der Einfahrt zum Erholungsheim auf Elzbieta. Sie hielten sich wie verliebte Teenager an den Händen, als sie zum nahegelegenen Dorf liefen, wo sie vor neugierigen Blicken sicher waren. In der Dorfdisco setzten sie sich an einen Tisch und bestellten ein kühles Bier, danach ein zweites und noch ein drittes. Zwischendurch tanzten sie, immer enger umschlungen. Gegen Mitternacht schlug Jan einen Spaziergang durch die Wiesen vor. Elzbieta willigte sofort ein. Die Nacht war heiß, das Gras unter ihren Füßen feucht. Vor einer verlassenen Scheune legten sie sich eng beieinander ins Gras. Aus der Ferne drangen gedämpfte Musik und Stimmen der angeheiterten Disco-Besucher herüber. Jan zog sein helles Hemd aus und drapierte es zu einer provisorischen Decke. Sowohl er als auch seine Begleiterin zogen sich aus und verloren sich ganz im Liebesspiel. Der Alkohol und das Bewusstsein, etwas Verbotenes zu tun, erhöhten ihre Erregung. Als die ersten Regentropfen fielen und ein Blitz am Himmel aufloderte, flüchteten sie ins Innere der Scheune. Gleich am Eingang war ein Heuhaufen, und dort gaben sie sich weiter ihrer Leidenschaft hin. Ein zweiter Blitz zerriss den Himmel und erhellte für eine Sekunde den Raum. Elzbieta stieß einen Schrei aus.

Nur eine Stunde vorher hatte in der Scheune ein anderer Mensch vor Schmerzen geschrien. Der alte Mann war ebenso nackt gewesen wie das Liebespaar, doch er war an einen Pfosten gefesselt gewesen und von dem Buckligen mit einem Messer malträtiert worden. Jetzt wandte der Bucklige seine Aufmerksamkeit auf einen schwarzen BMW, den er in die Scheune gefahren hatte und auf dessen Dach eine Petroleumlampe stand. Mit der Spitze seines Messers ritzte er Worte in die Kühlerhaube des Wagens. Gerade hatte er *Severian* geschrieben. Danach sprach er: »Genannt wurden sie *Le-*

gio fulminata, die *Blitz-Legion*. Es waren vierzig Soldaten. Unter der Herrschaft von Licinius wurden sie in einer frostigen Nacht vom Agricolaus verhaftet. Er ließ ihnen ihre Kleider wegnehmen und sie nackt auf einem zugefrorenen Teich aufstellen. Dort wurden sie dem Erfrierungstod preisgegeben.« Der Bucklige öffnete eine Autotür.

»Gleich daneben wurde ein beheiztes Bad hergerichtet für diejenigen, die dem Herrn abschwören würden.«

Dann kam er wieder zur Kühlerhaube und ritzte mit der glänzenden Messerspitze das Wort *Sisinios* in den Lack. In seiner Verzweiflung begann der nackte Mann die unbeholfenen Kritzeleien zu entziffern: *Akakios, Aetius, Alexander, Angus, Athanasias, Khudion, Cyrill, Kyrion, Domitian, Ilianus, Ekdikios, Eunoikos, Eutychios, Philoktimos, Flavius, Gorgonios, Ilias, Iliodes, Heraklios, Hesykhios, Johannes, Caius, Candidus, Claudius, Xanthios, Leontius, Lysimachos, Meliton, Nikolaus, Priscus* und *Sacerdonus*. Der Bucklige sprach weiter:

»Und sie beteten: *Herr, unsere vierzig haben den Kampf begonnen; wir möchten auch in dieser Zahl die Siegeskrone erlangen*. Ein Wächter hörte ihr Gebet. Er sah Engel, die vom Himmel kamen und den Märtyrern neununddreißig Kronen brachten, denn einer von ihnen lief ins beheizte Bad, um dort sein Leben zu retten.«

Der Bucklige hob den Alten hoch und packte ihn in den Wagen. Zuerst band er seine Hände am Lenkrad fest, danach legte er ihm den Sicherheitsgurt an. Ehe er die Tür wieder zufallen ließ, kurbelte er das Seitenfenster einen Spalt breit herunter. Dann setzte er sein Werk fort. Er arbeitete mit dem Messer und sprach dabei laut weitere Namen aus: »Smaragdes, Theodoulus, Theophilos, Valentus, Valerius, Bibianus.«

Nachdem er sein Werk vollendet hatte, ging er zum Heck und holte aus dem Kofferraum einen großen Feuerlöscher mit einem

Gummischlauch, an dessen Ende eine Düse steckte. Diese schob er durch den Fensterspalt in den Wagen. Es war ein Dauerdrucklöscher, aus dessen Rohr Kohlenstoffdioxid austreten würde, der sich in Verbindung mit Luft bis minus achtzig Grad Celsius abkühlen und in Trockeneis verwandeln würde.

»Von der Gnade erleuchtet bekehrte sich der Wächter, entledigte sich seiner Kleider und gesellte sich zu ihnen.«

Der Bucklige schaltete den Feuerlöscher an, der Inhalt schoss unter Hochdruck ins Auto und bedeckte den unbekleideten Mann vollständig. Der kalte Schaum schnitt ihm die Luft ab, füllte im Handumdrehen den ganzen Wagen und ließ die Körpertemperatur des alten Mannes sinken. Nach einigen Minuten war er tot. Der Bucklige zog den toten Körper aus dem Wagen und legte ihn auf die Erde. Er griff nach einem Stock, holte weit aus und brach dem Toten die Beine. Wie den anderen Opfern steckte er auch diesem einen pelzigen Schmetterling in den Mund. Zuletzt griff er zu einem Kanister, um das Auto mit Benzin zu übergießen.

Doch genau in diesem Moment hörte er die fröhliche Stimmen von zwei Menschen, die sich über das aufziehende Gewitter unterhielten und im Begriff waren, die Scheune zu betreten. Schnell löschte er die Lampe und verharrte hinter dem Wagen. Als die Frau aufschrie, sprang er aus seinem Versteck und lief über das Feld, ohne sich umzusehen.

Eine Stunde später drängte sich ein Pulk von Menschen vor der Scheune. Man wunderte sich laut, was die zwei Streifenwagen mit blinkendem Blaulicht in dieser Gegend zu suchen hatten. Bald kam noch ein Rettungswagen dazu, in den man kurz darauf eine bewusstlose Frau schob. Ihre Nacktheit wurde nur notdürftig durch eine Decke vor den neugierigen Blicken geschützt. Ihr Begleiter, der die Polizei alarmiert hatte, saß auf der Kühlerhaube des Streifenwagens und vergrub sein Gesicht in den Händen. Auch er bekam eine Decke um die Schultern. Der entsetzte Mann jammerte, seine Frau dürfe nichts über den Vorfall erfahren.

15. August 2004, Sonntag

Eliza hatte Wort gehalten. Es gab kein Frühstück. Werens aß einsam einen Erdbeerjoghurt und verschlang eine unreife Tomate sowie zwei Scheiben Schwarzbrot mit einer dünnen Schicht Margarine. Im Flur traf er den Onkel, der mit hängendem Kopf ins Badezimmer trottete. Er sah an diesem Sonntagmorgen längst nicht mehr so rüstig aus wie am Vorabend. Im Vorbeigehen murmelte er etwas, das Werens kaum verstand. Aber die Botschaft war klar: »Wir sind wiederholt unangenehm aufgefallen, mein Lieber!«

Werens fuhr in den kleinen Ort am Fluss, wo der ermordete Arzt gewohnt hatte. Er fand die Wisniowa-Straße und parkte sein Auto vor dem Haus, in dem sich die Tragödie abgespielt hatte. Den Zugang zur Villa bewachten zwei Schäferhunde, die nicht so fröhlich wirkten wie der Köter am Stadion. Sie liefen unruhig am Maschendrahtzaun hin und her. Plötzlich stellte sich einer von ihnen auf die Hinterbeine und stützte sich auf dem Metalltor ab. Werens drückte den Knopf an der Gegensprechanlage, in der Hoffnung, dass die Witwe des Opfers sich melden würde. Das war natürlich unverschämt. Seit den tragischen Ereignissen waren erst fünf Tage vergangen, aber Werens scherte sich wenig um die seelische Ruhe der Menschen, über die er schrieb. Bei der Arbeit war er genauso aggressiv wie die Hunde, die jetzt am Zaun klebten. Diesmal versprachen seine Bemühungen keinen Erfolg. In einem der Fenster bewegte sich leicht die Gardine, dann wurden weiße Rollos heruntergelassen. Werens beschloss, bei den Nachbarn Auskunft einzuholen. Aber erst fotografierte er das Haus noch aus verschiedenen Blickwinkeln. Besser als nichts.

Vor dem Nachbarhaus traf er einen älteren Mann, der das Haus hütete, während die Bewohner in Griechenland Urlaub machten. Als er hörte, dass Werens Journalist war, gab er bereitwillig Auskunft. Jerzy Walczak, stellte er sich vor, und er habe am fraglichen Tag auf der Gartenbank gesessen. Die Straße sei wie leergefegt gewesen, denn alle Menschen hätten wegen der Fußballübertragung vor dem Fernseher gesessen. Er selbst habe aber die Gartenbank vorgezogen. Um sechs sei der Arzt, der auch der hiesige Gefängnisarzt sei, angerannt gekommen. Er habe seine Tasche mitgehabt, also habe es sich wohl um einen Hausbesuch gehandelt. Sowas komme immer wieder vor, besonders wenn man sich nicht schone. Und der Nachbar, dieser Adamus, der habe gar nicht aufgepasst. Die Leute erzählten, er habe sich sogar so ein Depot legen lassen, am Hintern. Von so einem Mittel, *Esperal* heiße es wohl, damit ihm die Lust auf Schnaps vergehe, denn er habe gesoffen wie ein Loch! »Alle wussten Bescheid. Und so ein Säufer, wie kommt der an das ganze Geld? Gegen sieben gab es Geschrei. Geprügelt haben sie sich, wie die Wilden. Und danach wurde es plötzlich still. Da haben sie ihn umgebracht. Wer? Na, die Schmetterlinge, es waren die Schmetterlinge, so eine Gang. Sie waren zu dritt, sind auf ihre Motorräder gestiegen und weg waren sie! Hat keine halbe Minute gedauert.«

Werens Miene verfinsterte sich von Minute zu Minute. Dann schaltete er das Mikrofon aus. Selbst über den Zaun hinweg konnte er die Alkoholfahne des Alten riechen. Alles, was der gerade erzählt hatte, war ausgemachter Quatsch. Die Uhrzeit stimmte nicht – Biernat war um acht gerufen worden. Das hatte die Frau des verstorbenen Alkoholikers Adamus ausgesagt, und die Anrufliste bestätigte es. Geschrien wurde auch nicht, da der Mörder seinen Opfern den Mund zugeklebt hatte. Der Einzige, der möglicherweise geschrien hatte, war der ermordete Arzt, aber das konnte nicht um sieben gewesen sein, denn zu dieser Zeit war er noch gar nicht hier gewesen. Das Märchen von der Motorradgang brachte Werens aus der Fassung. Die einzige Information von Bedeutung, eine wahre Sensation, war die über den Arbeitgeber des Arztes. Der Verstorbene hatte im örtlichen Gefängnis und nebenher als Hausarzt gearbeitet. Für Ärzte, die ihre wirtschaftliche Situation aufbessern wollten, waren solche Modelle nichts Ungewöhnliches. Aber die Polizei hatte es nicht erwähnt. Eine innere Stimme sagte ihm, dass ein Besuch im Gefängnis Interessantes zu Tage fördern könnte.

Werens drehte sich um und ging zu seinem Auto zurück. Hinter sich hörte er den Zeugen lallend fragen, wann denn die Reportage erscheine. Er machte eine abfällige Handbewegung, die die kläffenden Hunde am Zaun noch mehr in Rage versetzte. Werens fuhr aus der Siedlung hinaus. Auf der Hauptstraße fragte er sich zum Gefängnisgebäude durch und stand wenige Minuten später vor dem düsteren Gemäuer in Barczewo.

Der Gebäudekomplex der Justizvollzugsanstalt hatte über Jahrhunderte den Franziskanerorden von der sächsischen Ordensprovinz des Heiligen Johannes des Täufers beherbergt. Beim Bau des Klosters hatten die Ordensbrüder große Zellen an der Vorderseite angelegt, während sie im niedrigen Erdgeschoss winzige Klausen untergebracht hatten. Wegen dieser Zellen wurde das Kloster gleich zu Anfang seiner Geschichte *Strafhaus* genannt. Durch eine Regierungsverordnung hatte der preußische Staat 1812 das Kloster nebst Ackerflächen und Wiesen übernommen. Man erweiterte den Bau um etliche Gebäude und brachte dort die Königliche Strafanstalt unter, in der fast tausend Häftlinge einsaßen, darunter viele Minderjährige, die Zigarren und Drainagerohre herstellen mussten. Das *Zuchthaus*, wie es damals genannt wurde, war ein Gefängnis für schwere Straftäter, in dem sogar Todesurteile vollstreckt wurden. Die Leichen der Sträflinge wurden auf dem angrenzenden Friedhof begraben, der nach 1945 durch Zutun des sowjetischen und des polnischen Geheimdienstes kräftig an Fläche zunahm. Beide Organisationen brachten Leichen aus dem benachbarten Olsztyn her, um sie hier zu verscharren. Hinter den Gittern dieses Gebäudes saßen zu der Zeit gleichermaßen Kriegsgefangene, Landesverräter, Volksdeutsche und Polen, die es der Volksmacht gegenüber an Unterstützung vermissen ließen. Werens hatte gelesen, dass in diesem Gefängnis der Gauleiter von Ostpreußen, Erich Koch, gestorben war. 1981 wurden hier die antikommunistischen Oppositionellen aus der Solidarnošć-Bewegung festgehalten. Das Gebäude flößte Respekt ein, und die hohe, mit Stacheldraht gesicherte Mauer wirkte bedrückend. Den Häftlingen musste ihr Anblick jede Hoffnung rauben, jemals unter die Lebenden zurückzukehren.

Werens drückte auf die Klingel, und in dem vergitterten Loch der Metalltür erschien das grimmige Gesicht eines Wärters. »Ich bin Journalist aus Warschau«, sagte Werens und zeigte seinen Presseausweis. »Ich schreibe über den Mord an Doktor Biernat. Könnte ich mit jemandem von der Direktion sprechen?«

Wortlos schloss der Wärter die Klappe wieder. Werens war sich nicht sicher, ob er seine Vorgesetzten über den Besuch benachrichtigen würde. Während er noch wartete, trat eine gepflegte dunkelhaarige Frau in heller Leinenjacke an die Tür. Behutsam schob sie Werens beiseite und drückte mit dem Finger auf die Klingel. Hinter dem Gitter erschien dasselbe gelangweilte Wärtergesicht, das sich aber angesichts der attraktiven Frau aufhellte.

»Guten Morgen, Frau Ewa! Sie kommen heute zur Arbeit?«

»Nein, Herr Janek. Ich habe bloß etwas vergessen. Ich muss nur kurz rein.«

Der Türsummer ertönte, die Frau drückte die Metalltür auf und ging an Werens vorbei ins Gebäude. Der Journalist versuchte, hinter ihr reinzuschlüpfen, aber der schwere Stiefel des Wärters versperrte ihm den Weg.

»Sie müssen warten, bis ich angerufen habe.« Sein Gesicht bewegte sich in den mürrischen Normalzustand zurück.

»Sie haben noch nicht angerufen?!«, empörte sich Werens.

»Und wen hätte ich Ihrer Meinung nach anrufen sollen, heute, am Sonntag?«

»Nach all dem, was passiert ist? Alle müssten da sein!«

»Und was ist passiert?«

»Tun Sie nicht, als ob Sie ein Idiot wären! Sie wissen selbst sehr wohl, was passiert ist. Ein Mitarbeiter Ihres Gefängnisses, Doktor Biernat, ist ums Leben gekommen!«

Die Tür fiel mit einem lauten Knall ins Schloss. Es war ein ungeschickter Schachzug gewesen, den Pförtner einen Idioten zu nennen. Der würde keinen Finger für ihn krumm machen. Er zündete sich eine seiner letzten Zigaretten an und sah auf die Uhr: Es war zehn. Sollte er die Sache bis Montag ruhen lassen, bis die schlafende Gefängnismaschinerie wieder in Gang gekommen war? Oder doch noch warten? Vielleicht ließ ihn der widerliche Kerl nur noch eine Viertelstunde zappeln, und dann würde sich schon jemand Zeit für ihn nehmen? Werens griff nach der nächsten Zigarette und ging auf der Straße vor dem Tor auf und ab. Plötzlich ging die Tür tatsächlich auf und die attraktive dunkelhaarige Frau namens Ewa kam mit einem Stapel Aktenmappen im Arm heraus. Sie verabschiedete sich vom Wärter und wollte zur Straße gehen. Werens trat seine Zigarette aus und ging auf sie zu.

»Guten Morgen! Mein Name ist Pawel Werens. Ich bin Journalist aus Warschau.«

»Sie wollen über Doktor Biernat schreiben?«

»Ja, genau.«

»Und warum wenden Sie sich an mich? Ich habe damit nichts zu tun. Sie wissen doch nicht einmal, wer ich bin.«

»Was ich gesehen habe, genügt mir. Vorerst.«

»Was haben Sie denn gesehen, dass Sie sich Antworten auf Ihre Fragen von mir erhoffen?«

»Was wollen Sie damit sagen?«

»Sie wissen nicht einmal, aus welchem Anlass ich Zutritt zu diesem Gebäude habe. Vielleicht bin ich zum ersten Mal hier.«

»Der idiotische Pförtner wollte nicht mal Ihren Ausweis sehen.«

»Herr Jan ist sehr nett. Bewerten Sie Ihre Mitmenschen immer so voreilig? Wenn ja, möchte ich nicht wissen, wie Sie Ihre Texte verfassen. Betreiben Sie möglicherweise diesen aggressiven Journalismus, der alles einer einzigen These unterordnet?«

»Entschuldigen Sie bitte. Ich habe falsch angefangen.«

»Tatsächlich? Sie haben erst angefangen? Ich hingegen denke, wir sind gerade fertig geworden.« Die Frau schob ihn zur Seite und ließ ihn stehen.

Werens hatte nicht vor, aufzugeben. Er sprang ins Auto und fuhr langsam hinter der Frau her, die zielstrebig bis zur Bushaltestelle lief. Offenbar wartete sie auf den Bus. Werens hielt an und streckte den Kopf aus dem Fenster.

»Kann ich Sie mitnehmen?«

»Wir fahren nicht in die gleiche Richtung.«

»Und woher wollen Sie wissen, wohin ich fahre?«

»Sicherlich nicht dahin, wo ich hin will.«

»Ich bitte Sie vielmals um Entschuldigung! Denken Sie bitte nicht, dass alle Kerle aus Warschau frech und eingebildet sind.«

»Das ist mir nicht neu. Ich bin in Sluzewiec geboren.«

»Wirklich? Was machen Sie dann hier?«

»Und Sie?«

»Ich arbeite.«

»Ich auch. Ein Arbeitsplatz wie jeder andere. Oder sogar besser als jeder andere. Eine derartige Kumulation von Aggression würde ich sonst nirgends finden.«

»Wovon sprechen Sie? Sind Sie auch Journalistin?«

»Sie scherzen wohl. Wahrhaftigkeit und ethisches Handeln bedeuten mir zu viel.«

»Mir auch!«

»Sie sind lächerlich und stur.«

»Und harmlos. Erlauben Sie mir, Sie mitzunehmen. Geben Sie mir eine Chance, den schlechten Eindruck wiedergutzumachen?«

»Oh, Sie können ja doch ganz nett sein. Na gut, ich verzeihe Ihnen. Vielleicht ein andermal.« Sie grinste breit, erhob sich von der Bank und lief leichten Schritts zu einem weißen Peugeot, der gerade vor Werens Auto hielt. Am Steuer saß ein Mann, der ihr die Seitentür aufmachte. Die Frau sank auf den Beifahrersitz und er küsste sie auf die Wange. Dann fuhren sie weg.

Werens saß eine Weile reglos da. Ein völlig irrationales Eifersuchtsgefühl befiel ihn – wegen einer schönen Frau, die ihm vollkommen fremd war. So ein Quatsch konnte ihm nur hier, in dieser Einöde, passieren.

Hanna hatte ihm nur die Adresse des Schmetterlingsexperten gegeben. Deshalb fuhr er direkt in die Kopernika-Straße und klingelte an der Haustür. Zu seiner Überraschung öffnete ihm ein alter Mann mit dichtem weißen Bart. Er lächelte freundlich und bat Werens ohne Umschweife herein. Hinter ihm schloss er sorgfältig die Tür, drehte den Schlüssel zweimal im Schloss und schlurfte dann den Gang entlang, an Holzregalen vorbei, die vollgestopft waren mit alten Zeitungen. Im Wohnzimmer lag ähnlich viel Gerümpel herum wie im Flur. Genauso sahen wahrscheinlich auch die übrigen Räume dieser ansonsten großzügigen und hellen Wohnung aus. Der Alte befreite einen Stuhl von Zeitungen und bat den Gast, sich zu setzen. Werens war überrascht. Der Mann hatte ihn hereingelassen, ohne ihn zu kennen, und benahm sich, als hätte er ihn erwartet. Doch das klärte sich rasch auf.

»Hanna hat mich gestern angerufen und Ihren Besuch angekündigt. Ich freue mich, Sie kennenzulernen. Ich heiße Glesk. Viktor Glesk. Ich bin Hannas Großvater.«

Überrascht stand Werens wieder auf, machte einen übertrieben höflichen Diener und reichte ihm die Hand.

»Pawel Werens. Ich freue mich sehr, dass Sie Zeit für mich haben. Und das an einem Sonntag.«

»Ich tue es für Hanna.«

»Ich werde daran denken, mich bei ihr zu bedanken.«

»Das bezweifle ich nicht.« Der Mann lächelte verschmitzt. »Ihnen gefällt meine Enkelin, oder? Wie sagt man doch gleich? Sie ist eine Sünde wert.«

Zum wiederholten Male verschlug es Werens die Sprache. Solche Direktheit hatte er nicht erwartet. Da ihm nichts Besseres einfiel, erwiderte er verlegen:

»Sie ist sehr hübsch.«

»Hübsch?!«, rief der Alte. »Hübsch ist das Wiener Nachtpfauenauge! Meine Hanna ist bildschön!«

»Sie haben Recht. Sie ist bildschön.«

Werens hoffte, bald das Thema wechseln zu können. In einem gewissen Sinne gelang es ihm auch, denn der verrückte Kauz begann, über das Nachtpfauenauge zu reden, den größten Schmetterling Europas, mit bis zu sieben Zentimeter langen Flügeln, in deren Mitte sich sogenannte Augen befänden. Sehr detailliert beschrieb der Wissenschaftler Erscheinungsbild, Lebensraum und Ernährung des Falters. Dies war die richtige Gelegenheit, um zum eigentlichen Thema überzuleiten. Werens räusperte sich.

»Und ein weißer Schmetterling? Vielleicht ein Weißling oder so was? Was ist das für eine Gattung? Wo kommt sie vor?«

»Was meinen Sie mit Weißling?« Der alte Glesk schüttelte empört seinen Bart. »Weißling ist keine genaue Bezeichnung! Es gibt weltweit tausend Arten von Weißlingen. Zum Beispiel der Große Kohlweißling, *Pieris brassicae*. Das ist ein gewöhnlicher Schmetterling. Er kommt in Gemüsegärten, auf Feldern, in Obstgärten oder sogar in Wäldern vor.«

»Ach so«, Werens konnte seine Enttäuschung nicht verbergen, »also nichts Besonderes?«

»Wieso nichts Besonderes!«, rief Glesk. »Jeder Schmetterling ist ein Wunder der Natur! Nehmen Sie nur beispielsweise den Buchen-Streckfuß. *Calliteara pudibunda*.«

»Tja, Schmetterlinge sind echt interessant«, fiel ihm der Journalist ins Wort. »Aber wenn ich das richtig sehe, können Sie mir leider nicht helfen. Es tut mir leid, dass ich Ihre wertvolle Zeit an einem Sonntagnachmittag beansprucht habe.«

»Wieso Zeitverlust? Es ist gut, dass Sie zu mir gekommen sind. Sie wollen mich doch nach einem behaarten weißen Schmetterling fragen, und ich sage Ihnen gerne alles, was ich über ihn weiß. Der Polizei habe ich das auch schon erzählt.«

Werens erstarrte. Er hatte sich getäuscht. Er war nicht der Erste, der auf die Idee gekommen war, sich mit den Schmetterlingen im Mund der ermordeten Männer zu beschäftigen.

»Der Polizei?«

»Sie waren gestern hier und haben mir das Foto eines Schmetterlings gezeigt. Sie fragten auch, ob es ein Kohlweißling sei, weil sie dachten, die weiße Farbe reiche für die Bestimmung aus. Dabei ist ein Kohlweißling nicht mal richtig weiß, das Weibchen hat auf dem oberen Flügelpaar zwei dunkle Flecken.«

»Spannen Sie mich nicht länger auf die Folter, Herr Professor. Was für ein Schmetterling ist es?«

»Mit Sicherheit handelt es sich um einen *Bombyx mori.*«

»Das heißt?«

»Ein Maulbeerspinner. Ein Falter aus der Familie der Echten Spinner. Sie haben mir sogar ein schönes Exemplar gezeigt. Groß, weißlich, mit fein geäderten Flügeln. Schön behaart. Das ist ein interessanter Schmetterling. Sein Kokon besteht aus einem sehr stabilen Faden, der bis zu drei Kilometer lang werden kann. Das Weibchen sondert ein Pheromon aus – Bombykol. Sie ist in der Lage, Männchen aus einer Entfernung von bis zu zehn Kilometern anzulocken! Woher kommen Sie noch gleich?«

»Aus Warschau.« Werens lächelte.

»Aus der Hauptstadt! Dann treiben Sie sich bestimmt regelmäßig in der High Society herum.«

»Herr Professor, bitte! Sie sind der Einzige, der mir helfen kann. Sagen Sie mir bitte, woher der Schmetterling kommt?«

»Aus dem Himalaya.«

»Woher!?« Werens wurde lauter.

»Und selbstverständlich aus Indien und China.«

»Jemand importiert diesen Schmetterling aus Asien?«

»Ach was!« Der Professor kratzte sich am Kopf. »Dieser Schmetterling lebt nicht mehr in freier Wildbahn.«

»Ist er ausgestorben?«

»Keineswegs. Er wurde domestiziert.«

Der Professor ging zu einem der zahlreichen verglasten Schaukästen im Raum und deutete mit dem Finger auf eins der darin ausgestellten Exemplare.

»So sieht unser Held aus. Früher hätte man Ihnen für die Eier des Seidenspinners ein Vermögen gezahlt oder Sie gründlich gefoltert. Die Chinesen hielten über zweitausend Jahre lang die Kunst der Seidenherstellung geheim. Angeblich hatte eine Kaiserin mal zufällig einen Kokon ins kochende Wasser fallen lassen, so fand man heraus, dass sich daraus ein feiner Faden spinnen ließ. Damit fing es an. Schließlich entstand die fast fünftausend Kilometer lange Seidenstraße. Händler transportierten die Seide nach Westen. Das Geheimnis ihrer Herstellung blieb bestehen, bis ein sizilianischer König Mitte des zwölften Jahrhunderts Handwerker aus Korinth und Theben entführte. Danach ging es los: Frankreich, Spanien, Italien. Unser Seidenspinner wurde hart rangenommen. Pausenlos musste er Maulbeerblätter, manchmal auch Eichenblätter fressen. Technisch sieht es nämlich so aus: Der Falter legt Eier. Sie bleiben bei niedrigen Temperaturen liegen, bis die ersten Maulbeerblätter sprießen. Die Raupen fressen die Blätter. Stellen Sie sich vor, ihr Körpergewicht nimmt in vier Wochen um das Zehntausendfache zu! Dann häuten sich sich die Raupen und nach der vierten Häutung spinnen sie einen Kokon.«

»Diese drei Kilometer Faden.«

»Ja, genau. Und dann teilt man die Seidenraupen auf: in welche, aus denen Seide entstehen wird und in ...«

»Schmetterlinge?«

»Genau.«

»Diese Schmetterlinge kommen also nicht nur in Asien vor.«

»Es gibt sie in ganz Europa. Am liebsten fressen sie die chinesische weiße Maulbeere.«

»Können sie auch in Polen leben?«

»Sicher.«

»Und hier, in dieser Gegend?«

»Sie müssen lediglich entsprechende Bedingungen vorfinden.«

»Vielen Dank, Herr Professor! Ihr Wissen und Ihre Sammlung sind beeindruckend. Sie haben mir sehr geholfen, aber nun muss ich mich verabschieden.« Werens ging zur Tür.

»Was meine Sammlung betrifft, ist Ihre Einschätzung übertrieben. Im Schloss von Drogosze, da gab es eine herrliche Sammlung exotischer Schmetterlinge. Tausende von Prachtexemplaren! Die Dönhoffs hatten ihre Schätze über Jahrhunderte zusammengetragen. Angeblich hat man dort noch nach dem Krieg ein Spezialzimmer für die wertvolle Sammlung eingerichtet.«

»Was ist aus der Sammlung geworden?«

»Wer weiß ...«

Werens war zufrieden. Nun hatte er eine Information, die die anderen nicht hatten. Er hatte den behaarten Schmetterling identifiziert, mit dem der Mörder seine Opfer *gefüttert* hatte. Damit konnte er seine Leute in der Redaktion beeindrucken. Der Titel seiner Reportage stand fest.

»Wissen Sie, dass man mich schon früher einmal nach diesem Schmetterling gefragt hat?«, sagte plötzlich der Professor.

Werens wurde hellhörig.

»Das muss 1976, nein, 1977 gewesen sein. Ja, exakt. Zu Weihnachten. Hanna war fünf Monate alt und hatte eine Erkältung. Wir haben hier alle zusammen gewohnt. Ich und ihre Eltern. Da, am Fenster, stand ihr Bettchen. Mittags kamen zwei Zivilbeamte. Sie zeigten mir ein Foto von einem Schmetterling – so wie dieser jetzt auch. Ich habe sie nicht ausgefragt. Aber sie haben mir von alleine erzählt, dass sie ihn im Mund eines Toten gefunden hatten. Es muss eine wichtige Person gewesen sein. Ich denke, einer von ihnen. Ein Uniformträger.«

»Wie kommen Sie darauf?« Werens lief nervös im Zimmer auf und ab, nicht besonders wohlerzogen, aber das war ihm egal. Er wartete gespannt auf die Antwort.

»Sie haben mir verboten, darüber zu sprechen. Aber das gilt ja jetzt wohl nicht mehr?« Der Alte lächelte. »Ein Vierteljahrhundert ist seitdem vergangen. Es gibt keine Volkspolizei mehr, nur noch die Polizei.«

»Aber die Schmetterlinge sind dieselben.«

»Vollkommen identisch!«

»Sind Sie sich sicher?«

»Wollen Sie mich beleidigen? Ich erkenne ja wohl einen Bombyx mori!«

»Verzeihung, Herr Professor! Sie haben mir sehr geholfen. Ich weiß nicht, wie ich Ihnen danken soll!«

Der Alte sah zum Fenster und schien in Gedanken versunken. Seine Augen glänzten auf einmal feucht.

»Ja, das war eine schwere Zeit. Grazyna, meine Frau, war ein Jahr zuvor von uns gegangen. Heute hätten die Ärzte sie vielleicht retten können, sie hätten ihr ein neues Herz eingesetzt. Aber damals war keine gute Zeit. Eine düstere Zeit. Meine Frau hat im Gericht gearbeitet. Nachdem es 1976 abgebrannt war, begann eine Hetzjagd. Viele Verfahren lösten sich sozusagen in Luft auf. Das Löschwasser hatte sie weggespült. Oder die Akten waren verbrannt. Die Leute faselten was von gezielter Brandstiftung oder einem Attentat. Und meine Frau nahm es sich sehr zu Herzen. Wozu nur? Ich sage Ihnen, wichtig ist nur das, was Ihren Nächsten passiert. Der Rest ist unwichtig. Regierungen kommen und gehen, Ansichten auch, Moden, Menschen, Landesgrenzen. Nur die Familie bleibt. Mir ist nur Hanna geblieben. Sie ist ganz alleine, ein Waisenkind. Ihre Eltern haben sich für ein Leben jenseits des Ozeans entschieden. Das ist kein Geheimnis. Sie haben damals die sogenannte freie Welt gewählt. Hanna hat es Ihnen sicherlich schon selbst erzählt. Wenn nicht, dann wissen Sie jetzt Bescheid. Das war eine schlechte Zeit. Die Zeit falscher Entscheidungen.«

»Wir kennen uns noch nicht so gut.« Werens fühlte sich unwohl. Die Geschichte über die Angehörigen des Professors kratzte unangenehm an seinem eigenen Gedächtnis. Er marschierte erneut zur Tür. Jetzt hatte er nicht mehr vor, umzukehren. Die neuen Informationen beflügelten ihn. Die Treppe hinunter nahm er immer zwei Stufen auf einmal. Danach stieg er in seinen Golf und fuhr zum Polizeipräsidium. Um zwölf Uhr sollte die Pressekonferenz zur Mordserie beginnen.

Als er in der Partyzantow-Straße ankam, hatte er noch viel Zeit, daher holte er sein Notizbuch heraus und fing an zu schreiben. So arbeitete er immer. Zuerst hielt er erste Gedanken auf dem Papier fest, danach bastelte er am Computer am eigentlichen Text. Beim Abtippen fielen ihm normalerweise weitere Details ein, die er hinzufügen konnte. Dieses System funktionierte schon seit Jahren. Werens hatte nicht vor, es zu ändern.

Vor dem Polizeipräsidium hatte sich inzwischen eine Menschenmenge versammelt, größtenteils Journalisten, die wie er zur Pressekonferenz wollten. Sie äußerten ihren Unmut darüber, dass sie nicht ins Gebäude hineingelassen wurden. Die Sonne knallte unerbittlich auf den betonierten Vorplatz und kein Lüftchen regte sich. Passanten beäugten neugierig den ungewöhnlichen Menschenauflauf. Sie waren auf dem Weg zur Kirche, um Mariä Himmelfahrt zu feiern, oder zum Festakt zu Ehren der polnischen Armee, der eine Straße weiter stattfand. Unter dem bogenförmigen Vordach des Polizeipräsidiums hatte man ein Podest aufgestellt, auf dem nun ein junger Mann in Uniform erschien. Mit Hinweis auf Renovierungsarbeiten im Gebäude entschuldigte er sich bei den versammelten Journalisten für die Unannehmlichkeiten.

»Guten Tag«, begann er höflich. »Ich vertrete die Presseabteilung des Polizeipräsidiums. Mein Name ist Wisniewski. Ich werde Ihre

Fragen beantworten, so weit es mein Wissen und die laufenden Ermittlungen erlauben. Kommen wir zur Sache: Die Mordserie in unserer Woiwodschaft hat ein weiteres Opfer gefordert: den Arzt Dr. Tomasz Biernat. Er wurde am Dienstag, gegen acht Uhr abends, unter einem Vorwand zu Herrn Adamus, einem Patienten, in dessen Haus in Barczewo gelockt und von dem unbekannten Täter, der zuvor in das Haus der Familie Adamus eingedrungen war, dort ermordet. Der Besitzer des Hauses starb ebenfalls, er erlag einem Herzstillstand. Das ist jedoch nicht alles. Heute Nacht wurde eine weitere Leiche gefunden.«

Ein Raunen ging durch die Menge.

»Um null Uhr dreißig«, fuhr der Polizeisprecher fort, »ging beim diensthabenden Offizier des Polizeipräsidiums in Olsztyn die Nachricht über einen Leichenfund ein. Vertreter der Staatsanwaltschaft und der Polizei begaben sich zum Fundort im Dorf Lutry, am dortigen See. Der Vorfall ereignete sich in der Nacht von Samstag auf Sonntag. Das Opfer ist männlich. Es war nackt und seine Beine waren gebrochen. In seinem Mund fand man – wie in den anderen drei Fällen – einen Schmetterling. Die Leiche wurde in einer Scheune entdeckt. Die Ermittlung wird von der Staatsanwaltschaft Olsztyn geleitet. Die Autopsie wurde bereits durchgeführt.«

Der Reporter eines privaten überregionalen Fernsehsenders stellte die erste Frage.

»Wer hat die Leiche des Arztes in Barczewo entdeckt?«

»Eine Nachbarin. Weil ihr Hund unablässig jaulte, sah sie im Nachbarhaus nach dem Rechten. Der Täter hatte den Hausherrn sowie seine Frau gefesselt. Der Mann war bereits tot, als der Rettungsdienst am Tatort eintraf.«

»Was war die unmittelbare Ursache für den Tod des Arztes?«

»Tomasz Biernat wurde durch einen Stromstoß getötet. Man könnte auch sagen, er wurde verbrannt.«

»Gibt es eine Verbindung zwischen den Opfern? Hatten sie beruflich miteinander zu tun? Waren sie miteinander verwandt? Haben sie sich gekannt?«

»Wir ermitteln auch in diese Richtung.«

»Und der Mann in der Scheune? Was war die Todesursache?«

»Er ist erfroren.«

»Im August?!« Die Zeitungsleute redeten wild durcheinander.

»Aus ermittlungstechnischen Gründen kann ich keine Details nennen. Ich kann nur sagen, dass er in der Nähe eines Fahrzeugs gefunden wurde und Verletzungen an den Handgelenken hatte.«

»Das Fahrzeug war ein schwarzer BMW, Herr Kommissar. Das ist doch allseits bekannt.«

Wohl nicht, dachte Werens. Er war wütend. Die Geschichte verwandelte sich in einen Albtraum! Wohin sollte das noch führen? Vier Tote in vier Monaten. Wenn man diese Schnapsdrossel Adamus mitberücksichtigte, sogar fünf.

»Ist es nicht so, dass dem ermordeten Staatsanwalt aus Elblag ein schwarzer BMW gestohlen wurde? Handelt es sich um denselben Wagen?«

Die Journalisten warteten gespannt auf die Antwort.

»Ja«, gab der Pressesprecher nach kurzem Zögern zu. »Vieles weist darauf hin.«

Eine Journalistin ergriff das Wort.

»Seit wann erfrieren Menschen in Luxusautos?«

Ein braungebrannter Mann mittleren Alters, der neben dem Polizeisprecher stand, flüsterte ihm etwas zu, was dem Kommissar sichtlich unangenehm war.

»Wer ist der Herr neben Ihnen?«, wollte die Journalistin wissen.

Nach einem peinlichen Moment stellte sich der Mann selbst vor.

»Ich heiße Klaman, bin stellvertretender Kommandant und leite den Kriminaldienst.« Der Beamte sprach mit hoher, fast piepsiger Stimme. »Die Ermittlungen stehen noch am Anfang und wir dürfen Ihnen keine weiteren Auskünfte erteilen. Auch nicht über den ermordeten Arzt.«

»Was sollen wir unseren Lesern sagen? Dass wir in Polen mitten im Sommer Frost hatten und deshalb einen Kältetoten beklagen müssen?«, fragte ein Journalist spöttisch. »Und dass sich in dem Raureif auf dem BMW ganz zufällig Wörter abzeichneten? Wir sind doch keine Idioten! Was waren das für Schriftzeichen auf dem BMW? Wie sind sie entstanden? Wer hat sie gemacht?«

Klamann lief rot an.

»Ich wiederhole, wir stehen am Anfang der Ermittlungen. Wir wollen keine Panik in der Bevölkerung. Bedenken Sie bitte, dass der sommerliche Reiseverkehr die Haupteinnahmequelle in unserer Gegend ist. Wir wollen vermeiden, dass die Touristen in Panik geraten und abreisen.«

»Ist es nicht eher so, dass diese Informationen aus ganz anderen Gründen geheim gehalten werden sollten und trotzdem durchgesickert sind? Ist das der Grund für diese Pressekonferenz, bei der uns nichts erzählt wird?«

Der Offizier gab keine Antwort.

»Und das Opfer in der Scheune?«

»Eine männliche Person im Alter von etwa siebzig Jahren. Der Mann war nackt und hatte keine Papiere bei sich.«

»Vielleicht ein weiterer Staatsanwalt?«

»Wie gesagt, die Ermittlungen haben erst angefangen«, wiederholte der Polizist sein Mantra.

»Wir sind nicht so weit gefahren, um uns anzuhören, was halb Polen schon weiß. Dieser Arzt wurde am Dienstag ermordet und die Pressekonferenz findet erst heute statt. Warum so spät?«

Werens kämpfte sich durch die verschwitzte Menschenmenge. Hier würde er keine neuen Informationen bekommen. Die Polizei mauerte. Als er zum Auto ging, wurde an der nahen Kaserne gerade die Ehrensalve abgefeuert. Ein grauer Taubenschwarm flatterte von den umliegenden Dächern auf. Das Fest der Soldaten hatte begonnen.

Werens beschloss, zum letzten Tatort zu fahren, um sich mit den Einheimischen zu unterhalten. Jemand musste den schicken Wagen bemerkt haben, auch wenn in dieser ärmlichen Gegend während der Urlaubssaison solche Autos keine Seltenheit waren. Sie gehörten Städtern, die die Ferien in ihren Sommerhäusern verbrachten, oder ausländischen Touristen auf Entdeckungstour im *Land der tausend Seen*. Er breitete die Landkarte auf der Motorhaube aus. Sein Blick wanderte über die gelb markierten Ortsnamen, bis er Lutry und den gleichnamigen See fand. Der einfachste Weg führte über die Landstraße 16, die sich durch dichte Wälder zur Großen Masurischen Seenplatte wand. Hinter dem Schutzgebiet Zabrodzie musste er nach Biskupiec abbiegen und dann immer weiter nach Norden fahren. Doch zuvor hatte er noch etwas anderes zu erledigen. Um vier war er verabredet.

Hanna zu finden, gestaltete sich schwieriger als gedacht. Werens folgte der Partyzantow-Straße bis zur Eisenbahnbrücke. Hinter der halb zerfallenen Konstruktion aus Beton und Stahl bog er in die Wojska-Polskiego-Allee ein. Dort steuerte er zunächst eine Tankstelle an. Die Straßen waren wie ausgestorben. Werens betrat den Tankstellenkiosk, bezahlte und fragte den jungen Kassierer nach der Krucza-Straße. Der Bursche starrte ihn eine Weile dumpf an, dann lächelte er breit und reichte ihm einen Stadtplan, für den er zehn Zloty verlangte. Werens bezahlte widerwillig und kurz darauf rollte er durch ein Viertel, in dem alle Straßen nach Vögeln benannt waren. Dann bog er nach links ab und gelangte schließlich in die Krucza-Straße.

Hanna wohnte in einem schönen Mehrfamilienhaus mit einem schmiedeeisernen Tor in Form von ausgebreiteten Vogelschwingen vor dem Eingang. Genau passend für den Vogelpark, wie Werens fand. Er drückte auf den Knopf der Sprechanlage und wartete. Ein kleiner Hund kam angelaufen und begrüßte ihn aufgeregt. Hanna öffnete und legte ihre Hand über die Augen, um das grelle Sonnenlicht abzuschirmen. Sie trug einen kurzen roten Rock und eine eng anliegende schwarze Bluse.

»Du kommst zu spät«, sagte sie vorwurfsvoll.

»Du bist schwer zu finden«, sagte er. »Überall wimmelt es von Amseln und Meisen.«

Sie lachte.

»Hast du meinen Großvater gefunden?«

»Vielen Dank für die Hilfe. Dein Großvater ...«, Werens zögerte.

»Hat er dir etwa nicht gefallen?« Sie stemmte in gespielter Entrüstung die Hände in die Hüften.

»Dein Großvater ist einsame Spitze! Und seine Sammlung – imponierend! Er hat mir sehr geholfen. Du kannst dir nicht vorstellen, wie sehr!«

»Dann musst du dir Mühe geben mit deiner Einladung.«

»Das denke ich auch. Komm, steig ein!«

»Warte mal, ich muss nur noch kurz mit Andrzej sprechen.«

»Andrzej?«, wiederholte er überrascht.

»Ja. Mit meinem fast Ex-Mann.«

»Fast Ex-Mann?«

»Wir leben seit einem Jahr getrennt. Ich habe Andrzej gebeten, auf Agata aufzupassen, unsere Tochter. Sie ist drei.«

Werens hatte es die Sprache verschlagen. Er fühlte sich komplett überfordert. Damit hatte er nicht gerechnet.

»Ist etwas nicht in Ordnung?«, fragte sie und musterte ihn mit hochgezogenen Augenbrauen.

»Alles okay«, brachte er endlich heraus. »Ich habe nicht gewusst, dass du Mann und Kind hast.« In Werens' Kopf leuchtete ein rotes Licht auf. Das passte nicht in seinen Plan. Eine Sommerromanze, ein bisschen Sex ... Mann und Kind kamen darin nicht vor. Er musste diese Bekanntschaft so schnell wie möglich beenden. Spätestens, wenn er nach Warschau zurückkehrte.

»Wir lassen uns scheiden. Hast du damit ein Problem?«, brachte ihn Hanna in die Gegenwart zurück. »Menschen kommen zusammen und gehen wieder auseinander. Manchmal ergeben sich daraus Kinder. Stört es dich, dass wir uns gut verstehen? Andrzej wird auf Agata aufpassen, bis wir zurück sind, es sei denn, deine Einladung gilt nicht mehr?«

»Es ist schön, dass ihr euch beide um die Erziehung eurer Tochter kümmert.« Er lächelte etwas bemüht.

Hanna ging ins Haus. Nach fünf Minuten kam sie zurück.

»Wir können los«, rief sie ihm von der Steintreppe aus zu.

»Ich entführe dich aus der Stadt. Wir machen einen Ausflug.« Er öffnete die Beifahrertür. »Aber der Hund sollte besser hierbleiben«, fügte er hinzu.

Im Auto verbreitete sich Lavendelduft. »Apropos, wie geht es unserem Patienten?«

»Meinst du den Hund?«

»Ja. Den ich angefahren habe«, sagte er kleinlaut.

»Ziemlich gut. Noch ein paar Tage.«

»Und ab ins Tierheim?«

»Leider ja.«

Werens kurvte durch die Straßen des Villenviertels in Richtung Innenstadt.

»Verrätst du mir jetzt endlich, warum du dich für Schmetterlinge interessierst?«, fragte Hanna, während er einige Autos überholte, die imposante Boote auf Anhängern hinter sich herzogen.

Werens dachte kurz nach.

»Ich schreibe einen Artikel über diese Mordserie. Am Samstag wurde ein weiterer Mann ermordet. Davon hast du sicher gehört. Der Täter stopft seinen Opfern immer einen Schmetterling in den Mund. Dein Großvater hat mir geholfen, herauszufinden, was für ein Schmetterling es ist. Er hat mir noch etwas verraten, aber darüber kann ich im Moment noch nicht sprechen.«

Werens' Worte hatten Hanna nachdenklich gemacht. Sie blickte aus dem Fenster. Rapsfelder, glitzernde Wasserflächen, bewaldete Hügel, grüne Wiesen und gemächlich kauende Kühe zogen vorbei. Schließlich wandte sie sich Werens zu.

»Alle reden darüber und alle haben Angst. Gestern hat das Lokalfernsehen berichtet, dass eine Gruppe Jugendlicher einen Mann überfallen hat. Der Ärmste habe sich angeblich verdächtig benommen. Die Angreifer hielten ihn für den Serienmörder. Sie haben ihn ziemlich übel zusammengeschlagen. Das Einzige, was er sich hat zuschulden kommen lassen, war, dass er auf einer Parkbank saß und Menschen beobachtete. Eine widerliche Geschichte! Als ob es nichts anderes gäbe. Versprich mir, dass du zumindest heute nicht mehr darüber sprichst.«

Werens nickte, obwohl er sich sicher war, sein Versprechen nicht halten zu können. Zumal sie gerade nach Norden unterwegs waren, auf der Straße, die zur russischen Grenze führte. Und durch den Ferienort Lutry. Sie fuhren geradewegs zum letzten Tatort der makabren Mordserie.

Vor einer kleinen Kneipe hielt Werens an. Im Biergarten fanden sie einen freien Tisch; dann gab Werens vor, Getränke zu besorgen und nach der Speisekarte zu fragen, und betrat den Gastraum. Ohne Umschweife fragte er den jungen Mann am Tresen, wo man die Leiche gefunden habe. Die Stelle befand sich ganz in der Nähe.

Er bedankte sich, gab ein üppiges Trinkgeld und ging mit den Getränken und der Speisekarte wieder hinaus. Hanna hatte es sich inzwischen in einem Liegestuhl bequem gemacht und genoss mit geschlossenen Augen die Nachmittagssonne. Als Werens mit einem kühlen Glas ihren Oberarm berührte, schreckte sie hoch. Sie nahm die Speisekarte und wählte ein vegetarisches Gericht. Um ihr zu gefallen, bestellte Werens das Gleiche.

»Nach dem Essen«, sagte sie, »gehen wir baden. Es war eine tolle Idee, hierherzukommen!« Sie strahlte ihn an und legte ihre Hand auf Werens'. »Ich bin hier noch nie gewesen. Die Gegend ist wunderschön! Diese Wälder und Seen, die Ruhe und Stille.«

Werens stockte, als das Wort *baden* fiel. Er ließ Hanna ausreden und sagte dann bedauernd:

»Ich kann nicht ins Wasser. Tut mir leid.«

»Hast du deine Badehose vergessen? Mach dir nichts draus. Ich habe auch keinen Badeanzug mit.« Sie sah ihn herausfordernd an. »Wir suchen eine Stelle, an der wir alleine sind.«

Werens räusperte sich. »Komm mit«, sagte er.

Das Essen, das die Speisekarte als *vegetarische Fantasie mit Sojasprossen* anpries, ließen sie fast unberührt stehen und legten das Geld für die Rechnung daneben. Dann fuhren sie weiter. Auf einem kiesbedeckten Parkplatz stellten sie das Auto ab und gingen zum See. Hanna lief zwei Schritte vor ihm, und während sie entzückt von Sträuchern, vorbeifliegenden Schwalben und dem Sonnenschein schwärmte, starrte er gebannt auf ihre schwingenden Hüften. Sie kamen an einem Steg mit lärmenden Badegästen vorbei und nahmen dann einen Pfad, der sich durch das Schilf schlängelte. Hannas Stöckelschuhe versanken im matschigen Boden. Sie streifte sie ab und lief barfuß weiter. An einer mit Grasbüscheln bedeckten Böschung blieben sie stehen. Als hätte sie Werens' Gedanken gelesen, schlüpfte sie aus ihrem Rock und ermunterte ihn mit einer Handbewegung, das Gleiche mit seiner Hose zu tun. Während er mit Sandalen und Gürtelschnalle kämpfte, entledigte sich Hanna ihrer knappen Unterwäsche. Mit einem Freudenschrei stürzte sie sich ins Wasser. Werens blieb in seiner gestreiften Unterhose am Ufer stehen. Er beobachtete Hannas nackten Körper, der immer wieder aus dem Wasser auftauchte. Er fühlte großes Verlangen nach ihr. Aber nicht einmal sie konnte ihn dazu bewegen, ins Wasser zu steigen. Hanna war eine hervorragende Schwimmerin. Schnell entfernte sie sich vom Ufer. Er brauchte sich um sie nicht zu sorgen. Rasch zog er sich wieder an und machte sich auf den Weg.

Der Tatort war mit einem weiß-roten Band abgesperrt. Dahinter standen uniformierte Polizisten. Das Auto wurde aus der Scheune geborgen. Eine Handvoll Schaulustiger und Journalisten beobachtete die Polizeiaktion. Manche Gesichter kannte Werens von der Pressekonferenz. Fernsehkameras liefen, das Innere der Scheune wurde mit starken Strahlern ausgeleuchtet. Werens lief von einem zum anderen und stellte Fragen. Leider erfuhr er nichts Neues. Es gab auch keine Gelegenheit, die Scheune zu betreten. Folglich konzentrierte er sich auf den BMW. Er nutzte das Durcheinander, das beim Verladen des Autos entstand, und schlüpfte unter dem Absperrband hindurch. Er schaffte es gerade noch, die Plane, die über dem BMW lag, anzuheben, da wurde er auch schon energisch aus der Sperrzone gewiesen. Der Polizist, der ihn einfach über das Band hievte, obwohl er einen Kopf kleiner war als Werens, machte ihm unmissverständlich klar, dass ein zweiter Versuch ihn direkt ins Gefängnis bringen würde. Das konnte er nicht riskieren. Hanna würde es ihm nie verziehen, wenn sie den wahren Grund für diesen Sonntagsausflug entdeckte.

Als er wieder beim See ankam, lag Hanna nackt auf dem Rücken und sonnte sich. Er stellte sich über sie und verdeckte die Sonne. Sie schlug die Augen auf.

»Wo warst du?«

»Ich bin zum Auto gelaufen, um Zigaretten zu holen«, sagte er.

»Du bist ein geheimnisvoller Mann, Pawel Werens. Das gefällt mir. Mich stört nicht einmal, dass du ein Frauenheld bist. Tief in deinem Herzen verbirgt sich Melancholie. Deine Seele trauert.« Sie streckte die Hand aus. »Komm!«, sagte sie und zog ihn zu sich.

Als sie in die Stadt zurückkamen, wurde es bereits dunkel. Hanna war eingeschlafen und ihr Kopf lehnte an seiner Schulter. Werens brachte sie nach Hause. Sie gab ihm ihre Telefonnummer, dann verabschiedeten sie sich zärtlich voneinander.

Beim Onkel brannte Licht, doch Werens ging nicht hinein. Eliza arbeitete in der Küche, es roch nach Champignons und Tomaten. Werens hatte Hunger, aber er wollte keine Konfrontation mit der Frau seines Onkels riskieren. Er ging nach oben und trat auf den Balkon. Neben dem Liegestuhl stand eine halb volle Wodkaflasche. Mit jedem Schluck ging es ihm besser. Er dachte an Hanna, an ihren Körper und wie sie beim Höhepunkt geschrien hatte. Es gab aber noch einen anderen Grund für seine gute Laune: die beiden Wörter, die er gelesen hatte, ehe der Polizist ihn buchstäblich vom Tatort geworfen hatte: *Smaragdes* und *Theodoulus*.

24. Dezember 1977, Samstag

In den Fenstern des Dönhoff-Schlosses wurden Kerzen angezündet. Kurz darauf fuhren Autos vor. Den Kennzeichen nach kamen sie aus dem ganzen Land. Schweigende, düstere Männer setzten sich an den Tisch in der Kapelle. Bald schloss sich ihnen ihr Anführer an. Er begrüßte die Versammelten und streckte den Arm nach einem großen Umschlag aus, der auf dem Tisch neben einem Brieföffner lag. Bruder Montalto nahm beides in die Hand und ging um die Versammelten herum. Dabei sprach er:

»Es naht der Tag, an dem man sprechen wird: *So verlieh ihnen Kain, ihr Vater, die Kraft, Großes zu vollbringen!* Uns, den Brüdern von Esau und Korach. Der Tag ist nah. Ihr ahnt nicht, wie nah!«

Unvermittelt blieb Montalto hinter dem Rücken eines beleibten kahlköpfigen Mannes stehen, an dessen Schläfen Schweiß glänzte.

»Kain, unseres Vater, stammt von einer stärkeren Macht ab, Abel von einer schwächeren. Die beiden Mächte vereinigten sich in Evas Schoß und so gebar sie Kain und Abel. Die Brüder stritten miteinander und derjenige, der von der stärkeren Macht geboren wurde, brachte jenen um, der von der schwächeren Macht stammte. Brüder, so wird es auch mit uns geschehen! Denn wir kommen von der stärkeren Macht und werden jene besiegen, die sich vielleicht stark nennen, deren Schwäche sich aber bereits gezeigt hat!«

In diesem Moment machte Montalto eine schnelle Handbewegung und hielt dem Dicken den Umschlag vors Gesicht. Aus dem Schatten kam der junge Bucklige angelaufen. In der Hand hielt er eine Rolle breites, graues Packband. Damit umwickelte er den Kopf des überrascht strampelnden Mannes. Statt eines Gesichts trug er nun eine Papiermaske, die an Nase, Augen und Mund dicht auflag. Der Mann konnte kaum atmen, man sah, dass das Papier, das seinen Kopf vom Hals bis zur Glatze dicht umgab, ihm die Luft zum Atmen raubte. Montalto legte den Brieföffner an der Stelle an, wo er den Mund vermutete.

»Fast zwei Jahre haben wir gebraucht, um dem Verräter auf die Schliche zu kommen. Seht ihn euch an. Er nennt sich unser Bruder. Um Haaresbreite wäre unsere Sache für immer verloren gewesen. Seine Geldgier hat ihn verraten. Wollt ihr hören, was er zu seiner Verteidigung zu sagen hat?«

Alle am Tisch schwiegen. Montalto kratzte mit dem Brieföffner an der Maske. Er sah das Entsetzen in den Gesichtern der Brüder. Er stieß die Klinge ins Papier, das sich sogleich rot färbte.

»Das habe ich mir gedacht.« Er zog den Brieföffner aus der Kehle des Getöteten, der zu Boden sank. Montalto wischte die Klinge an dessen Mantel ab. Dann setzte er sich wieder an seinen Platz und befahl dem Buckligen, den Toten aus der Kapelle zu tragen und im Keller zu verstecken. Der Bucklige fasste die Leiche an den Händen und zog sie langsam aus dem Saal. Sie hinterließ eine im Zickzack verlaufende bräunliche Spur auf dem Fußboden.

Montalto lächelte.

»Brüder! Bald ist es soweit. Der neunte Monat des kommenden Jahres wird große Veränderungen mit sich bringen! Die Sache ist beschlossen! Der Plan ist fertig. Er ist auch realistisch. Ort und Zeit sind schon bekannt. Wir werden mit großer Kraft zuschlagen! Mit einer Kraft, wie sie das Land schon lange nicht erlebt hat! Ehe wir ins Detail gehen, ein kurzer Themenwechsel. Nach unserer letzten Zusammenkunft wurde mir berichtet, dass manche von euch von den, nennen wir es, künstlerischen Darbietungen enttäuscht waren. Konkret ging es um das Alter unserer jungen Gäste. Ich garantiere euch, heute Nacht werden wir wesentlich jüngere Gesellschaft bekommen. Es sei denn, ihr habt etwas gegen Kinder.«

16. August 2004, Montag

Morgens rief Werens in der Redaktion an und lieferte einen kurzen Bericht ab. Bei der Gelegenheit machte er der Redaktionsassistentin eine kleine Szene wegen der verpatzten Hotelbuchung. Dann sprach er mit dem Chefredakteur. Er fasste seine bisherigen

Erkenntnisse zusammen, die seinen Vorgesetzten allerdings nicht sonderlich beeindruckten. Die Erwartungen waren hoch. Werens versprach, die fertige Reportage spätestens Ende der Woche zu liefern, was natürlich völlig illusorisch war.

Beim Frühstück sprach er mit seinem Onkel. Ein Wunder war geschehen – Eliza war gut gelaunt und hatte aufgetischt. Das lag bestimmt daran, dass Werens den ganzen vorherigen Tag außer Haus verbracht hatte. So hatte der Onkel den Sonntag mit seiner Frau verbracht. Vielleicht gab es aber auch noch ganz andere Gründe.

Sie aßen Omelette und Werens erzählte von seinem Ausflug zum neusten Tatort; er beendete seinen Bericht mit der Frage nach Smaragdes und Theodoulus. Der alte Mann nickte bedächtig. Er hatte die Namen schon mal gehört und versprach seinem Neffen, sich gleich nach dem Frühstück in sein Studierzimmer zurückzuziehen, um nach Informationen zu suchen.

Werens begab sich ins Rathaus, in den Lesesaal der Stadtbibliothek. Er ließ sich Zeitungen der Jahrgänge 1976 bis 1978 bringen. Vor einem Stapel vergilbter und muffig riechender Blätter machte er es sich bequem.

Nach einigen Stunden hatte er Kopfschmerzen und nichts gefunden. Seit dem Gespräch mit dem alten Schmetterlingsforscher wusste er, dass es vor fast dreißig Jahren einen ähnlichen Mord gegeben haben musste. Die Volkspolizisten hatten dem Mann einen Schmetterling gezeigt. Darüber würde er bestimmt nichts finden, aber über den Mord selbst musste doch berichtet worden sein. Da man den jungen Wissenschaftler damals zu Weihnachten aufgesucht hatte, war das Opfer sicherlich jemand von Bedeutung gewesen. Jemand, dessen Tod den ganzen kriminalistischen Apparat in Aufruhr versetzt hatte. Der Tod einer wichtigen Person konnte von den Medien nicht ignoriert worden sein. Andererseits lief es damals vielleicht auch anders. Die kommunistischen Behörden hatten ihre Geheimnisse und ihre Sünden vor der Öffentlichkeit verborgen. Er musste den Stapel noch einmal durchgehen.

Die Lektüre war nicht besonders abwechslungsreich. Erfolge der Behörden, Tagungen, Kundgebungen, Reden. Die Eröffnung einer Fabrik, eines Straßenbauabschnitts. Ein Thema hatte von Tag zu Tag mehr Raum eingenommen: die Vorbereitungen für das Erntedankfest. Die Feierlichkeiten sollten im September 1978 in Olsztyn stattfinden. Normalerweise wurden solche Feste in Warschau gefeiert, im Nationalstadion, in dem hunderttausend Zuschauer Platz fanden. Aber der neue Regierungschef wollte den Staatsakt aus der Hauptstadt verlegen. Seitdem wurde jährlich eine andere Stadt zum Gastgeber auserkoren und dies als Geschenk der Zentralbehörden an die Einwohner der einzelnen Regionen deklariert. Mit wachsender Aufmerksamkeit studierte Werens die Artikel. Er fand Informationen über Arbeitsbesuche des Premierministers in der Stadt. Den Namen kannte er: Jaroszewicz. Mit ihm war einer der bekanntesten Kriminalaffären des Jahres 1992 verbunden. Der ehemalige Premierminister und seine Frau waren in ihrer Villa in Anin ermordet worden. Die Täter hatten den Premierminister stundenlang gefoltert und schließlich erdrosselt. Seine Frau wurde gefesselt und im Badezimmer eingesperrt. Zum Schluss wurde sie mit der Sportwaffe ihres Mannes erschossen. Einige Jahre später stellte man die vermeintlichen Mörder vor Gericht. Ihr Motiv war angeblich Geldgier gewesen, ein Raubüberfall also. Im Jahre 2000 wurden jedoch alle Angeklagten freigesprochen. Werens war überzeugt, dass ein politisches Motiv im Spiel gewesen war. Seiner Meinung nach ging es um das Privatarchiv des Premierministers, in dem er belastendes Material über viele prominente kommunistische Politiker gehortet hatte. Dafür sprach die Tatsache, dass im Laufe der Ermittlungen wichtige Beweisstücke aus den Prozessakten entfernt wurden. Auch die an den Tatwaffen und im Haus der Opfer gefundenen Fingerabdrücke waren verschwunden.

Werens arbeitete sich durch immer neue Ausgaben der Zeitung. Man berichtete über die Eröffnung von einem neuen Stadion, in dem der Festakt abgehalten werden sollte. Das Ereignis sollte zur landesweit größten Propagandaveranstaltung stilisiert werden. Man plante eine Direktübertragung im Rundfunk und im Fernsehen. Auf dem Spielfeld des Stadions sollten fünftausend Darsteller und mehrere Orchester auftreten, Hunderte von Journalisten ließen sich akkreditieren. Das Ganze war für den 10. September geplant. Einen Tag davor erwartete man den Besuch des Staatsoberhaupts in der Stadt. Seine Unterkunft wurde allerdings geheimgehalten. Als Werens einen Artikel über *hochdekorierte* Gäste las, musste er laut lachen. Die Bibliothekarin warf ihm hinter ihren dicken Brillengläsern einen strafenden Blick zu. Er legte entschuldigend die Hand auf den Mund und las weiter: *Die hochdekorierten Gäste werden einen Tag vor den Feierlichkeiten im neu eröffneten Hotel einquartiert. Ihnen wird größtmöglicher Komfort geboten. Mehrere Wagen stehen bereit, um sie vom Bahnhof abzuholen. Die Verpflegung für zwei Tage ist gesichert. Die Gäste werden Geschenke zur Erinnerung an das Erntefest erhalten. Außerdem wurde für sie ein gesonderter Friseursalon eingerichtet. Jeder Gast erhält einen detaillierten Ablaufplan. Wecken ist um sechs Uhr früh. Das Frühstück wird bis sieben Uhr fünfzehn eingenommen. Bis acht Uhr erfolgt die Abfahrt zum Parteikomitee. Nach der Übergabe der Auszeichnungen werden die hochdekorierten Gäste mit Reisebussen direkt zum Stadion gefahren. Der Festakt beginnt um zehn Uhr.*

Werens wühlte weiter durch die Zeitungen und seine Erheiterung wurde immer größer. Eine der Zeitungen rutschte vom Stapel und landete auf dem Fußboden. Er bückte sich, um sie aufzuheben und stutzte. Die Zeitung war von Ende Dezember 1977. Er hatte sie schon zwei Mal in der Hand gehabt und trotzdem die wenigen Sätze übersehen. Erregt schrieb er die kleine Notiz ab. *In der Nähe des Dorfes Drogosze wurde der Körper eines Vierzigjährigen gefunden. Er wurde als Edward Molak identifiziert. Es ist schon das fünfte Opfer des diesjährigen Frosts.* Das konnte kein Zufall sein. Drogosze. An diesem Ort befand sich die Schmetterlingssammlung, von der der alte Wissenschaftler gesprochen hatte. Werens war sich sicher, dass die Notiz nicht die ganze Wahrheit enthielt. Außerdem war das seine einzige Spur. Es war kein Zufall, dass die Volkspolizei kurz nach dem Tod dieses Molak an die Tür des Professors geklopft und seine Expertise verlangt hatte. Aber wer war dieser Molak? Warum hatte man den Mord geheimgehalten? Eben weil es ein Mord gewesen war. Die Presseinformation hätte normalerweise nicht erscheinen dürfen. Offensichtlich hatte jemand – vielleicht ein Arzt – die Zeitung verständigt, ehe die Miliz eingetroffen war. Warum hatte man aber geschrieben, dass das Opfer erfroren sei? Natürlich, weil in der Volksrepublik niemand ermordet wurde. Die Menschen kamen durch Unglücksfälle ums Leben oder erlagen einer Krankheit. Wie hätte das sonst ausgesehen? In diesem glücklichen Staat konnte doch niemand so böse sein, anderen schaden zu wollen. Die Volksvertreter liebten ihr Volk und diese Liebe wurde vom Volk erwidert. Zumindest auf dem Papier.

Viertel nach zwölf verließ Werens die Bibliothek. Im Sommer war die Altstadt für Autos gesperrt, daher hatte er seinen Wagen an der Jana-Brücke abgestellt. Er lief durch enge Gassen, am Dom vorbei, überquerte die Fahrbahn und erreichte das Hauptpostamt. Dort bat er um ein Telefonbuch der Stadt und Umgebung. Es gab fünf Molaks. Er übertrug ihre Telefonnummern in sein Notizbuch und verließ das Gebäude. Dann holte er sein Handy aus der Tasche. Der Name war nicht allzu geläufig, daher standen die Chancen gut, die richtige Person zu erwischen. Unter zwei Nummern erreichte er niemanden namens Molak. Das kam häufig vor. Die Leute verkauften ihre Wohnungen und Telefonanschlüsse, und die neuen Eigentümer sorgten nicht dafür, dass der richtige Name ins Telefonbuch eingetragen wurde. Und die zerfledderten Telefonbücher im Hauptpostamt waren auch nicht mehr aktuell. Die dritte Person hieß Molak, trug aber den Vornamen Zygmunt und konnte sich nicht erinnern, einen Edward unter seinen Verwandten zu haben. Bei der vierten Nummer nahm niemand ab. Werens beschloss, es abends erneut zu versuchen. Resigniert gab er die letzte Nummer ein. Es meldete sich eine hohe, kindliche Stimme, wahrscheinlich ein Mädchen. Es sagte, seine Eltern seien nicht da und die Oma schlafe. Das Kind wirkte sehr aufgeweckt. Es bat Werens um seine Telefonnummer und erklärte mit wichtiger Stimme, dass es die Nachricht weitergeben werde.

Eine Weile stand Werens unschlüssig da, dann lief er zum Parkplatz an der Lyna. Auf der kleinen Brücke an der Universität fragte ihn ein junger Mann nach der Mickiewicza-Straße. Werens überlegte kurz, dann erklärte er dem Mann den Weg. Einem inneren Impuls folgend, lief er ihm hinterher. Er kam am Rathaus vorbei und am Theater, ging über eine große Straße und an einer neueröffneten Bankfiliale vorbei und überquerte dann den Platz. Seine Schritte wurden immer langsamer, als er schließlich die Mickiewicza-Straße erreichte. Unter den Fenstern der elterlichen Wohnung blieb er stehen. Er holte einen Schlüsselbund aus der Tasche. Es waren zwar viele Jahre vergangen, aber sein Vater hatte bestimmt nicht die Schlösser ausgewechselt. Er zögerte, doch dann machte er kehrt und lief zurück zum Parkplatz.

Er wollte es noch einmal im Gefängnis versuchen. Bei seinem letzten Besuch hatte er nicht viel in Erfahrung bringen können, und er vermutete, dass der Arzt Tomasz Biernat in diesem Rätsel eine zentrale Rolle spielte.

Wieder musste er vor der Stahltür ausharren, hinter der der Wärter wahrscheinlich in der Nase bohrte. Doch schließlich durfte er hinein. Ein großer Mann in Uniform führte ihn durch die düsteren Gebäude des ehemaligen Klosters. In einem karg eingerichteten Büro begrüßte ihn ein junger Offizier mit Leidensmiene. Er war Werens auf den ersten Blick unsympathisch.

»Entschuldigen Sie«, sagte der Offizier und deutete auf seine Wange. »Ich habe Zahnschmerzen. Wie kann ich Ihnen helfen?«

»Ich interessiere mich für den Tod von Doktor Biernat. Ich bin Journalist und komme aus Warschau.«

»Dann sollten Sie sich besser an die Polizei wenden.« Der Gefängnismitarbeiter lächelte künstlich.

»Biernat hat hier gearbeitet. Wie lange?«

»Doktor Biernat war ein wundervoller Mensch und ein sehr guter Arzt.«

»Sicher, aber wie lange hat er hier gearbeitet?«

»Keine Verspätungen, keine Abmahnungen, keine Einträge in der Personalakte.«

»Das beantwortet meine Frage nicht.«

Der Mann seufzte. »Zweiunddreißig Jahre.«

Werens war überrascht.

»Hatte er einen Dienstgrad?«

»Er war Kapitän.«

»Im uniformierten Dienst wird man doch schon nach fünfzehn Jahren in den Ruhestand versetzt.«

»Das stimmt.«

»Warum hat er also so lange hier gearbeitet?«

»Vielleicht mochte er seine Arbeit?«

»Spaß beiseite.«

»Vielleicht hätte er sonst eine sehr niedrige Rente bezogen?«

»Doktor Biernat hatte eine Privatpraxis. Ich habe sein Haus gesehen. Er war nicht arm.«

»Na, sehen Sie. Dann hat er offensichtlich gut verdient. Sie verzeihen mir, aber ich habe keine Zeit mehr. Mein Zahn!«

»Warum gehen Sie nicht zum Gefängniszahnarzt? Der arbeitet hier bestimmt auch schon seit einem Vierteljahrhundert und mag seine Arbeit.«

»Nein, der ist erst seit einem Monat hier.«

»Und was ist mit seinem Vorgänger passiert? Lebt er noch?«

»Er ist ausgewandert.«

Werens war wütend. Es hatte sich nicht gelohnt, ein zweites Mal hierherzufahren. Er hatte rein gar nichts herausbekommen. Bei Biernat zuhause würde er auch nichts erfahren.

Im Flur stieß er mit einer jungen Frau zusammen. Reflexartig bat er um Entschuldigung, dann zögerte er. Es war die dunkelhaarige Frau, die er am Sonntag vor dem Gefängnis getroffen hatte.

»Wir kennen uns doch«, sagte er höflich.

Sie sah ihn erst verwirrt an, dann erkannte sie ihn.

»Ah ja. Sie haben mich gestern mit Ihrem Auto verfolgt. Der Herr Journalist aus der Hauptstadt.«

»Ich bitte nochmals um Verzeihung.« Erst jetzt bemerkte er, dass die Frau schwanger war.

»Dann haben Sie es also endlich geschafft hereinzukommen.«

»Ja, aber es war nicht einfach. An der Pforte stand nämlich derselbe Wärter wie beim letzten Mal.«

»Herr Jan? Den Sie so gar nicht mögen?«

»Heute war er etwas zuvorkommender.«

»Herr Jan ist ein großer Kenner der Geschichte dieses Klosters. Das ist sein Hobby. Keiner kennt das Gefängnis so gut wie er.«

»Interessant.«

»Der Schein trügt eben manchmal, Herr ...«

»Pawel Werens. Wie schon gesagt.«

»Ewa Szulc.« Sie schüttelten sich die Hand.

»Konnten Sie hier etwas in Erfahrung bringen?«

»Leider nicht. Der Offizier hat mich abgewimmelt.«

»Was wollten Sie denn eigentlich wissen?«

»Ich habe nach Doktor Biernat gefragt. Ich will wissen, was für ein Mensch er war.«

»Das ist kein Geheimnis. Nach Hippokrates war er ein typischer Choleriker. Vital und energisch, aufbrausend. Er war zielstrebig und übernahm gerne die Führung. Workaholic. Unabhängig und autark. Er verhielt sich oft manipulativ und nutzte andere aus. In seinem Fall heiligte der Zweck die Mittel. Konkurrenten versuchte er schnell loszuwerden. Auf diese Art macht man sich nicht viele Freunde.«

Dann war Ewa Szulc die Gefängnispsychologin. Ihre Beschreibung erklärte, warum Biernat so viele Jahre im Gefängnis gearbeitet hatte. Er hatte einfach jeden fertig gemacht, der ihm seinen Platz streitig machen wollte. Vermutlich hatte er Kollegen denunziert und gegen sie intrigiert, sie vielleicht sogar erpresst.

»Er war unbeliebt«, fuhr die Psychologin fort. »Er wollte alle Entscheidungen treffen und jeden dominieren. Er spielte sich wie Doktor Allwissend auf und tolerierte keine Schwäche, keinerlei Fehler. Er war wohl überzeugt, er selbst könne alles am besten.«

Werens war dankbar für diesen Kurzvortrag. Dann fragte er die Psychologin, was sie von dem Tod des Arztes hielt.

»Über manche Sachen sollte man lieber nicht sprechen«, sagte die Frau leise. »Passen Sie gut auf sich auf.«

Werens holte seine Visitenkarte aus der Tasche.

»Wenn Sie doch mit mir darüber sprechen möchten, hier ist meine Telefonnummer.«

Sie nahm die Karte. Als sie sie einsteckte, kam der unsympathische Offizier, mit dem Werens eine Viertelstunde zuvor gesprochen hatte, gerade vorbei. Er warf ihnen einen neugierigen Blick zu und verschwand in einem Seitengang. Auf dem Gesicht der Psychologin spiegelten sich Abneigung und ein Anflug von Angst. Werens verabschiedete sich. Als er wieder vor dem Eingang des düsteren Baus stand, atmete er erleichtert auf.

Vom Gefängnis aus fuhr er nach Elblag, um mit der Frau des ermordeten Staatsanwalts Markowski zu sprechen. Bei seinem letzten Besuch hatte er nicht alles in Erfahrung gebracht. Nach knapp zwei Stunden stand er vor dem Tor des Anwesens. Ein größeres Hindernis stellte jedoch der kräftige Dobermann dar, den Werens schon beim ersten Mal kennengelernt hatte. Er klingelte und kurz darauf kam dieselbe gutaussehende Rothaarige aus dem Haus, mit der er sich beim letzten Mal unterhalten hatte. Als sie ihn erkannte, strich sie sich mit einer koketten Geste die Haare aus dem Gesicht und kam zum Tor. Werens konnte ihr teures Parfüm riechen.

»Haben Sie mir mein Foto mitgebracht?«, fragte sie forsch.

»Das Bild war leider total verwackelt. Lächeln Sie nochmal, bitte!« Er machte schnell ein paar Aufnahmen. Die Rothaarige posierte wie ein Model. Aber Mädchen aus gutem Hause modelten doch nicht! Sie traten in die Fußstapfen ihrer Eltern und studierten Jura, um dann als Partnerin in eine gute Anwaltskanzlei einzutreten.

»Es freut mich sehr, Sie zu sehen, aber heute würde ich gerne mit Ihrer Mutter sprechen. Geht das?«

Das Mädchen sah ihn verwirrt an. Plötzlich prustete sie los. Hatte er etwas Komisches gesagt?

»Das könnte schwierig werden. Meine Mutter wohnt in Krakau.«

»Aber letztens waren Sie gerade auf dem Sprung ... Ihre Mutter hatte ein Abendkleid an ...«, stammelte Werens.

»Das war meine Schwester.«

»Echt?« Er war verblüfft.

»Ja, echt.«

»Ihre Schwester ist die Frau von Staatsanwalt Markowski?« Werens hatte sich wieder gefasst.

»Ja. Seit Stefans Tod wohnen wir zusammen.«

»Ich verstehe.«

»Meine Schwester erholt sich langsam wieder.«

»Könnte ich kurz mit ihr sprechen?«

»Sie ist leider nach Krakau gefahren.«

»Zu Ihrer Mutter?«

»Ja. Zu unserer Mutter.«

»Verzeihen Sie das Missverständnis«, sagte Werens verlegen.

»Gibt's noch etwas?« Ihre Stimme klang nun merklich kühler.

Werens verstand. Er hob seine Kamera, zum Zeichen, dass er ans Foto denken würde, murmelte betreten »Wiedersehen« und ging zu seinem Auto zurück.

Am Empfang des Hotels *Mlyn* stand derselbe junge Mann, der ihm beim letzten Mal geholfen hatte. Werens erinnerte sich sogar an seinen Namen: Janas. Er nickte ihm zu und betrat die Gaststätte. Dort bestellte er gebratene Entenbrust mit roter Beete und dazu ein Glas Wodka, obwohl das gegen seine Grundsätze verstieß. Wenn er Auto fuhr, trank er grundsätzlich nicht. Doch das fiel ihm erst wieder ein, als das gekühlte Glas bereits vor ihm stand. Während er auf das Essen wartete, sichtete er auf seiner Kamera alle Fotos, die er bisher gemacht hatte. Vielleicht würde er irgendeinen Hinweis oder ein Detail entdecken, das ihm bisher entgangen war.

Der Tag war schlecht gelaufen. Im Gefängnis hatte er nichts wirklich Wichtiges über Biernat erfahren. Über das Opfer von 1977 wusste er so gut wie nichts. Seine Anrufe bei verschiedenen Molaks hatten gar nichts erbracht. Er rechnete auch nicht damit, dass die beiden noch ausstehenden Telefonate zu etwas führen würden. Am Lutrysee hatte er keine Augenzeugen angetroffen. Markowskis Ehefrau war weg und ihre Schwester – er musste bitter lächeln – hatte ihn wie einen Grünschnabel abserviert. Er sah unverwandt auf ihr Foto. Hinter dem hübschen Gesicht verbarg sich eine eiskalte Frau. Schade. Plötzlich merkte er, dass Janas intensiv zu ihm sah. Als er endlich Werens' Aufmerksamkeit erregt hatte, winkte er ihn zu sich. Mit dem Fotoapparat in der Hand ging Werens zum Empfang. Janas beugte sich verschwörerisch vor und flüsterte:

»Sie war da. Gestern. Mit einem Kerl.«

»Wer?«

»Sie. Die Blonde. Die von Kowalski.«

»Markowski.«

»Wer?«

»Unwichtig. Bist du dir sicher, dass es nicht jemand anders war? War es tatsächlich die Freundin vom ermordeten Staatsanwalt?«

»So wahr ich hier stehe.«

»Und sie war in Begleitung?«

»Ja.« Er lächelte verschmitzt. »Von so einem, Sie wissen schon.«

Werens sah ihn begriffsstutzig an.

»So einer, der verschiedene Mädels hierherbringt. Immer für ein oder zwei Stunden.«

»Und mit dem kam sie?«

»Ja. Das ist hier im Ort unser Schönling. Hat ein paar Zloty in der Tasche und fährt eine schicke Karre. Kann auch gut und viel reden. Die Frauen fallen darauf rein. Für mich ist er einfach nur ein Hurenbock.«

»Und was kam dann?«

»Nichts Besonderes, sie sind nach oben gegangen. Nach einer oder zwei Nummern war sie wieder weg.«

»Und du weißt nicht, wer sie ist?«

»Nein, aber es gibt etwas, das ich Ihnen sagen möchte. Zuerst war sie blond. Aber als sie wieder runterkam, hatte sie rote Haare.«

Werens erblasste.

»Was willst du damit sagen?«

»Dass sie eine Perücke trug. Zur Tarnung. Offensichtlich hat er sie so ordentlich rangenommen, dass sie beim Rausgehen vergessen hat, sie wieder aufzusetzen.«

Werens schoss ein Gedanke durch den Kopf. Er hob den Fotoapparat, schaltete ihn ein und zeigte dem Hotelangestellten das Bild auf dem Display.

»Könnte es die hier gewesen sein?«, fragte er.

»Ob sie es gewesen sein könnte?« Janas grinste so breit, dass man seine Zahnlücke weit hinten im Oberkiefer erkennen konnte. »Das war sie! So wahr ich hier stehe!«

Werens kehrte an seinen Tisch zurück und kippte den Wodka in einem Schluck hinunter. Eine weitere Spur, die zu nichts führte! Die rothaarige Beata war eine Sackgasse. Sie hatte einfach eine Affäre mit dem Mann ihrer Schwester gehabt und sich heimlich mit ihm im Hotel getroffen. Werens hatte ein pikantes Familiengeheimnis enthüllt, nichts weiter. Ein Klatschreporter könnte die Geschichte in einer Illustrierten zum Skandal in der besseren Gesellschaft aufbauschen, etwas Kriminelles steckte aber nicht dahinter. Nicht mal die köstliche gebratene Ente mit roter Beete konnte seine Stimmung heben.

Er war an einem toten Punkt angelangt. Vier Tage lang war er durch die Gegend gefahren und hatte Leute befragt, aber er war keinen Schritt weiter als am letzten Freitag. Wie sollte es weitergehen? Er fuhr im Schneckentempo durch immer neue Ortschaften, ohne die Geschwindigkeit zu überschreiten, und achtete nicht auf die verärgerten Blicke aus den Autos, die ihn überholten. Wie immer hatte er es nicht eilig, in seine Heimatstadt zurückzukehren. Vor ein paar Stunden hatte er vor seinem Elternhaus gestanden. Sein Vater wohnte seit Jahren allein in der geräumigen Familienwohnung. Heute hätte er ihn besuchen können. Er hätte sich mit ihm aussprechen können. Aber er hatte wieder gekniffen. Endlich erreichte er die Stadt. Die Sonne verschwand langsam hinter den Hausdächern. Er reihte sich in den dichten Feierabendverkehr ein, der hinterm Rathaus fast zum Stehen kam. Ein Mercedes vor ihm bog links ab. Werens folgte ihm, fuhr am Fernsehsender und am Kulturhaus vorbei und erreichte den Wendeplatz der Stadtbusse. Dahinter begann der Wald, links und rechts der Straße waren nur noch Bäume. Auf einem kleinen Parkplatz stellte er den Wagen ab. Schnell überquerte er die Straße und betrat einen steinigen, leicht abschüssigen Waldweg. Kurz darauf stand er auf der Lichtung, die früher das Spielfeld des großen Stadions gewesen war. Der Abend war lau, Spaziergänger und ganze Wandergruppen waren im Wald unterwegs. Hundehalter, Liebespaare, Hobbyfotografen, Familien mit Kind und Kegel – alle schienen den gleichen Erholungsort gewählt zu haben wie er. Er ärgerte sich. Erhofft hatte er sich ein wenig Ruhe und Einsamkeit. In der Ferne waren sogar Gewehrschüsse zu hören. Ein Schützenfest?! Na klar, sonst noch was? An einer niedrigen Böschung am Waldrand setzte er sich auf einen Baumstumpf und holte die Cola, die er schon morgens gekauft hatte, aus seiner Umhängetasche. Gierig trank er aus der Dose.

Plötzlich musste er schmunzeln. Vor ihm rutschte ein älterer Mann, nur mit Shorts bekleidet und mit nacktem hageren Oberkörper, umständlich die Böschung hinunter. An einem Strick zog er eine Ziege hinter sich her. Das Tier hatte offensichtlich Angst vor dem abschüssigen Hang. Auf dem ehemaligen Spielfeld angekommen, widmete es sich gierig den kleinen Grasbüscheln, während sein Hirte sich in der Nähe hinsetzte, auf einem Grashalm kaute und sein Gesicht in die letzten Sonnenstrahlen hielt. Was für ein armseliges Finale, dachte Werens. Früher flogen Speere über diese Wiese, Sportler stellten Rekorde auf – heute wurden hier Ziegen gehütet. Andere Zeiten, andere Spiele. Nach einer Viertelstunde erhob sich der Alte wieder und schüttelte ein paar Grashalme von seiner Brust. Dann baute er sich breitbeinig vor Werens auf.

»Sie da, hamse ma Feuer?«

Der Alte hatte keine Vorderzähne mehr. Werens reichte ihm das Feuerzeug und holte seine eigenen Zigaretten hervor. Der Alte nahm eine Zigarette aus seiner Tasche, brach sie in der Mitte durch, steckte die eine Hälfte wieder ein und zündete sich die andere an. Werens nahm sein Feuerzeug zurück, machte ebenfalls seine Zigarette an und reichte dem Alten dann das Feuerzeug. Der untersuchte das unerwartete Geschenk eingehend, zündete es einige Male an und ließ es in seiner Hosentasche verschwinden. Mit einem Nicken bedankte er sich bei Werens.

»Heiß! So spät noch.«

»In der Tat.«

»Sommer.«

»Spätsommer. Bald kommt der Herbst und dann der Winter.« Werens antwortete mechanisch. Er hatte keine Lust auf ein Gespräch mit dem Ziegenhirten.

»Aber im Winter hatten wir's auch heiß, 'n richtiges Feuer!«

Der Journalist verschluckte sich am Rauch.

»Was für ein Feuer? Das im Januar?«

»Fast wär'n alle Bäume draufgegangen. Im Januar.«

»Wer hat das Feuer gemacht? Haben Sie jemanden gesehen?«

»Nö!«

»Schade.«

»Ja, schade. Schad' um die Zielscheiben.«

»Welche Zielscheiben?«

»Na, die vom Schießplatz!«

»Von welchem Schießplatz?«

»Na, von der Armee. Der da!« Er zeigte mit dem Finger zum schmalen Ende des Stadions. »Sie ham die Zielscheiben angezündet. Alle zwölf.«

Schweißperlen traten auf Werens' Stirn, er griff nach seiner Cola-Dose, aber die kippte um und die braune Flüssigkeit ergoss sich schäumend über die Jahresringe des Baumstumpfs.

»Die Polizei hat den Rest mitgenomm'n. Wozu? Das sind doch den LOKs ihre Scheiben!«

»Wessen Scheiben?«

»Die LOKs. Die hier immer schießen.«

Werens griff nach seiner Tasche, schob den Alten zur Seite und wollte losrennen. Doch seine Sandale verfing sich in der Schnur, die die Ziege auf der Wiese hinter sich her schleppte. Er fluchte. Das Tier sah ihn gleichgültig an. Werens rutschte die Böschung hinunter und rannte die paar hundert Meter zur Schießbahn, an den Schießständen vorbei und blieb erst beim Kugelfang stehen. Doch von den Pappkameraden, die üblicherweise als Zielscheiben dienten, keine Spur. Doch dafür entdeckte Werens ein Schild: Schießstand. Inhaber: Liga Obrony Kraju. LOK, tatsächlich. Der Schießstand gehörte dem Schützenverein. Werens setzte sich in den warmen Sand. Er dachte an sein Gespräch mit dem Onkel, an den geheimnisvollen Text, *Acta martyrum*, an die zwölf Toten im Stadion von Smyrna. Er hatte sie gerade gefunden. Es waren die zwölf Zielscheiben, die in der Januarnacht hier im Stadion gebrannt hatten. Er stellte sich Raimund Gesler vor, den das Feuer versengt hatte, seine Hilferufe und die flehentlichen Bitten um Erbarmen. »Oh Gott«, stöhnte er laut und bemerkte kurz darauf, dass er nicht allein war. Oben am Hang stand ein junges Pärchen, das sich offenkundig über ihn lustig machte. Abrupt stand er auf und ging zum Parkplatz zurück. Er wollte so schnell wie möglich mit seinem Onkel sprechen.

Der Onkel saß am Tisch und sah abwesend aus dem Fenster. Als er seinen Neffen sah, löste sich seine Erstarrung. Einladend wies er auf einen Stuhl. Werens setzte sich. Seine Hände zitterten, und er wusste nicht, wie er beginnen sollte. Schweigend sahen sie sich über den Tisch hinweg an. Schließlich sagte der Onkel:

»Im Stadion hat nur eine Sache nicht gestimmt. In den *Acta martyrum* ist vom Tod des Polykarp am 22. Februar die Rede. Das hat mir keine Ruhe gelassen. Ich habe lange nachgedacht. Bis heute. Ein Zufall. Du weißt, ich mag Sport. Ich betreibe ihn zwar nicht, aber ich schaue mir gerne Sport im Fernsehen an. Gestern Nacht wollte ich die Volleyball-Weltliga schauen. Unsere Jungs haben in Rio gegen Brasilien gespielt. Das Spiel begann um Mitternacht. Aber bei denen war es erst acht Uhr abends.«

»Was hat das mit dem Morddatum zu tun?«

»Das hat mich auf einen Gedanken gebracht.« Der alte Werens grinste triumphierend. »Der 22. Februar im orthodoxen Kalender ist nach unserem ...«

»... der 26. Januar?«

»Ja, mein Lieber! Der 26. Januar in unserem Kalender!«

Werens stand vom Tisch auf und ging auf seinen Gastgeber zu.

»Onkel! Du bist große Klasse!«

»Nicht ich. Das Volleyballspiel. Wir haben leider verloren.«

»Ach, nicht so wichtig, nächstes Mal gewinnen wir. Aber jetzt zur Sache: Ich habe das mit dieser Akte erst nicht geglaubt, aber du hattest recht. Ich habe die zwölf Toten gefunden, Onkel Mariusz. Es waren Zielscheiben in Menschenform. Jetzt ergibt die ganze düstere Geschichte einen Sinn. Jemand hat den alten Mann umgebracht und dabei diese uralten Ereignisse nachgespielt. Aber wozu? Und warum hat er ihm einen Schmetterling in den Mund gelegt? Ich weiß, was für ein Schmetterling es war. Ich weiß bloß nicht, was diese Zeichen bedeuten sollen.«

»Gnostische Zeichen?«

»Ja. Ich weiß nichts darüber. Wer hat sie sich ausgedacht? Wer sind diese Gnostiker? Erklär es mir, Onkel Mariusz, bitte. Erzähl mir davon. Was waren das für Menschen? Diese Geschichte kann ein Riesenaufmacher werden!«

»Du willst darüber in einer seriösen Zeitung schreiben? Über geheime Zeichen? Über Märtyrer? Erst gestern hast du mich deswegen noch ausgelacht.«

»Sei nicht nachtragend, Onkel Mariusz! Ich nehme alles zurück. Komm, fang an. Ich will alles wissen!«

»Das ist ja mal was ganz Neues.« Der Onkel lächelte amüsiert. »Aber zuerst holst du zwei Gläser aus der Anrichte.«

Werens gehorchte, obwohl sie sich damit weitere Probleme mit Eliza einhandelten. Sie liefen Gefahr, von ihr erwürgt zu werden.

»Schon vor geraumer Zeit ist mir klar geworden, dass das Christentum den alleinigen Anspruch auf unsere Vorstellung von Gott erhebt«, fing der Onkel an. »Von Anfang an hat man dabei Jesus' Rolle ziemlich überbewertet. Wie kam es dazu, dass ein Religionsführer zum Messias erhoben wurde? Weil man, meiner Meinung nach, den sozialen und kulturellen Ereignissen von damals zu wenig Beachtung schenkte. Auf der einen Seite standen die Christen mit ihrer Vorstellung von Jesus als Messias, auf der anderen Seite das arme Volk von Galiläa. Zwei völlig unterschiedliche Gruppen. Die einen trugen eine Idee in die Welt, die Jesus zum Gott erhob. Über die Jahrhunderte wurde dieses Bild den Menschen eingetrichtert, und so ist es uns überliefert worden. Es gab aber auch Menschen, die ganz anders dachten. Im ersten und zweiten Jahrhundert unserer Zeitrechnung keimten im Ostteil des Römischen Reiches, hauptsächlich in Ägypten und Syrien, neue religiöse Bewegungen und andere Doktrinen auf.«

»Die Gnosis?«

»Die Gnosis an sich stand für das Wissen, das dem Menschen Heil und Erlösung bringen sollte.«

»Bezog sich das Wissen auf die Erschaffung der Welt?«, fragte Werens, was den ehemaligen Geistlichen sichtlich freute. Er lächelte seinen Neffen an und fuhr fort.

»Selbstverständlich. Aber die Sache mit der Schöpfung ist nicht so klar. Jedes gnostische System erzählt eine andere Version dieser Geschichte. In jeder aber entstand die Welt durch Furcht, Fehler oder Leichtsinn. Manchmal hieß es sogar, die Welt sei hinter Gottes Rücken erschaffen worden. So ist das, Pawel, wenn man nichts kann und nichts weiß. Der Stoff, aus dem die Welt erschaffen wurde, lässt auch viel zu wünschen übrig. Die Welt sei durch einen Fehltritt entstanden, behaupten manche Gnostiker. Deswegen sei sie chaotisch und schlecht. Sie sei das Werk eines bösen Gottes, der sich bei der Schöpfung von Hochmut und Zorn leiten ließ. Und Christus sei auf die Welt gekommen, um diesen bösen Gott zu besiegen. Der Gnostizismus glaubt folglich an einen Kampf der Götter. Zu dieser Bewegung gehören Dutzende, wenn nicht Hunderte von Sekten und ketzerischen Abspaltungen, und jede von ihnen hat eine andere Vision der Welt.«

»Und wie sind Heil und Erlösung zu erlangen?«

»Das wüsste ich auch allzu gerne! Siehst du, mich hat man aus der Gemeinschaft ausgeschlossen. Beziehungsweise habe ich die Gemeinschaft verlassen. Angenommen, ich wäre ein Gnostiker. Dann könnte meine jämmerliche Seele nur durch die Erkenntnis der sogenannten *Gnosis*, eines Geheimwissens, erlöst werden. Dies wäre der einzige Weg. Obwohl es darüber auch unterschiedliche Ansichten gibt.«

»Das verstehe ich nicht.«

»Nehmen wir beispielsweise die Netowzy. Sie kamen zur Überzeugung, die geistige Vollkommenheit erreicht zu haben. Danach haben sie sofort zu Äxten gegriffen und sich gegenseitig die Köpfe abgeschlagen. Die Anhänger der Pomorischen Kirche ließen sich wiederum scharenweise lebendig begraben. Die Skopzen ließen sich kastrieren, und ihre Frauen haben sich die Brüste amputiert. Die Morelschiki schliefen in Särgen, eingehüllt in Leichentücher. Die Wege zur Vollkommenheit sind manchmal unbegreiflich.«

»Du machst wohl Witze!«

»Mitnichten! Das sind nur einige Sekten der Altorthodoxen Kirche. Auch im Westen gab es interessante Dinge. Die Orleaner beispielsweise im elften Jahrhundert hielten Christi Geburt und Auferstehung für ausgemachten Quatsch. Sie glaubten nicht an Wunder und verehrten keine Heiligtümer. Man erzählt, sie hätten sich in ihren Versammlungen nicht schlecht verlustiert. Verstehst du, was ich meine? Für ihre Ideen landeten sie allerdings auf dem Scheiterhaufen, was damals gang und gäbe war.«

»Wem ist das Geheimwissen zugänglich?«

»Nur den Auserwählten, angeblich.«

»Und wer gehört zu den Auserwählten?«

»Eine knifflige Frage. So jemand hat Kontakt zu Gott, denn er gelangt in den Besitz göttlichen Wissens. Das kann einem Menschen nicht durch Lehrer oder Schrift vermittelt, sondern nur durch den direkten Kontakt mit dem Göttlichen übertragen werden.«

»Welche Art von Kontakt?«

»Keine Ahnung. Weiß ich nicht.«

»Und welche Beziehung hatten die Gnostiker zum Körper? Was hielten sie von Mord?«

»Das ist noch komplizierter. Anders als ich, dachten die Gnostiker, der Körper wäre wertlos. Sie erkannten die Auferstehung des

Fleisches nicht an und glaubten an die Seelenwanderung, die man Metempsychose nennt.«

»Das Fleisch war schlecht und Gott war böse?«

»Was für eine traurige Schlussfolgerung.« Der Onkel grinste. »Das Absurde gehört zum Menschsein. Alles, was einem bleibt, ist der Schnaps!«

Werens schenkte nach und sie leerten gleichzeitig ihre Gläser.

»In der Schule habe wir gelernt, dass Platon und die Pythagoräer glaubten, der Körper sei nur das Gefängnis der Seele.«

»Bei den Gnostikern strebt die Seele nach Genuss und fällt dabei auf die Erde. Der Mensch sei ein gefallener Gott. Wir sind Götter, mein lieber Pawel. Gefallene, aber immerhin Götter!«

»Und was passiert mit der Seele?«

»Auf der Erde kommt sie mit dem schlechten Körper zusammen. Brrrrr!«

»Sie haben wohl ihre Körper nicht besonders gemocht.«

»Sie predigten sexuelle Enthaltsamkeit. Und Befreiung. Kannst du dir das vorstellen? Extreme sexuelle Enthaltsamkeit!« Der Onkel lallte schon leicht.

»Was ist aus ihrer Lehre geworden?«

»Die Dinge nahmen den üblichen Lauf. Der Größere hat den Kleineren aufgefressen. Die meisten fanden ihr Ende durch Schwert und Feuer. Die anderen tauchten unter. Einige Sekten hat sich der Manichäismus mit seinem dualistischen System einverleibt. Nach dieser Lehre findet in der Welt ein immerwährender Kampf des Guten mit dem Bösen, und des Lichts mit der Finsternis statt. Jeder Mensch hat zwei Seelen. Die eine ist mit dem Guten verbunden, die andere mit dem Bösen. Das Böse ist ewig und überall. Im Universum kämpfen die Elemente des Guten und des Bösen ständig gegeneinander. In der Vergangenheit, dem Goldenen Zeitalter, existierten beide Elemente noch nebeneinander. Dann kam die Zeit, in der sie miteinander vermischt wurden – der Kampf um die Vormacht begann. Die Zukunft strebt nach einer Klärung, in der die Anhänger des Lichts von denen der Finsternis und das Gute vom Bösen getrennt werden.«

»Wie kann man das Böse besiegen?«

Der Onkel wurde plötzlich ernst, so als hätten ihn die letzten Worte persönlich berührt. Schließlich sagte er:

»Der einzige Weg, das Böse zu besiegen, ist die Erkenntnis. Die Erlösung kann nur durch Vernunft erlangt werden. Die ganze Weltgeschichte besteht aus dem Streben danach, die Seele von der Finsternis zu befreien und ans Licht zu bringen.«

»Wo hält sich die Seele auf?«

»In der Finsternis.«

»Kann der menschliche Körper diese Finsternis sein?«

Auf die letzte Frage bekam Werens keine Antwort. Alles, was er gehört hatte, erschien ihm verworren und düster. Die wechselnden Stimmungen seines Onkels – der schwarze Humor und der plötzliche Ernst – waren ihm keine Hilfe. Er versuchte, die neuen Informationen mit Geslers Tod in Zusammenhang zu bringen. Hatte der alte Polizist auf diese grausame Art und Weise Erlösung gefunden? Der Onkel hatte gesagt, dass Berührung mit der Materie vielen Menschen als Sünde galt. Wie sollte man das verstehen? Dass sie ihre Körperlichkeit verneinten und sie deswegen zerstörten?

»Woher hast du all diese Informationen?«, fragte er den Onkel nach einer Weile.

»Aus den heiligen Schriften, mein Lieber. Aus den Apokryphen und den Evangelien. Die meisten davon werden von der Kirche nicht anerkannt.«

»Also ketzerische Schriften?«

»Die Begründer der gnostischen Lehren schlossen sich oft zu Sekten zusammen – wie zum Beispiel die Enkratiten, Antitakten,

Kainiten und viele anderen. Sie verfassten eigene Evangelien. Die nach Judas, Maria Magdalena, Philipp oder Thomas.«

»Und die Bibel? Wer hat die zusammengestellt? Warum gelten manche Texte als heilig und andere als Ketzerei?«

»Es gab die Vulgata.«

»Was ist das denn?«

»Vulgata oder Versio Vulgata ist die lateinische Übersetzung der Bibel aus dem Griechischen oder Hebräischen. Papst Damasius I. beauftragte Hieronymus aus Stridon mit der Übersetzung. Hieronymus war sehr emsig und vollbrachte sein Werk im Jahre 406 unserer Zeitrechnung, nach zwanzig Jahren Arbeit. Jahrhundertelang war es der allgemein gebräuchliche Text der Heiligen Schrift.«

»Wieso *war*?«

»Weil der Text zu Problemen führte, aber das ginge jetzt zu weit.«

»Und wie würdest du das gnostische Kreuzzeichen am Tatort im Stadion erklären?«, kam Werens auf die Morde zurück.

»Ich weiß nur, dass es vor Jahrhunderten einen ähnlichen Mord gegeben hat. Und ich kann dir noch etwas sagen. Dieser ermordete Arzt, von dem du neulich gesprochen hast ...«

»Man hat ihn im Haus seines Patienten umgebracht.«

»Das Verbrennen auf einem glühenden Metallgitter erinnert mich an etwas. An einen Mord aus dem dritten Jahrhundert. Das Opfer war der Heilige Laurentius. Er wurde in Rom auf glühenden Gitterstäben, auf einer Art Feuerrost, gefoltert.«

»Das gibt's nicht!« Werens stand abrupt auf und verschüttete dabei den Inhalt seines Glases. »Geschah das auch im Sommer?«

»Im August. Im Jahre 258 nach Christi. Genauer gesagt am 10. August. Genau wie dieser Arzt.«

6. Februar 1978, Montag

In einem verborgenen Verlies des Gefängnisses von Barczewo, das die Folterknechte untereinander *kantowka* nannten, hielten sich drei Männer auf. Die Zelle verdankte ihren Namen den scharfkantigen Ziegelsteinen, mit denen der Fußboden ausgelegt war. Darauf tröpfelte ständig eiskaltes Wasser. In der Mitte des kleinen Raumes stand ein schwerer Holztisch. Hinter ihm saß einer der Männer und trommelte mit langen Fingern auf die schäbige Tischplatte. Der zweite Mann, der Bucklige, machte Pause. Er stand am offenen Fenster und rauchte eine Zigarette. Der dritte Mann lag zusammengekrümmt in einer Lache aus Wasser, Blut und Urin. Der Bucklige warf dem Mann am Tisch einen fragenden Blick zu. Dieser nickte kaum merklich. Der Bucklige drückte die Zigarette auf der Lippe des am Boden Liegenden aus. Der schrie, und der Gestank nach verbrannter Haut zog durch den Raum. Dann ging der Bucklige zu einem Schrank. Vier Gewehre standen darin. Er griff nach einem und zog aus dem Lauf einen langen, steifen Draht, den Rohrwischer, der zum Reinigen des Gewehrlaufs diente. Der Mann auf dem Boden brüllte vor Schmerz und zog die Knie ans Kinn, als der Rohrwischer auf seine Füße schlug. Der Bucklige peitschte ihn, bis Blut spritzte. Aber noch immer wollte das Opfer nicht sagen, was seine Folterknechte hören wollten.

Es war nicht der erste Tag des Verhörs. Zuvor hatte man das Opfer immer wieder zu Nachtverhören geholt, bei denen er ewig lang mit dem Gesicht zur Wand stehen musste. Immer wenn er umfiel, wurde er mit kaltem Wasser übergossen. Der Bucklige hielt einen Revolver an seinen Hinterkopf und drückte ab. Doch es hatte nur leise geklickt.

»Er weiß nichts«, sagte der Bucklige erschöpft. »Niemand hält das aus. Ich kenne mein Handwerk.«

»Sieht ganz danach aus.« Der Mann am Tisch stand auf.

»Was machen wir mit ihm?«, fragte der Bucklige.

»Raus, aus dem Fenster.«

Der Bucklige packte den Mann und schleppte ihn zum Fenster. Für einen kurzen Moment schien der Mann seine Kraft wiedererlangt zu haben, denn er entwand sich seinem Peiniger und machte einen wackligen Schritt zum Ausgang. Der andere Mann, der jetzt an der Tür stand, schüttelte missbilligend den Kopf, drehte sich um und brachte den Gefolterten mit einem präzisen Tritt in den Bauch wieder zu Fall. Dann half er dem Buckligen, den kraftlosen Körper auf das Fensterbrett zu hieven.

»In der Schrift steht geschrieben, dass man alles im Leben ausprobieren muss, mein lieber Szulc. Willst du uns nichts sagen? Dann eben nicht. Ein anderer wird es tun. Ich heiße Raimund Gesler. Du sollst doch wissen, wer dich umgebracht hat. Und ich kann es dir sagen, weil du es ohnehin nicht mehr ausplaudern wirst. Und nun, mein lieber Freund, zeig uns, wie du fliegen kannst.«

Eine Sekunde später schlug der Körper im betonierten Innenhof des Gefängnisses auf.

17. August 2004, Dienstag

Werens wurde vom Klingelton seines Handys geweckt. Er steckte den Kopf unters Kissen, aber das aufdringliche Geräusch hörte nicht auf. Unwillig stand er auf. Er hatte die vergangene Nacht zum ersten Mal nicht auf dem Balkon, sondern tatsächlich im Bett geschlafen. Dann fiel ihm das Gespräch vom Vorabend wieder ein und seine schlechte Laune war wie weggeblasen. Die Auflösung des Rätsels stand kurz bevor.

»Hallo«, hörte er die Stimme einer älteren Frau. »Spreche ich mit Herrn Werens?«

»Ja, am Apparat.«

»Sie haben mich gestern angerufen.«

»Ich?«

»Meine Enkelin hat Ihren Anruf entgegengenommen.«

Es war der Rückruf von einer der Nummern, die Werens auf der Suche nach Molak, dem Toten von 1977, angerufen hatte.

»Ja klar! Ein nettes Mädchen! Sind Sie ...«, jetzt wurde er richtig wach, »irgendwie mit Edward Molak verwandt? Ich suche nach seinen Verwandten. Ich bin Journalist und möchte einen Artikel über seinen Tod schreiben.«

Aufgelegt. Werens hatte einen Volltreffer gelandet. Sein Handy klingelte erneut und dieselbe Frau meldete sich. Ihre Stimme war traurig und leicht beschämt.

»Ich kann nicht am Telefon darüber sprechen.«

»Wo und wann kann ich Sie treffen?«

Sie zögerte.

»Also gut«, sagte sie schließlich sefzend. »In zwei Stunden. Im Café *Staromiejska*. Wissen Sie, wo das ist?«

»Ich kenne es. Vielen Dank! Ich werde da sein!«

Hastig schlang er sein Frühstück hinunter. Der Onkel beobachtete ihn verwundert. Selbst die zurückhaltende Eliza fragte, warum er es so eilig habe. Der vergangene Abend mit dem erneuten Alkoholkonsum schien für sie komischerweise kein Thema mehr zu sein. Oder plante sie einen neuen Angriff? Auch wenn er sich über ihre Fürsorge freute, hatte er jetzt keine Zeit, sich zu erklären.

Eine Viertelstunde vor dem verabredeten Zeitpunkt saß er auf der Caféterrasse in der Altstadt. Trotz der frühen Stunde waren die meisten Tische besetzt – vorwiegend von deutschen Touristen, die

die Stadt im Sommer scharenweise besuchten. Ihm fiel ein, dass er vergessen hatte, die Frau zu fragen, woran er sie erkennen würde. Unter den vielen Rentnern könnte das schwierig werden. Doch er täuschte sich. Nach fünf Minuten kam eine vornehme ältere Dame in einem weißen knöchellangen Kleid und mit hellem Hut an seinen Tisch und fragte mit zittriger Stimme:

»Sind Sie Herr Werens?«

»Ja.« Pawel war erleichtert. »Wie haben Sie mich erkannt?« Er erhob sich und half ihr, Platz zu nehmen. »Was möchten Sie trinken?«, fragte er und winkte die junge Kellnerin heran.

Die Frau bestellte einen Johannisbeersaft, dann stellte sie sich vor.

»Ich heiße Zofia Molak und bin die Witwe von Edward Molak.«

Werens ahnte, dass er gleich etwas erfahren würde, das für seine Recherchen von entscheidender Bedeutung wäre. Nun befand er sich mitten in einer Ermittlung. Er nahm den Faden auf, der ihm erlauben würde, den Kokon zu entwirren, in dem der mörderische Seidenspinner saß.

»Pawel Werens. Ich bin Journalist aus Warschau. Ich arbeite für die Zeitung *Wiesci.*«

»Für einen, der von außerhalb kommt, scheinen sie sich aber gut auszukennen.« Die Frau war sichtlich nervös und machte einen misstrauischen Eindruck. Werens lächelte.

»Ich bin von hier. Mein Abitur habe ich im Gymnasium Nummer 2 in der Mallkow-Strasse gemacht.«

»Ich kenne die Schule«, sagte sie. »Auch mein Vater hat dort Abitur gemacht, 1925.«

»Tatsächlich?« Werens war auf der Hut. Die Frau wollte ihn offensichtlich testen. Wie jeder Absolvent des *Zweiten* kannte er die Geschichte seiner alten Schule. »1925 war es doch noch eine reine Mädchenschule und hieß *Städtisches Oberlyzeum.* Man konnte dort nur das *kleine Abitur* machen. Oder war Ihr Vater vielleicht

Lehrer?« Er wusste, dass er den Test bestanden hatte. Sie lächelte ihn zaghaft an.

»In der Tat. Mein Vater war noch sehr jung, als er dort eine Stelle als Deutschlehrer annahm.«

Dann kam die Frau ohne weitere Umschweife zum Thema.

»Diese Geschichte belastet mich schon seit dreißig Jahren. Mein Mann, Edward, war ein sehr gefährlicher und böser Mensch. Ja, Sie haben sich nicht verhört. Ich habe ihn '61 kennengelernt. Schon damals war er ein hohes Tier in der Armee. Er hat aber nicht für die normalen Einheiten gearbeitet. Edward war Major des militärischen Inlandsdienstes. Wissen Sie, was die Aufgabe dieses Nachrichtendienstes war?«

»Gegenspionage?«

»Verfolgung von Spionen, Vorbeugung gegen Diversion und Sabotage.«

Werens hörte der Frau konzentriert zu. Er reichte ihr höflich ein Taschentuch, mit dem sie den Schweiß an ihrem Hals abtupfte.

»Heute haben wir eine andere Staatsordnung, wir leben in einer Demokratie. Ich darf jetzt darüber sprechen, obwohl ich immer noch Angst habe. Was ich Ihnen jetzt erzählen werde, belastet mich schon seit Jahren. Ich werde Ihnen keine Militärgeheimnisse verraten. Von diesen Dingen wusste ich nichts.«

»Was wollen Sie mir erzählen? Und warum?«

»Mein Mann wurde von Menschen aus seinem nächsten Umfeld ermordet.«

»Militärangehörige?«

»Nicht nur. Die Leute kamen aus ganz unterschiedlichen Ecken. Ihre Namen kannte man von den Titelseiten der damaligen Zeitungen. Hohe Tiere. Ich kann nur vermuten, warum sie das getan haben. Einer Sache bin ich mir aber absolut sicher – sie sind verantwortlich für seinen Tod.«

Werens wartete gespannt. Die alte Frau sah ihn eindringlich an.

»Manchmal verschwand er für einen ganzen Tag und eine ganze Nacht. Dienstliche Aufgaben, dachte ich und sagte nichts, obwohl mein Herz blutete, als wir noch frisch verheiratet waren. Dann kam das Jahr '77. Eines Tages kam er früh und völlig benebelt nach Hause. Er stank nach Schnaps und Zigaretten. Ich dachte, er hätte einen komplizierten Fall übernommen. Während er schlief, wollte ich seine Kleidung waschen. In der Tasche fand ich ein eigenartiges Kostüm mit Kapuze. Das konnte unmöglich eine Verkleidung sein, in der man Spione fängt. Doch ich entdeckte Schlimmeres: Fotos – Kinderpornografie. Es war ein Schock. Diese Bilder waren abstoßend. Schrecklich.« Die Frau nahm mit zitternden Händen einen Schluck von ihrem Saft. »Es waren Jungen und Mädchen, nackt. Auf dem Fußboden, den Tischen und Stühlen. Und diese Perversen. Überall! Damals habe ich gedacht, dass die Kinder auch betrunken waren. Heute weiß ich, dass sie unter Drogen standen. Ich habe ihn nicht darauf angesprochen, sondern nur geduldig gewartet.

Einen Monat später kündigte er eine wichtige Dienstreise an. Er wollte über Nacht wegbleiben. Das Kostüm war aus dem Versteck in der Bodenkammer verschwunden. So wusste ich, dass er wegfuhr, um es wieder zu tun. Wir hatten einen Fiat. Ich setzte mich ins Auto und fuhr seinem Dienstwagen hinterher. Ich bin ziemlich lange gefahren, vielleicht zwei Stunden. Hinter Ketrzyn bog ich in eine schmale Straße mit wenig Verkehr ein. Sie führte immer Richtung Norden. Hinter einem Dorf hielt ich vor einem Schloss. Ich stellte das Auto im Park ab und schlich zu Fuß bis an die Fenster. Ich hatte mich nicht getäuscht.«

»Was haben Sie dort gesehen?« Werens' Puls raste.

»Sie saßen an einem langen Tisch. Etliche Kapuzenmänner. In einer alten Kapelle. Zuerst haben sie sich nur unterhalten, und ich dachte schon, es würde nichts weiter passieren, aber dann klatschte einer von ihnen – sie nannten ihn Montalto – in die Hände und der Saal füllte sich mit nackten Kindern. Mädchen und Jungen. Ich kann nicht weiter, entschuldigen Sie bitte.«

Mitfühlend drückte Werens ihre Hand. Dabei bemerkte er, dass ein Mann am Nachbartisch sie beobachtete, und zwar äußerst ungeschickt – er tat, als würde er Zeitung lesen, doch er blätterte nie um, und sein Blick wanderte nicht über die Seiten. Werens ließ sich nichts anmerken. Er nickte der Frau aufmunternd zu und versuchte, sich jedes einzelne Wort einzuprägen. Weinend und am ganzen Körper zitternd berichtete die Frau weiter.

»Dann bin ich weggelaufen. Ich weiß nicht mehr, wie ich nach Hause kam, und hatte keine Ahnung, wie ich mich verhalten sollte, wenn er am nächsten Morgen wieder in der Tür stehen würde. Am liebsten hätte ich ihn umgebracht. Am liebsten hätte ich ihn nie wieder gesehen. Er kam aber zurück. Und wieder stank er nach Schnaps. Er war betrunken. Als er eingeschlafen war, ging ich zu einem befreundeten Anwalt. Ich wollte es ihm heimzahlen, indem ich hinter seinem Rücken die Scheidung einreiche. Es kam für mich nicht in Frage, auch nur einen Tag länger mit ihm unter einem Dach zu wohnen. Ich vereinbarte mit dem Anwalt einen Termin eine Woche später, dann ging ich zurück, um meine Tochter und meine Sachen zu holen. Er schlief immer noch. Wir zogen zu meiner Mutter. Er bedrängte uns immer wieder. Fragte, warum ich ihn verlassen hätte. Der Mistkerl! Ich konnte ihm nicht antworten. Es tat zu weh, darüber zu sprechen. Ständig dachte ich nur an diese Schweinerei. Diese unschuldigen, nichts ahnenden Kinder.

Das, Herr Werens, ist meine Beichte. Diese Erinnerung hat die ganze Zeit an mir genagt, und ich kann sie nicht länger für mich behalten. Als meine Enkelin mir sagte, dass Sie angerufen und nach Edward gefragt hätten, ahnte ich schon, worum es geht. Aber als Sie mir heute früh sagten, dass Sie darüber schreiben wollen, habe ich es mit der Angst zu tun bekommen und legte auf. Gleich darauf habe ich mir aber gedacht: Wenn ich es jetzt nicht erzähle, wann dann? Nicht einmal der Priester, bei dem ich immer beichte, kennt dieses Geheimnis.

Einen Monat, nachdem ich meinen Mann verlassen hatte, erfuhr ich aus der Zeitung, dass er tot war. Ich war überrascht, weil die Geheimdienste normalerweise sehr sorgfältig über ihre Geheimnisse wachten. Ich habe den Journalisten ausfindig gemacht, der die Notiz geschrieben hatte, es handelte sich lediglich um eine kurze Meldung. Er hat mir erzählt, dass er nach dieser Nachricht viele Schwierigkeiten bekommen habe. Die Information hatte er vom Krankenhaus in Ketrzyn, wohin man Edwards Leiche gebracht hatte. Ich bin danach auch in dieses Krankenhaus gefahren. Aber seine Leiche durfte ich nicht sehen. Während der Trauerfeier blieb der Sarg verschlossen. Ich weiß nicht, wie sein Körper aussah. Als Todesursache wurde Unterkühlung angegeben. Sein Fahrer behauptete, dass er just an jenem Tag frei gehabt habe. Er hat gelogen, wie all die anderen. Ich weiß es sehr gut, dass er ihn wieder zu diesem Schloss gebracht hat.«

Werens hatte Mitleid mit der betrogenen alten Frau.

»Sie heißen weiterhin Molak?«

»Er starb, bevor die Scheidung vollzogen war. Außerdem bekam ich dadurch eine gute Rente. Das war die einzige Genugtuung nach all dem Bösen, das er in seinem Leben begangen hat.«

»Ich verstehe.«

Sie erhoben sich und Werens küsste der alten Dame die Hand.

»Ich danke Ihnen, dass Sie mir zugehört haben. Fast dreißig Jahre lang habe ich diese Last mit mir herumgeschleppt.«

Er sah zu, wie sie ihre Handtasche vom Stuhl nahm, den Hut zurechtrückte und sich die Tränen von den Wangen wischte. Sie entfernte sich langsam in Richtung Kathedrale. Der Mann, der sie beobachtet hatte, erhob sich ebenfalls. Werens bemerkte im Augenwinkel, dass er dem Fahrer eines Möbeltransporters, der langsam vom Alten Rathaus herangerollt kam, ein Zeichen gab. Werens sah wieder zu Frau Molak. Sie blieb unvermittelt stehen und nestelte am Verschluss ihrer Handtasche. Der Motor des Möbeltransporters heulte auf. Der schwere Wagen nahm Fahrt auf. Der Mann mit der Zeitung zeigte nun deutlich auf die Frau, die immer noch mitten auf der Fahrbahn stand. Werens sprintete los. »Passen Sie auf!«, rief er, doch schon wurde Frau Molak von dem schweren Transporter erfasst und gegen die Scheibe eines Juweliergeschäfts geschleudert. Die Wucht des Aufpralls ließ das Glas zerbersten. Sie landete inmitten von Schmuck und goldenen Uhren. Werens sah sich instinktiv nach dem Mann mit der Zeitung um, doch der war spurlos verschwunden. Und der Möbeltransporter bog eben mit hoher Geschwindigkeit um die nächste Straßenecke.

Für Frau Molak kam jede Hilfe zu spät. Die wachsende Traube der Schaulustigen schloss sich immer enger um Werens, der neben der Frau kniete. Dann wurde Werens beiseite geschoben. Der Rettungswagen war da und mit ihm auch eine Polizeistreife.

Werens meldete sich als Zeuge. Er musste sich in ein Polizeifahrzeug setzen, und seine Personalien und Kontaktdaten wurden notiert. Ein Polizist kündigte ihm eine Einladung aufs Revier an, damit seine Aussage protokolliert werden könne. Als er den Wagen verließ, war Frau Molaks Leiche bereits mit einem Laken zugedeckt. Um sie drängten sich Polizisten und ein Beamter von der Spurensicherung mit Fotoapparat. Werens wollte nicht zusehen, wie Frau Molak abtransportiert wurde.

Als er zum Auto kam, fluchte er laut. Jemand hatte die Seitenscheibe eingeschlagen. Seine Tasche mit Notizblock und Fotoapparat war weg. Warum hatte er sie bloß nicht mitgenommen? Das war kein Zufall. Es war helllichter Tag. Der Parkplatz war voll. Kein gewöhnlicher Dieb, nicht mal der dümmste, würde so ein Risiko auf sich nehmen. Außerdem war das teure Autoradio unberührt. Etwas sagte ihm, dass er von denselben Typen bestohlen worden war, die Frau Molak umgebracht hatten.

Er sah sich um. Wurde er beobachtet? Von dem Mann im roten Subaru, der in seine Richtung schaute? Oder von dem Mann am Zeitungskiosk? Er geriet in Panik. Er hatte Dinge erfahren, die niemals ans Tageslicht gelangen sollten! Frau Molak war umgebracht worden, weil sie ihm das Geheimnis anvertraut hatte. Hätte sie geschwiegen, wäre sie sicherlich noch am Leben. Werens fühlte sich schuldig. Die Spur führte zum Schloss in Drogosze. Dort hatten sich in den Siebzigerjahren die geheimnisvollen Kapuzenmänner getroffen. Dieselben, die Molak getötet hatten. Und heute dessen Frau. Das bedeutete, dass sie bis heute aktiv waren. Er musste sich konzentrieren! Mit jemandem über diese Angelegenheit sprechen. Der Einzige, dem er vertraute, war sein Onkel.

Mariusz saß im Wohnzimmer über alte Papiere gebeugt. Pawel zerrte ihn am Arm in die Bibliothek und verschloss die Tür. Detailliert berichtete er, was am Morgen passiert war. Über sein Gespräch mit Frau Molak, ihr großes Geheimnis und den brutalen Mord. Es war eine Hinrichtung gewesen. Der Onkel schwieg zunächst betroffen, schließlich sagte er:

»Ich habe leider auch keine guten Nachrichten. Es sieht ganz so aus, als ob der oder die Mörder einen weiteren Mord begangen haben, der an das Martyrium von Menschen anknüpft, die später heilig gesprochen wurden. Smaragdus und Theodul gehörten der berühmten Zwölften Römischen Legion an, die man *Fulminata*, der Blitz, nannte. Sie bekannten sich, ähnlich wie vierzig andere Männer dieser Legion, zum Glauben an Christus. Damit fielen sie wohl unangenehm auf, denn sie wurden auf persönliches Geheiß des Kaisers Licinius verhaftet. Agricolaus, der örtliche Statthalter, warf sie ins Gefängnis. Und dort begann das typische Spektakel von Gewalt und Grausamkeit. Zuerst wurden die Soldaten mit Steinen malträtiert. Die Zähne wurden ihnen ausgeschlagen. Ein Sadismus ohnegleichen. Aber das war noch nicht alles. In einer Winternacht zog man sie nackt aus und führte sie auf einen vereisten See hinaus. Dort sollten sie erfrieren oder ihrem Glauben abschwören, um zu überleben. Dann hätte man sie in das nahe gelegene beheizte Badehaus geführt. Die Soldaten hielten entschlossen stand, nur einer ertrug die eisige Kälte nicht, lief ins Badehaus und schwor damit seinem Glauben ab. Doch sogleich meldete sich einer der Gefangenenwärter und nahm den Platz des vierzigsten Soldaten ein. Denn die Zahl war wichtig – sie stand für die Fastenzeit von Christus, die vierzig Tage dauerte. Der Legende nach sind sie am nächsten Tag immer noch am Leben gewesen.«

»Und was ist dann mit ihnen passiert?«

»Was wohl? Denkst du, man hat sie zum Glühwein eingeladen? Man brach ihnen die Beine mit Stockschlägen, und ließ sie sterben. Die Leichen wurden verbrannt.«

»Der Mann im BMW ist erfroren. Er wurde mit Löschschaum vereist. Die Zeugen sagen aus, dass es nach Benzin gerochen habe. Wahrscheinlich wurde der Mörder überrascht und schaffte es nicht mehr, die Leiche zu verbrennen.«

»Die Parallele zu den Ereignissen von Sebaste ist offensichtlich.«

»Zu was?«

»Sebaste. Dort spielte sich die Geschichte ab. Heute heißt diese Stadt Sivas und liegt in Anatolien.«

»Es gibt ein Detail, das ich bei der ganzen Sache bisher nicht bedacht habe. Das Auto, in dem der Mann zu Tode kam, hat dem Staatsanwalt gehört, der am Fluss ermordet wurde.«

»Ich dachte, er wäre in der Ruine gestorben?«

»Ja, aber anschließend wurde er am Fluss ins Wasser geworfen.«

»Denkst du nicht, dass auch das eine Bedeutung hat?« Der Onkel zog die Augenbrauen hoch.

»Das gibt's doch nicht! Warum habe ich mich nicht auf diese Spur konzentriert?! Das muss sogar ungeheuer wichtig sein!«

»Was für eine Überraschung!« Der Alte spottete weiter. »Wir kommen zum gleichen Schluss. Wenn die Mörder konsequent sind – und sie scheinen es zu sein – dann muss auch dieser Mord mit Ereignissen aus der Geschichte verknüpft sein.«

»Ich sage es doch: Du bist große Klasse, Onkel Mariusz!«

»Lass die Schmeicheleien, sag lieber, was du von mir willst.«

»Du sollst die Geschichte finden, die diesem Mord als Vorbild gedient hat. Kannst du das?«

»Was bleibt mir denn anderes übrig?«

18. August 2004, Mittwoch

Wieder wurde Werens von seinem Handy geweckt. Wieder war eine Frau dran. Die Stimme klang jedoch entschieden jünger.

»Hallo, spreche ich mit Pawel Werens?«

»Ja, wer ist da?«

»Ewa.«

»Welche Ewa?« Er war immer noch nicht richtig wach.

»Aus dem Gefängnis in Barczewo.«

Jetzt war Werens hellwach.

»Ich muss dringend mit Ihnen sprechen. Es ist äußerst wichtig.« Ihre Stimme klang aufgeregt, aber auch ängstlich. »Es geht um einen Häftling.«

»Sprechen Sie bitte nicht weiter«, schnitt er ihr hastig das Wort ab. »Zu Ihrem Schutz. Wo sind Sie gerade?«

»Auf der Arbeit. In einer Stunde bin ich hier fertig. Warten Sie bitte am Tor auf mich.«

Schnell sprang er aus dem Bett, duschte, zog sich an und lief nach unten. Er schnappte sich einen Joghurt und rannte zum Auto, wo er wütend feststellte, dass jemand alle seine Reifen zerstochen hatte. Gestern der Diebstahl, heute die Reifen! Er dachte an den Mann, der sein Gespräch mit der Frau des Majors belauscht hatte. Verzweifelt kehrte er ins Haus zurück. Er bat den Onkel um dessen Autoschlüssel und rannte in die Garage. Der Onkel fuhr einen fast schon antiken Mercedes-Geländewagen mit 102 PS. Obwohl er ganz schön in die Jahre gekommen war, ließ er sich sehr gut fahren. Kurz darauf raste Werens auf der Landstraße in Richtung Barczewo. Ewa hatte ihn bestimmt nicht wegen einer Lappalie so früh angerufen. Er befürchtete, dass sie der Anruf bei ihm in große Schwierigkeiten bringen könnte. Ewa Szulc war schwanger. Man musste doppelt gut auf sie aufpassen.

Er war ein wenig zu früh am verabredeten Treffpunkt. Ungeduldig wartete er und zerbrach sich den Kopf, um die Ereignisse der letzten Tage in eine logische Reihenfolge bringen. Drei Leichen. Staatsanwalt, Polizist im Ruhestand und Gefängnisarzt. Er nahm an, sie hatten sich gekannt. Woher? Vom Dönhoff-Schloss, wo sie sich bei den Orgien begegnet waren. Aber es gab zwei weitere Leichen! Der vierte Mann war der erfrorene Nackte aus der Scheune. Als Opfer des geheimnisvollen Mörders musste auch er in diesem Schloss ein- und ausgegangen sein. Seine Identität war noch ungeklärt, aber auch er hatte einen Schmetterling im Mund gehabt. Die Polizei würde bald herausfinden, wer er war. Die Orgien hatten vor nahezu dreißig Jahren stattgefunden – die Kinder von damals waren heute erwachsen. Vielleicht war es späte Rache? Der Fünfte war Major Molak. Frau Molak hatte gesagt, die Kinder seien betäubt worden. Also waren auch Drogen im Spiel. Doch warum sollte dieser Racheengel die alten Perverslinge umbringen, indem er die Morde an den ersten Christen nachahmte? Entscheidende Puzzlestücke fehlten noch.

In diesem Moment trat Ewa Szulc aus der Gefängnistür. Er stieg aus dem Auto und ging ihr entgegen.

»Gut, dass Sie hier sind«, sagte sie und reichte ihm die Hand. »Wir müssen uns über eine ganz bestimmte Person unterhalten.«

»Steigen Sie ein«, forderte er sie auf und fuhr gleich darauf los. Bald bog er von der Hauptstraße ab, über einen holprigen Waldweg gelangten sie zu einem kleinen Parkplatz, wo eine ältere Frau in einem Imbisswagen Hotdogs verkaufte. Sie bestellten Kaffee und setzten sich an einen grob gezimmerten Holztisch.

Ewa kam sofort zur Sache: »Gestern sprach ich mit einem jungen Häftling, der für einen Raubüberfall einsitzt. Er hat die Chance, wegen guter Führung vorzeitig entlassen zu werden. Nach den üblichen Fragen unterhielten wir uns über seine Interessen. Der Junge kann sehr gut zeichnen, er hat echt Talent. Plötzlich sagte er, dass er das Zeichnen von einem Mithäftling gelernt habe. Am Anfang hätten sie immer Schmetterlinge gezeichnet.«

Werens verschluckte sich am Kaffee. Er bat um Entschuldigung, wischte sich den Mund ab und wartete auf die Fortsetzung.

»Ich dachte, dass das wichtig sein könnte, und bat ihn, mir mehr über diesen Häftling zu erzählen. Was ich zu hören bekam, erschien mir so interessant, dass ich Sie sofort angerufen habe. Der Junge erzählte, sein Zellennachbar sei besessen gewesen von Schmetterlingen. Er habe stundenlang von ihnen erzählt. Angeblich besaß er sogar eine ansehnliche Schmetterlingssammlung. Darüber hinaus sei dieser Häftling ein religiöser Fanatiker gewesen. Er habe ständig in der Bibel gelesen und vom Jüngsten Gericht geredet. Er war ein Einzelgänger, hatte sonst keine Kontakte zu anderen Häftlingen außer zu unserem Zeichner.«

»Das ist er«, unterbrach Werens aufgeregt. »Das ist unser Mörder.«

»Meinen Sie?«

»Ich bin mir sicher!« Doch Werens erkannte gleich, dass seine Euphorie verfrüht war. »Er kann ja die Morde gar nicht begangen haben, wenn er hinter Gittern saß.«

»Lassen Sie mich ausreden! Der Mann hat seine fünfundzwanzig Jahre abgesessen. Anfang des Jahres kam er frei.«

»Der erste Mord wurde im Januar begangen. Am 26.«

»Da war er schon draußen.«

Die Frau des Majors hatte erzählt, dass ihr Mann das Schloss '76 und '77 besucht habe. Wenn der Häftling fünfundzwanzig Jahre im Gefängnis gesessen hatte, dann war er '79 festgenommen worden. Er hätte also auch Gelegenheit gehabt, Molak zu ermorden.

Werens stand auf und begann nervös auf und ab zu gehen.

»Was weiß man über ihn? Wie heißt er? Wo hat er vor dem Urteil gewohnt? Was hat er gearbeitet? Wie sieht er jetzt aus?«

Ewa lächelte triumphierend.

»Haben Sie vergessen, dass ich Herrn Jans Liebling bin? Dass ich im Gefängnis ein- und ausgehen kann, wie es mir passt? Gestern Abend habe ich im Archiv vorbeigeschaut. Ich kann dort Sachen nachschlagen. Unser Frömmler und Schmetterlingskenner heißt Korbiel. Adam Korbiel, Jahrgang 1953. Vor seiner Verurteilung bewohnte er einen kleinen Bauernhof im Dorf Drogosze.«

»Was?!« Werens schrie so laut, dass die Frau aus ihrem Imbisswagen herausgelaufen kam. Doch sie sah nur noch, wie Werens und Ewa in den Wagen stiegen und eine Staubfahne hinter sich herziehend davonfuhren.

Werens fuhr mit Ewa Szulc auf dem kürzesten Weg nach Drogosze. Ein Dorf wie Hunderte ähnlicher masurischer Dörfer. Sie hielten vor einem Tante-Emma-Laden und fragten nach dem Haus der Korbiels. Werens ging dabei so ungestüm vor, dass er der Verkäuferin Angst machte und sie ins Hinterzimmer flüchtete. Wesentlich ruhiger und freundlicher sprach Ewa eine Kundin an. Die Frau war aber zu jung, um den alten Korbiel zu kennen. Dafür gab ein älterer Mann, der seine Zigarette auf altmodische Art mit einer Zigarettenspitze rauchte, bereitwillig Auskunft.

»Der Korbiel ist ein komischer Kauz. Der macht nie das Maul auf. Die Kinder haben Angst vor ihm. Als er jung war, hat er sich das Gesicht verbrannt. Sieht aus wie der Teufel in Person, dieser Bucklige. Seit er aus dem Knast draußen ist, sitzt er die ganze Zeit zu Hause. Na, manchmal fährt er in die Stadt. Nach Korsze. Die Leute erzählen, er habe dort eine Frau. Aber wer würde so einen schon nehmen, mit dieser Fresse? Vielleicht eine, die es nötig hat. Und blind müsste sie sein. Früher ist er immer ins Schloss gegangen, als es noch ein Erholungsheim der Kolchose war. Man hatte es nach dem Krieg verstaatlicht. Die ganzen Dönhoffs, diese Fürsten, wurden enteignet. Man hat aus dem Schloss eine Landwirtschaftsschule gemacht. Aber 1990 hat man sie wieder geschlossen, so war das. Ach nee, es war wohl '91. Dann haben Privatleute alles gekauft. So war das mit dem Schloss. Aber der junge Korbiel ist immer wieder dahingerannt, als ob ihn was hinziehen würde. Die Leute haben erzählt, dass dort Unzucht getrieben werde, immer wenn die Schüler übers Wochenende weg waren. Weil der Leiter es zuließ. Ich habe nie was gesehen. Nur einmal vielleicht. Ein schickes Auto hielt vorm Schloss, und darin saß ein Mann mit Kapuze. Es hat geregnet. Nur ein Idiot setzt im Regen seine Kapuze nicht auf, stimmt's? Es sei denn, er hat 'nen Regenschirm mit. Den buckligen Korbiel findet ihr am Ende der Dorfstraße. Ein kleines Haus aus roten Ziegeln. Es ist so heruntergekommen, dass man es sofort erkennt. Hat sich keiner drum gekümmert, nachdem die Mutter gestorben war.«

»Korbiel war ein Bastard«, mischte sich eine alte Frau mit geblümtem Kopftuch ein. »Das wissen doch alle. Seine Mutter hat mit dem Kerl vom Schloss rumgemacht. Mit diesem General.«

»Mit welchem General, du dummes Weib? Wer hat hier schon mal 'nen General gesehen?« Der zahnlose Alte fuchtelte wild mit der leeren Zigarettenspitze herum.

»Jawohl, ein General!« Die Frau gab nicht klein bei. »Sie hat sich mal verplappert, dass sie was mit einem General hat. Deswegen stolzierte sie hier auch rum wie ein Pfau. Sie haben sich immer im Schloss getroffen. Sie sah nicht schlecht aus, nein, das muss man zugeben. Den Kerlen lief das Wasser im Mund zusammen, wenn sie sie sahen. Wer sonst hätte ihr denn diesen Bauch gemacht? Etwa du, alter Bock? Dich hätte sie nicht mal angeschaut. Hochmütig war sie. Sie gab sich nicht mit jedem ab. 1980 ist sie an Krebs gestorben. Nachdem man ihren Adam weggesperrt hatte.«

»Er wurde eingesperrt, weil man ihn für dumm verkauft hat. An seiner Stelle hätte ich alles abgestritten, so wahr ich hier stehe.«

»Was hat er denn zugegeben?«, fragte Werens, der bis dahin geschwiegen hatte.

»Wofür wird man wohl gleich für so viele Jahre eingebuchtet? Bestimmt nicht fürs Zigarettenklauen. Der hat immer nur Ärger gemacht. Vielleicht hat er ja jemanden umgelegt.«

»Vielleicht? Sie wissen also nicht, wofür er einsaß?«

»Das weiß hier niemand, und er selbst spricht nicht darüber.«

Ewa und Pawel verließen den Laden und liefen die Dorfstraße hinunter bis zum Ende. Die alten Leute hatten nicht übertrieben. Der Zaun, der das Grundstück von der Straße trennte, war vollständig eingefallen. Auf dem Hof gab es keine Tiere. Werens klopfte einmal, dann noch mal. Da er keine Antwort hörte, drückte er die Klinke hinunter und trat ein. Im Haus war es dunkel. Das war aber nicht das Schlimmste. Er hielt sich eilig Mund und Nase zu, denn es stank unerträglich. Trotzdem traten sie ein. Werens riss eine alte Zeitung von der Fensterscheibe und drückte gegen den Fensterflügel, der sich quietschend öffnete und frische Luft und Licht hereinließ.

In der Mitte des Raumes stand ein schäbiger Tisch mit Essensresten, auf denen fette Fliegen herumkrochen. In den Ecken hingen Spinnweben und auf dem Fußboden entdeckten sie eine undefinierbare dunkle Lache. Neben dem Zimmer war eine kleine Küche. Werens untersuchte den Hausrat. Jemand hatte hier vor Kurzem gegessen, denn das Wasser in den Töpfen war noch lauwarm. Eine schmale Holzleiter führte ins Dachgeschoss. Werens stieg Sprosse für Sprosse hinauf. Mit der Schulter hob er eine Klappe in der Decke und steckte den Kopf durch die Luke. Sofort zog er ihn wieder zurück. Tränen schossen ihm in die Augen. Ewa beobachtete ihn gespannt. Mit einer Handbewegung gab er ihr zu verstehen, dass sie den Raum verlassen sollte. Er selbst hielt den Atem an und hievte sich nach oben. Seine Lippen zitterten. Er presste sie aufeinander, um nicht zu schreien. Der Anblick, der sich ihm bot, ließ ihn fast ohnmächtig werden. Im ansonsten leeren Raum lagen zerschlagene Vitrinen herum, aus denen präparierte Schmetterlinge herausgefallen waren. Sie lagen überall. Als ob jemand die Glaskästen gegen die Wände geschmettert hätte. Über Werens, in einer Schlinge aus einem Ledergürtel, dessen Metallschnalle tief in den Hals einschnitt, hing ein menschlicher Körper. Der unübersehbare Buckel auf dem Rücken ließ ihn noch unnatürlicher aussehen.

Der Erhängte war Adam Korbiel, ehemaliger Häftling und Serienmörder, verantwortlich für die Morde der letzten Monate. Der teuflische Mörder hatte seinen Plan erfüllt und sich dann erhängt.

Konnte das sein?

Ehe Werens diese Fragen beantworten konnte, hörte er von unten aufgeregte Stimmen. Er sah aus einem winzigen Fenster. Im Innenhof standen zwei Streifenwagen. Schnell rutschte er über die Leitersprossen nach unten und lief vors Haus, wo er verwirrt stehenblieb. Vor einem der Streifenwagen stand Klaman, der Offizier, der bei der Pressekonferenz zugegen gewesen war. In einem der Fahrzeuge saßen zwei Polizisten. Werens starrte sie verständnislos an. Zwischen ihnen saß die zu Tode erschrockene Ewa, ihre Hände waren mit Handschellen gefesselt. Entsetzt sah sie ihn an. Gleich darauf legte Klaman auch Werens Handschellen an und schob ihn in den zweiten Streifenwagen.

Nach zwei Stunden schweigsamer Fahrt erreichten sie das Polizeipräsidium in Olsztyn. Man brachte Werens in einen Verhörraum. Er musste sich auf einen unbequemen Stuhl setzen und wurde von einem Polizisten bewacht. Nach einer Viertelstunde kam Klaman.

»Was habt ihr mit Ewa Szulc gemacht?«, fragte Werens.

»Wir stellen die Fragen«, entgegnete Klaman mit gewohnt piepsiger Stimme. »Frau Szulc wurde freigelassen. Aufgrund ihres Zustands ist sie nicht haftfähig. Außerdem haben wir keine Grundlage, sie der Beteiligung in diesem Fall zu verdächtigen. Ihr Ruf ist makellos, sie arbeitet schon seit Jahren im Justizvollzug.«

Werens atmete auf.

»Sie sind unser Verdächtiger.«

»Seid ihr alle vollkommen verrückt?! Ich habe den toten Korbiel gefunden! An meinem Auto wurde die Scheibe eingeschlagen, man hat meine Reifen zerstochen! Und ich werde verdächtigt? Das ist doch blanker Unsinn!«

Der Offizier musterte ihn mit eiskaltem Blick.

»Wir beobachten Sie, seitdem Sie zum ersten Mal in Lutry aufgetaucht sind. Warum haben Sie versucht, sich Zugang zum Auto zu verschaffen, in dem der Leiter des Kinderheims von Barciany umgebracht wurde?«

Dieser Typ also hatte Kinder ins Schloss geliefert, dachte Werens. Daher stand sein Name auf der Liste des Buckligen. Ein Polizist, ein Staatsanwalt, ein Arzt, ein Armeeoffizier und ein Erzieher. Was für ein Team! Werens hätte sie alle gern selbst umgebracht.

»Sie haben Kontakt zu Frau Molak aufgenommen, die daraufhin tödlich verunglückt ist.«

Werens sprang auf.

»Sie wurde umgebracht. Warum hat noch niemand mit mir darüber gesprochen? Ich war Augenzeuge!«

Der Polizist war von Werens' Ausbruch nicht beeindruckt.

»Und heute haben wir Sie im Haus des toten Korbiel gefunden. Was hatten Sie dort verloren?«

»Ich recherchiere. Ich bin Journalist.«

»Warum wird gleich nach Ihrer Ankunft hier ein Mensch umgebracht? Sie sind am Dreizehnten angekommen. In der folgenden Nacht wurde der pensionierte Leiter eines Kinderheims tot aufgefunden. Warum wohnen Sie nicht bei Ihrem Vater in der Mickiewicza-Straße, sondern bei Ihrem Onkel? Aus der Villa kann man sich nachts leichter unbemerkt davonschleichen, nicht wahr?«

»Seid ihr alle von Sinnen?!«, rief Werens und sprang erneut auf, doch der Polizist hinter seinem Rücken packte ihn an den Schultern und zwang ihn, sich wieder hinzusetzen.

»Der Tod ist Ihnen immer dicht auf den Fersen. Wonach haben Sie im Gefängnis gesucht? Was haben Sie im Hotel *Mlyn* in Elblag verloren? Ein Mitarbeiter hat ausgesagt, dass Sie ihn über den verstorbenen Staatsanwalt ausgefragt haben.«

»Das ist mein Job«, stöhnte Werens verzweifelt.

Die Polizei hatte gründlich gearbeitet. Vielleicht wussten sie ja auch, wer sein Auto aufgebrochen hatte. Aber das war jetzt unwichtig. Werens bekam es mit der Angst zu tun. Jemand hatte vor, ihn zum Sündenbock zu machen.

»Wir haben Sie in Korbiels Haus gefunden, unmittelbar nach dessen Tod.«

»Ich habe ihn nicht umgebracht«, rief Werens.

»Das stimmt ausnahmsweise, Herr Werens. Adam Korbiel hat Selbstmord begangen.«

»Was wollen Sie dann noch von mir?«

»Nach wie vor die Wahrheit.«

»Nachdem Korbiel aus dem Gefängnis entlassen wurde, hat er reihenweise Menschen umgebracht, die in den Siebzigerjahren das Schloss besucht hatten, um sich auf eine krankhafte Art und Weise zu amüsieren. Das ist die Wahrheit.« Es gab für Werens keinen Grund mehr, sein Wissen für sich zu behalten. Sie wussten ohnehin schon Bescheid.

»Für meinen Geschmack wissen Sie viel zu viel. Warum hat die Molak unmittelbar vor ihrem Tod mit Ihnen gesprochen?«

»Vielleicht wollte sie etwas loswerden.«

»Was hat sie konkret gesagt?«

Werens zögerte. Etwas stimmte hier nicht. Wenn sie ihn damals am Tisch abgehört hatten, wussten sie genau, was sie gesagt hatte. Er versuchte, das Bild des am Ledergürtel hängenden Buckligen heraufzubeschwören. Er hatte sein Gesicht nicht gesehen. Und noch etwas hatte gefehlt. Da war kein Stuhl gewesen, kein Hocker und auch sonst nichts, von dem Korbiel hätte hinunterspringen können. Dennoch behauptete Klaman, der Mann habe Selbstmord begangen. Und dann war da noch die dunkle Lache in der Küche. Ein kalter Schauer lief Werens über den Rücken. Wieso war Klaman mit seinen Leuten so schnell aufgetaucht? Das war kein Zufall. Oder war er schon dort gewesen, als Werens und Ewa ankamen? Zumindest konnte er Klaman auf die Probe stellen.

»Bevor Frau Morlak wegging, hat sie mir ein kleines Tagebuch übergeben, in dem genau beschrieben ist, was sie alles im Schloss beobachtet hat.«

Befriedigt stellte Werens fest, dass Klaman sich räusperte und nervös seine Finger verschränkte.

»Und Sie haben das Tagebuch?«

»Ja.«

»Können Sie es uns zeigen?«

»Selbstverständlich. Ich will doch auf gar keinen Fall die Ermittlungen behindern.«

»Wo bewahren Sie es auf?«

»Ich habe es in meinem Wagen versteckt. Das Auto steht vor dem Haus meines Onkels. Jemand hat die Reifen zerstochen, daher wird es sicherlich noch da stehen, wo ich es abgestellt hatte. Ich kann Ihnen das Tagebuch übergeben, sobald ich zu Hause bin.«

»Dafür wäre ich Ihnen dankbar. Ich habe keine Fragen mehr.«

»Kann ich gehen?«

»Ich mag Sie nicht, Herr Werens. Wir werden Sie bis morgen früh bei uns behalten.«

Werens leistete keinen Widerstand. Damit hätte er seine Lage nur verschlimmert.

19. August 2004, Donnerstag

Werens wachte frierend in seiner Gefängniszelle auf. Jenseits des vergitterten Fensters brach ein neuer Tag an. Er rieb sich die kalten Schultern und Füße und wickelte sich enger in die graue Wolldecke. In der Nacht war er auf das Schlimmste gefasst gewesen. Vor Angst hatte er kaum schlafen können. Er hatte nicht vor, *Selbstmord* zu begehen wie der Bucklige. Er wollte leben. Andererseits standen die Chancen nicht schlecht, dass er in dieser Nacht noch nicht umkommen würde. Er war Journalist. Das sprach für ihn. Die Polizei hatte bestimmt nicht die Absicht, sich vor den Medien für den Tod eines Journalisten in polizeilichem Gewahrsam zu erklären. Werens machte sich keine Illusionen. Er hatte entdeckt, was es mit dem Freitod von Korbiel auf sich hatte. Diejenigen, die diesen vorgetäuscht hatten, würden nicht erlauben, dass die Wahrheit ans Tageslicht käme. So ein Risiko würden sie nie eingehen. Es gab kein geheimes Tagebuch. Wenn es ihm gelänge, hier herauszukommen, würde er herausfinden, wer gestern in Drogosze den Mord begangen hatte. Deswegen hatte er mehrere Stunden auf seiner Pritsche wach gelegen, bis ihn die Müdigkeit übermannt hatte. Im Schlaf hatten ihn Albträume geplagt, in denen er wie immer auf den Boden eines Wassertanks sank.

Er verließ das Polizeipräsidium um neun. Auf dem Weg zum Taxistand schaute er sich ununterbrochen um. In jedem Passanten sah er einen potentiellen Mörder und er hatte den Eindruck, dass die Autos verdächtig nah an ihm vorbeifuhren. Endlich saß er im Taxi und wies den Fahrer an, in die Falata-Straße zu fahren. Unterwegs änderte er aber seine Meinung. Er ließ das Taxi anhalten und kaufte in einem Kiosk eine Telefonkarte. Er rief Hanna an und fragte, ob er zu ihr kommen könne. Zwanzig Minuten später stieg er vor Hannas Haus aus und bat den Fahrer, ihn um dreizehn Uhr an derselben Stelle wieder abzuholen.

Er betrat das Haus, ohne sich um den kleinen Hund zu scheren, der hartnäckig nach seinen Schuhen schnappte. Als Hanna ihn sah, schickte sie ihn sofort unter die Dusche, wo er eine Viertelstunde zusammengekauert unter dem warmen Wasserstrahl verbrachte. Danach ging es ihm besser. Im Bademantel durfte er dann in einem bequemen Sessel sitzen und heißen Kaffee schlürfen.

Hanna hörte geduldig zu, als Werens ihr vom Tod des Buckligen und seiner Verhaftung erzählte. Auch von der Nacht in der Zelle. Plötzlich packte ihn Entsetzen darüber, was er gerade tat. Allein dass er hier bei ihr war, brachte sie und ihre Familie in Todesgefahr. Andererseits konnten sie nicht alle umbringen, mit denen er zu tun hatte. Um sie nicht zu ängstigen, erwähnte er seine Befürchtungen nicht.

»Was war Korbiels Motiv?«, fragte Hanna.

Werens hatte keine Antwort. Das Motiv war wohl nicht, dass Korbiels Opfer Kinder unter Drogen gesetzt und missbraucht hatten. Korbiel hatte sich viel Mühe mit der makabren Inszenierung gegeben. Warum hatte er eigentlich im Gefängnis gesessen? Das war jetzt die wichtigste Frage. Wenn er darauf eine Antwort fand, würde er auch alle anderen Fragen beantworten können. Der warme Kaffee machte ihn schläfrig. Hanna deckte ihn mit einer Decke zu und er glitt augenblicklich in den Schlaf.

Als er aufwachte, war es Mittag und das Haus war leer. Hanna hatte ihm einen Notizzettel hinterlassen, auf den sie einen schnarchenden Teddy gezeichnet hatte. Er lächelte. Das Taxi kam wie vereinbart. Werens wies den Fahrer an, nach Drogosze zu fahren. Er schwieg den ganzen Weg über, obwohl der Taxifahrer mehrmals versuchte, ein Gespräch anzufangen. Endlich erreichten sie Korbiels Haus. Das Auto des Onkels stand unbeschadet vor dem Gehöft. Werens gab dem Taxifahrer den ausgehandelten Betrag und verabschiedete sich. Er ging nicht ins Haus. Die Spuren waren inzwischen ohnehin fachkundig beseitigt worden. Neuer Ärger mit der Polizei war das Letzte, was er jetzt brauchte.

Er stieg in den Mercedes und machte sich auf den Rückweg. Zu Hause stellte er das Auto in die Garage. Ehe er die Villa betrat, inspizierte er noch seinen eigenen Wagen. Alle Sitze im Golf waren aufgeschlitzt – das Auto war letzte Nacht gründlich gefilzt worden. Jetzt war zumindest klar, dass Klaman in den Mord am Buckligen verwickelt war. Werens machte sich keine Illusionen. Mit dem, was er wusste, war er der Nächste auf Klamans Liste.

20. August 1978, Samstag

Vor dem Dönhoff-Schloss fuhren erneut Wagen vor. Die Gäste betraten nacheinander leise das Gebäude und gingen sofort in den Versammlungsraum. Schweigend warteten sie auf den Zeremonienmeister, Bruder Montalto. Endlich betrat er den Saal. Er begrüßte die Versammelten und setzte sich an die Stirnseite des langen Eichentisches. Ohne große Vorrede erteilte er einem Mann mit breiten Schultern zu seiner Rechten das Wort. Dieser nahm eine Ledermappe mit einigen Dokumenten in die Hand und trug deren Inhalt mit tiefer Stimme vor.

»Unsere Operation hat die entscheidende Phase erreicht. Der Termin ist für den 10. September festgesetzt. An diesem Tag wird die Zielperson am zentralen Festakt im städtischen Stadion teilnehmen. Die Vorbereitungen für diese Veranstaltung haben bereits im Januar begonnen. Es war nicht einfach, einen von uns unter den Veranstaltern zu platzieren. Alle Beteiligten werden sorgfältig überprüft. Im Februar wurde ein vielköpfiges Organisationskomitee aus Wirtschaftsexperten, Abteilungsleitern, Staatssekretären, stellvertretenden Ministern und Inspekteuren sowie dem Woiwoden und dem Oberbürgermeister ins Leben gerufen. Ich betone: Es war nicht einfach, unseren Mann in das Gremium einzuschleusen, aber trotz anfänglicher Schwierigkeiten ist uns das gelungen. Er hat an allen Arbeitstreffen teilgenommen und verfügt über die entscheidenden Informationen. Dadurch kennen wir den Ablauf der Feier und konnten bereits die Schwachstellen ausmachen. Unser Mann hat in Erfahrung gebracht, dass die Zielperson schon einen Tag vor der Feier hier ankommen wird, um sich mit dem Premierminister zu treffen. Das Treffen wird in einem der landwirtschaftlichen Betriebe stattfinden. Das örtliche Volkstanzensemble bereitet eine kurze künstlerische Darbietung vor, die zur Begrüßung gezeigt wird. Danach sind ein Mittagessen bei einem der Bauern, der Besuch eines Betriebs und die Eröffnung einer Landwirtschaftsausstellung geplant, extra zu diesem Anlass. Anschließend wird sich die Zielperson mit der Ehefrau in die Stadt begeben. Dort soll sie neue Siedlungen, die neue Sporthalle und weitere Ausstellungen besuchen. Für den Abend ist ein Spaziergang durch die Altstadt mit Besichtigung des Schlosses und des Amphitheaters geplant. Der Ort der Übernachtung wird leider streng geheimgehalten. Wir kennen ihn nicht. Möglicherweise wird die Zielperson im Regierungserholungsheim in Lansk absteigen. Ein Attentat an diesem Ort wäre purer Wahnsinn! Das Gelände wird von der Armee streng bewacht. Und schließlich geht es uns auch um die Außenwirkung! Dort könnten die Behörden den Vorfall geheim halten. Deswegen haben wir von Anfang an eine Aktion in der Stadt angestrebt.

Jetzt komme ich zum Tag des Attentats. Früh am Morgen wird sich die Zielperson ins Parteigebäude begeben. Dort werden sorgfältig ausgewählte *Helden der Arbeit* ausgezeichnet. Diese Feier wird voraussichtlich vierzig Minuten dauern und es werden über hundert Menschen daran teilnehmen. Unser Mann kennt den detaillierten Lageplan des Festsaals und weiß, wo jeder einzelne Gast sitzen wird. Wir wissen auch, wo Tische, Mikrophone, ja sogar Blumen aufgestellt werden. Dieser Ort würde sich für die Durchführung unserer Aktion gut eignen. Vom Parteigebäude aus soll es mit einer Limousine weitergehen – die Zwyciestwa-Allee hinunter bis zum Stadion. Die Feierlichkeiten dort sollen um Punkt zehn Uhr beginnen. Kurz davor wird die Zielperson samt Gefolge ihren Platz auf der Ehrentribüne einnehmen. Die Ehrentribüne ist überdacht, das möchte ich betonen.«

Der Mann beendete seine Ausführungen. Er setzte sich wieder hin und beobachtete neugierig die Gesichter der Versammelten. Die Brüder flüsterten eine Weile untereinander, aber Montalto brachte sie mit einer Handbewegung zum Schweigen.

»Wir danken dir für diesen Vortrag, mein Bruder. Das war sehr interessant«, sagte er ernst. »Aber wir wissen immer noch nicht, wo unser Angriff stattfinden soll.«

»Im Stadion«, erwiderte der breitschultrige Nachbar des Vorsitzenden kurz und bündig.

»Warum gerade dort?«

»Aus verschiedenen Gründen. Der wichtigste ist, wie bereits erwähnt, die Außenwirkung unseres Attentats. Die Auftritte der Zielperson werden direkt im Rundfunk und Fernsehen übertragen. Es wird keine Möglichkeit geben, das Attentat auf das Staatsoberhaupt zu vertuschen. Der zweite Grund ist das Durcheinander, das zwangsläufig durch Panik bei einer Massenveranstaltung entstehen wird. Allein im Stadion werden dreißigtausend Zuschauer erwartet. An diesem Tag wird sich die ganze Stadt in einen großen Festplatz verwandeln.«

»Vielleicht wäre das Parteigebäude doch besser?«, mischte sich jemand von hinten ein.

»Diese Variante haben wir selbstverständlich auch in Erwägung gezogen. Zu der Veranstaltung dort gelangt allerdings nur, wer in Besitz einer persönlichen Einladung ist. Am Eingang wird jeder Besucher genau überprüft. Der Saal wird vorher gründlichst von Sprengstoffexperten mit Spürhunden durchsucht. Ich sehe da keine

Chance auf Erfolg.«

»Wird es im Stadion nicht ähnlich sein?«

»Das stimmt.«

»Wie sollen wir dann vorgehen?«

Bruder Montalto ging zur Eingangstür. Er machte sie kurz auf und ein kleines Männlein huschte in den Saal. Schreckhaft sah es sich unter den Versammelten um. Montalto legte seinen Arm um die Schulter des Neuankömmlings und geleitete ihn zu einem freien Platz am Tisch. Das Männchen nickte den Versammelten zu, setzte sich ungelenk hin und erläuterte den Plan.

»Unser Mann hat Bekanntschaft mit einem gewissen Wysocki gemacht, der etwas für Alkohol und junge Knaben übrig hat. Nach einigen Gläsern begann er aus dem Nähkästchen zu plaudern: Er arbeitet als Choreograph und nimmt seit zwei Tagen am Trainingslager des künstlerischen Kaders teil. Dort sind einundzwanzig Personen mit der Vorbereitung zur Eröffnungsveranstaltung im Stadion beschäftigt. Im entscheidenden Moment sollen auf dem Spielfeld fünftausend Tänzer und Musiker auftreten. Das Ganze wird von einer Regisseurin, einer gewissen Baginska, geleitet. Die Tänzer kommen aus ganz Polen. Sie wohnen in Studentenwohnheimen. Eine kleine Erpressung hat ausgereicht, und Wysocki hat uns alle Details verraten. Wir haben einen interessanten Punkt gefunden, der uns gewisse Möglichkeiten eröffnet. In einem bestimmten Moment wird die Zielperson mit ihrem Gefolge das Spielfeld betreten, um die Geschenke der Gastgeber entgegenzunehmen. Das soll die Schlüsselszene des ganzen Spektakels werden.«

»Aber die Geschenke werden doch überprüft«, mischte sich eine verärgerte Stimme ein.

»Das ist noch nicht alles. Sie kennen doch das Maskottchen der Veranstaltung – das Pferd mit der Roggenähre hinter dem Ohr?«

»In der ganzen Stadt hängen Plakate, Zeichnungen und Transparente davon.«

»Unser Wysocki hat uns verraten, dass ein solches riesiges Pferd aus Pappe ins Stadion gebracht wird.«

»Man wird es aber auch überprüfen!«

»Das macht nichts. Wir werden nur den Menschen austauschen, der die Attrappe bedient. Und unser Mann bekommt ein kleines Päckchen mit.«

»Wie soll das vonstattengehen?«

»Auf dem Weg zum Stadion. Wysocki ist bereit, uns dabei zu unterstützen. Unser Mann hat ihm gestern einige Fotos gezeigt, die ihn leicht in Schwierigkeiten bringen könnten. Seine Frau wäre nicht begeistert.«

»Wir haben also ein Trojanisches Pferd«, witzelte einer.

»Ein Trojanisches Pferd mit Roggenähre hinter dem Ohr.«

20. August 2004, Freitag

Am frühen Morgen rief Werens den Anschluss der ermordeten Frau Molak an. Am Telefon meldete sich die Tochter der Verstorbenen. Werens wollte etwas mehr über die Tragödie vom Dienstag erfahren. Seine Gesprächspartnerin teilte ihm mit brüchiger Stimme mit, dass die Beerdigung um dreizehn Uhr stattfinde. Als offizielle Todesursache sei ein Unfall angegeben worden. War das möglich? Er war doch nicht der einzige Zeuge gewesen. Er wollte schon erzählen, was er gesehen hatte, aber in letzter Minute hielt er sich zurück und beschränkte sich auf eine Beileidsbekundung. Auf mehr waren Frau Molaks Angehörige nicht vorbereitet. Er hatte die alte Dame zwar kaum gekannt, aber aus irgendeinem Grund erschütterte ihn ihr Tod. Wenn es ihm gelang, die Schuldigen an der Mordserie zu finden, würde auch Frau Molak Gerechtigkeit widerfahren.

An einer Trauerfeier hatte Werens das letzte Mal als Kind teilgenommen. Danach hatte er einen hysterischen Anfall bekommen und war schwer krank geworden. Seitdem mied er solche Anlässe. Dennoch hielt er kurz vor dreizehn Uhr vor der Totenhalle, ging aber nicht ins Gebäude, sondern beobachtete von der gegenüberliegenden Straßenseite die versammelte Trauergesellschaft. Entsetzt entdeckte er darunter denselben Mann, von dem sie am Dienstag beobachtet worden waren. Werens' Finger krallten sich so fest um den Blumenstrauß, dass er die Stiele zerquetschte. Als der Sarg aus dem Gebäude herausgetragen wurde, schloss er sich dem Trauerzug zum Friedhof an. Am Grab sprach ein beleibter Priester ein letztes Gebet, dann stimmte ein Trompeter eine traurige Melodie an, während der Sarg an Seilen langsam in die Grube herabgelassen wurde. Die Totengräber griffen nach ihren Schaufeln und bald war ein Erdhügel über dem Grab aufgeschüttet, auf dem die Trauergäste ihre Blumen und Kränze ablegten. Werens kam mit seinem Strauß als einer der Letzten an die Reihe. Er verneigte sich leicht vor den Angehörigen, legte seinen Strauß ab und eilte sichtlich ergriffen zum Ausgang. Dort drehte er sich ein letztes Mal um. Der Mann, der sie am Dienstag beobachtet hatte, legte gerade einen kleinen Strauß auf dem Grab ab. Sein Gesicht war sehr blass. Am liebsten wäre Werens mit den Fäusten auf den Fremden losgegangen, aber er beherrschte sich. Er hätte dadurch nur die Feier gestört. Und möglicherweise wäre er wieder hinter Gittern gelandet.

Stundenlang saßen Werens und sein Onkel im Wohnzimmer und sprachen über die Ereignisse der letzten Tage. Sie verzichteten sogar auf Alkohol, um klar denken zu können. Eliza war sich des Ernstes der Lage bewusst und protestierte nicht einmal, als sie ihre Zigaretten herausholten und ganz offen im Haus zu rauchen begannen. Hatte der Bucklige noch ein anderes Motiv als Rache gehabt? Wäre es ratsam, nach verborgenen Hinweisen zu suchen? Sollten die Morde dazu dienen, den Gegner zu brandmarken? Warum hatte Korbiel diese Schmetterlinge in den Mund der Opfer gelegt? Bestimmt nicht zur Zierde! Waren sie eine Art Handschrift des Mörders? Oder handelte es sich um etwas völlig anderes? Klaman war offenbar nicht der Strippenzieher. Er war zu jung, um etwas mit den Morden zu tun zu haben, die vor einem Vierteljahrhundert begangen worden waren. Wer profitierte vom Tod des Buckligen? Wer wollte ihn zum Schweigen bringen? Was hatte Korbiel überhaupt gewusst?

»Irgendetwas haben wir übersehen«, sagte Werens.

»Ein Leben lang entgeht uns etwas, mein Lieber. Mir ist zum Beispiel lange entgangen, dass ich ein schlechter Priester geworden war. Zum Glück bin ich rechtzeitig zur Vernunft gekommen.«

»Vielleicht sollten wir einer anderen Spur nachgehen?« Werens dachte laut nach. Er schien seinem Onkel gar nicht zuzuhören.

»Welcher Spur?«

»Ich weiß nicht, vielleicht die der Kirchenmärtyrer.«

»Wieso?« Der Onkel musterte ihn aufmerksam.

»Korbiel hat sich viel Mühe gegeben, die uralten Geschichten zu inszenieren.«

»Wir haben keine Entsprechung für den Mord am Fluss.«

»Augenblick ... Der Mord wurde in der Ruine verübt. Erst dann wurde die Leiche zum Fluss gebracht. Dort wurde sie gefunden, ein Bein an einen Baum gebunden.«

»Dazu fällt mir nichts ein, obwohl ich lange darüber nachgedacht habe. Die alten Schriften wurden häufig umgeschrieben.«

»Du hast mir doch erzählt, dass es diese Vulgata gab. Wer hat sie geschrieben?«

»Hieronymus von Stridon. Er war ein außergewöhnlicher Mann.

Die Frauen waren verrückt nach ihm. Fast wie nach mir, ha, ha! Leider erregte er die Missgunst des Klerus, was häufig vorkommt – schau dir deinen Onkel an.«

»Wurde er umgebracht?«

»Glücklicherweise nicht. Nach dem Tod seines Gönners, Papst Damasius, musste er aus Rom fliehen. Er wurde bezichtigt, allzu intim mit einer reichen Witwe namens Paula zu verkehren. Kommt dir das bekannt vor?« Der Onkel zwinkerte. »Hieronymus war viel unterwegs. Eine lange Geschichte. Letztendlich gelangte er nach Palästina und starb in Bethlehem, mit der Witwe an seiner Seite. Ansonsten hat er angeblich ein Einsiedlerdasein geführt.«

»Und wie ist die Vulgata entstanden?«

»Hieronymus wurde im Jahr 331 unserer Zeitrechnung geboren. Getauft wurde er aber erst dreißig Jahre später. Er ging zum Studium nach Rom und lernte dort Griechisch. Nach einigen Jahren ließ er sich in Trier nieder. In dieser Stadt widmete er sich einem weiteren Studium – dem der Theologie. Im Alter von zweiundvierzig Jahren unternahm er eine Reise nach Syrien. Dort hatte er eine Vision und widmete sich fortan dem Studium der Heiligen Schrift. Er ging in die Wüste, wo er auf das Evangelium der Hebräer stieß, das zur Vorlage für das Evangelium des Heiligen Matthäus wurde. Die nächsten Jahre verbrachte er auf Wanderschaft, ließ sich zum Priester weihen und kehrte schließlich nach Rom zurück. Er wurde zu einem engen Mitarbeiter des bereits erwähnten Papstes Damasius.«

»Nahm er da den Auftrag an, eine lateinische Version der Heiligen Schrift anzufertigen?«

»Genau. Und er hat viel Mühe darauf verwendet, aber ...«

»Und davor hatte es keine lateinische Übersetzung der Bibel gegeben?«, fragte Werens.

»Es gab viele Versionen. Aber das Alte Testament wurde zum Beispiel aus der griechischen Septuaginta statt aus dem hebräischen

Original übersetzt.«

»Woraus?«

»Aus der griechischen Übersetzung der hebräischen Bibel. Septuaginta steht für die Zahl siebzig. So viele Übersetzer waren an diesem Werk beteiligt. Das Neue an Hieronymus' Übersetzungsarbeit bestand darin, dass er das Alte Testament ausschließlich aus dem Hebräischen übertrug. Es gab sehr viele Unterschiede zwischen den verschiedenen Versionen. Hieronymus musste diese in seiner lateinischen Übersetzung vereinheitlichen.«

»Aber seine Version der Heiligen Schrift kann doch unmöglich bis heute erhalten geblieben sein.«

»Das Original der Vulgata ist nicht erhalten, aber man hat die Texte damals von Hand kopiert. Die Kopisten waren nicht besonders genau – oft wurde etwas falsch abgeschrieben, ausgelassen oder mit Absicht geändert. Der lateinische Text wurde auch mit der Itala vermengt, einer frühen Fassung der Bibel, die für die Einwohner Italiens ohne Griechischkenntnisse bestimmt war. Wir dürfen nicht vergessen, dass Griechisch die Liturgiesprache der ersten Christen gewesen ist. Hieronymus beherrschte das Hebräische keineswegs vollkommen. Sein Text enthielt Ungenauigkeiten. Trotzdem wurde seine Fassung über eintausend Jahre lag überliefert! Sie wurde zum Beispiel durch Erasmus von Rotterdam kritisiert, von dem du sicher gehört hast. Die größten Zweifel hat die Übersetzung des Alten Testaments geweckt. Aber auf dem Konzil von Trident, 1546, wurde die Vulgata als offizielle Heilige Schrift der katholischen Kirche anerkannt.«

»Trotz der offensichtlichen Fehler?« Werens war überrascht.

»Das hatte auch Vorteile. Die Kirche bestimmte, welche der Bücher als authentisch anerkannt wurden und welche nicht. Dahinter stand die Logik, dass diese Übersetzung, weil sie so lange unverändert verwendet worden war, die beste sei. Ein komisches

Argument, aber so war es.«

»Nichts wurde seitdem verändert? Nichts verbessert?«

»Selbstverständlich wurden Dinge verbessert! Irgendwann beschloss man, eine Kommission ins Leben zu rufen, die den Text redigieren und die Vulgata in einer endgültigen Fassung herausbringen sollte. 1590 erschien dann die erste offizielle Ausgabe der Vulgata, die für die gesamte Kirche galt.«

»Hat man damals die Texte beseitigt, die nicht zur kirchlichen Vision der Weltgeschichte passten?«

»Was meinst du damit?«

»Diese gnostischen Evangelien. Die Apokryphen.«

»Die wurden schon früher rausgeschmissen. Im Jahre 70 unserer Zeitrechnung kam ein Rabbinerrat zusammen, um Texte auszuwählen, die anerkanntermaßen durch göttliche Eingebung entstanden waren. Mit anderen Worten handelten die Verfasser der Apokryphen also ohne göttliche Eingebung. Als Hieronymus die Vulgata zusammenstellte, nahm er einige apokryphe Bücher auf und versah sie mit der Überschrift *nicht zum Kanon gehörend.*«

»Sie wurden als Märchen abgetan?«

»So kann man es auch ausdrücken.«

»Aber die Gnostiker dachten anders.«

»Richtig! Die Kanaiter verfassten zum Beispiel den koptischen *Codex Tchacos*, besser bekannt als *Judasevangelium*. Er wurde erst vor Kurzem entdeckt. Aber zurück zur Vulgata. Als sie redigiert wurde, kam es zu vielen Entgleisungen.«

»Inwiefern?«

»Papst Sixtus V. zum Beispiel war besessen von der Idee, eine neue Übersetzung der Heiligen Schrift zu schaffen. Angeblich übersetzte er sie ununterbrochen achtzehn Monate lang ins Lateinische. Danach erklärte er, bei der Übersetzungsarbeit vom Heiligen Geist inspiriert worden zu sein, wodurch seine Version die einzig richtige sei.«

»Und niemand hat Einwände erhoben?«

»Doch, es gab schon einige, die es versuchten. Leider wurde jeder, der Zweifel anmeldete, vom Papst mit dem Kirchenbann belegt. Auf seinen Befehl wurden auch andere Versionen vernichtet.«

»Hat er gut übersetzt?«

»Mitnichten! Sixtus V. verwendete ungesicherte Quellen, übersprang ganze Verse, änderte ihre Reihenfolge oder Nummerierung. Unmittelbar nach seinem Tod haben die Kardinäle den Druck seiner Übersetzung gestoppt und die Exemplare, die bereits im Umlauf waren, aufgekauft.«

»Und was war das mit den Entgleisungen?«

»Für Aufsehen sorgte die Geschichte des Simon von Trient. Er wurde von Sixtus V. heiliggesprochen, nachdem man seine von Messerstichen übersäte Leiche gefunden hatte.«

Werens zuckte zusammen.

»Wie kam es dazu?«, fragte er gespannt.

»Das hatte mit einem Pogrom gegen Juden zu tun, denen man vorwarf, einen Ritualmord begangen zu haben. Simon war das kindliche Opfer und wurde tot am Fluss aufgefunden.«

»Am Fluss?«

»Ja, am Fluss.« Der alte Werens erhob sich vom Stuhl. »Man fand ihn kurz vor Ostern.«

»Moment mal«, Werens schnitt ihm das Wort ab. »Wann wurde Staatsanwalt Markowski umgebracht?« Er lief aus dem Zimmer in die Küche.

»Am 26. März«, rief der Onkel ihm hinterher.

Werens kam mit dem Küchenkalender zurück.

»Der 26. März war dieses Jahr Karfreitag. Onkel Mariusz, wer war dieser Sixtus V.? Ich will alles über ihn wissen!«

»*Alles* ist ein sehr schwammiger Begriff. Es gab Zeiten, da hätte ich alles für ein gewisses Mädchen aus meiner Schule getan. Sie hieß Kasia und saß in der Bank vor mir. Du hättest ihre roten Zöpfe sehen müssen! Ich habe sie vor Kurzem wiedergesehen. Sie hat sich sehr verändert.«

»Onkel Mariusz, jetzt komm schon.«

»Heute würde ich nicht mehr alles für sie tun. Um ehrlich zu sein, ich hätte auch damals nur sehr wenig für sie getan!«

»Ich bitte dich!«

»Eigentlich weiß ich nicht viel. Sein Aufstieg wurde angeblich von Nostradamus vorhergesagt. Der ging einmal mit seinem Sohn in Marseille spazieren und begegnete einem armen Mönch. Er ging auf ihn zu und küsste ihm die Hand. Sein Sohn empörte sich ein wenig darüber, aber Nostradamus entgegnete, dass dieser arme Mönch mal zum Papst aufsteigen würde.«

»Das hört sich an wie eine typisch amerikanische Schmonzette.«

»Es ist aber Kirchengeschichte. Größe vermengt sich mit Banalität. Aus diesem armen Mönch wurde später Papst Sixtus V. Damals hieß er noch Peretti. Du wirst es nicht glauben, als Kind hat er Schweine gehütet.«

»Ich dachte, nur Adlige konnten zum Papst gewählt werden.«

»Peretti war hochbegabt und sehr fleißig. Er studierte in Ferrara und Bologna. Er wurde Doktor der Theologie und zum Priester geweiht. Sehr schnell kletterte er die Leiter der Kirchenhierarchie nach oben und war auch berühmt für seine ausgezeichnete Rhetorik.«

»Gut reden zu können ist immer von Vorteil.«

»Kannst du dich an die Geschichte der Inquisition erinnern?«

»So ungefähr.«

»Die päpstliche Inquisition war eine Erfindung von Papst Gregor IX. Der hat keine Schweine gehütet. Dafür liebte er Kreuzzüge. Er erfand das heilige Amt des Inquisitors und ließ den Talmud verbrennen. Wie du siehst, war es damals nicht einfach, anders zu denken als die Regierenden. Genauso wenig wie heute.«

»Und was hat er mit unserem Sixtus zu tun?«

»Gregor IX. war Inquisitor, und Sixtus V. wurde Großinquisitor genannt.«

»Er hat wohl viele Unschuldige auf dem Gewissen.«

»Er hat Tausende von Menschen zum Tode verurteilt. Er finanzierte Glaubenskriege und förderte seine Familie, die zu einer der reichsten Sippen in Europa aufstieg. Als er Bischof wurde, nahm er den Namen Montalto an.«

»Diesen Namen habe ich schon mal gehört«, sagte Werens.

»Weil Sixtus V. aus Montalto stammte.«

»Ich hab's!«, rief Werens. »Frau Molak hat diesen Namen erwähnt, als sie über die Orgien im Schloss sprach! So hieß einer der Männer. Onkel Mariusz, das ist ein Volltreffer! Wir sind nah dran! Die Puzzleteile fügen sich zusammen. Was weißt du noch über diesen Montalto, außer dass er seiner Familie finanziell auf die Beine half und Tausende von Menschen in den Tod schickte?«

»Urteile nicht so streng, mein Lieber. Dass Sixtus V. sich vom Nepotismus leiten ließ, hat noch nichts zu bedeuten. Verglichen mit Papst Alexander VI. war er nach damaligen Maßstäben geradezu rechtschaffen. Alexander setzte unzählige nichteheliche Kinder in die Welt und hievte sie alle in hohe Ämter. Er liebte auch Orgien.«

»Jetzt übertreibst du aber!«

»Berühmt sind die Orgien seiner Tochter Lucretia Borgia und seines Sohns Cäsar. Aber das ist eine andere Geschichte. Was Montalto betrifft – als er zum Papst gewählt wurde, hat er viel Gutes getan. Er hat einige wichtige Reformen in der Kirche durchgesetzt. Sorgte für Ordnung in den kirchlichen Finanzen.«

»Das bezweifle ich nicht.«

»Er hat in Rom Wasserleitungen bauen lassen, sie versorgten die bis dahin trockenen römischen Hügel mit Wasser. Der Lateranpalast war auch sein Werk. Und die Spanische Treppe oder die Vatikanische Bibliothek. Außerdem ließ er Straßen bauen, um alle Römischen Basiliken miteinander zu verbinden. Er beauftragte Michelangelo, die Kuppel des Petersdoms zu entwerfen, und er war ein guter Landwirt. Er ließ Felder trockenlegen und hatte ein Faible für Maulbeerbäume.«

»Was?«, rief Werens. »Das sagst du mir erst jetzt?«

»Wann hätte ich es dir denn erzählen sollen?«

»Onkel Mariusz! Verstehst du, was du gerade gesagt hast? Maulbeerbäume! Warum pflanzt man Maulbeerbäume?«

»Zur Zierde?«

»Für die Seidenspinner! Das ist ihr Grundnahrungsmittel. Was haben all die Opfer im Mund gehabt?«

»Schmetterlinge.«

»Seidenspinner! Und warum?«

»Was weiß ich?«

»Weil die Schmetterlinge eine Botschaft des Mörders sind.«

»Und wie sollen wir diese Botschaft verstehen?«

»Wir sollen nach jemandem suchen, der sich mit Maulbeerbäumen umgibt. Also?« Werens sah seinen Onkel auffordernd an.

»Sixtus V.«

»Und wie hieß er früher?«

»Montalto?«

»Und wer ist Montalto?«

»Ein Papst?«

»Onkel Mariusz, ich bitte dich! Denk doch nach! Monalto ist der Anführer der Gruppe, die sich in den Siebzigern im Schloss von Drogosze traf. Im Winter '77 haben sie Molak umgebracht. Die gleichen Leute haben gestern seine Frau ermordet. Weil sie mit mir über diese dämonischen Treffen gesprochen hat. Montalto ist der Deckname eines wichtigen Mannes. Sein Einfluss reicht sogar so weit, die Polizei zu korrumpieren. Klaman ist Montaltos Marionette. Der tote Korbiel hat sich an den Gruppenmitgliedern gerächt, nachdem er aus dem Gefängnis gekommen ist. Er hat sie alle auf grausame Art und Weise umgebracht und damit auf Ereignisse aus der Kirchengeschichte verwiesen. Er steckte seinen Opfern jeweils einen Schmetterling in den Mund – das war eine Nachricht: für uns. Handschrift und Botschaft zugleich. Die Gruppe hatte etliche Mitglieder, die sich im Schloss trafen. Frau Molak hat einen langen Tisch gesehen, an dem mehr als ein Dutzend Männer saßen. Korbiel hat es geschafft, fünf davon umzubringen. Ich kann mir vorstellen, wie die anderen sich jetzt fühlen. Sie wissen nicht, dass der Mörder tot ist – also denken sie, dass sie als Nächste dran sind. Stellt sich nur die Frage, warum Montalto Korbiel nicht bereits im Gefängnis umbringen ließ. Dazu hatte er sicherlich Gelegenheit.«

»Vielleicht wusste Montalto nicht, dass es ihn gab?«

»Angeblich hat Korbiel im Gefängnis rund um die Uhr in der Bibel gelesen. Sein Zellengenosse beschrieb ihn als religiösen Fanatiker. Vielleicht wollte er den Missbrauch der Kinder rächen? Und wir wissen immer noch nicht, warum er für so viele Jahre ins Gefängnis musste.«

»Montalto hat entdeckt, dass er von Korbiel verfolgt wird und hat ihm deshalb etwas angehängt?«

»Aber warum die Mühe? Er hätte ihn wie Molak einfach beseitigen können.«

Werens ging grübelnd im Zimmer auf und ab. Sein Blick fiel auf die Apfelbäume vor dem Fenster.

»Weißt du, wie ein Maulbeerbaum aussieht, Onkel Mariusz?«

»Er ist nicht allzu groß, eher ein Strauch. Seine Blätter sind gezackt und er hat winzige Blumen, die in Blütenständen nach unten hängen.«

»Kannst du dich auch erinnern, welche Farbe das Maulbeerbaumholz hat?«

»Ich glaube gelb.«

»Bist du dir sicher? Nicht weiß? Nicht grau?«

»Gelb.«

»Ich habe solche Bäume schon einmal gesehen. Einen ganzen Maulbeerbaumwald! Ich bin mir sicher! Ich habe auch den Mann gesehen, dem dieses Holz gehört. Jetzt weiß ich, wo ich Herrn Montalto finde. Aber zuerst muss ich noch eine Sache erledigen.« Er lächelte triumphierend. »Hast du Lust auf frische Milch zum Frühstück? Direkt von der Kuh?«

Unter Missachtung sämtlicher Verkehrsregeln raste Werens nach Drogosze und brauchte doch zwei Stunden. Er betrat den Dorfladen, doch als er dort niemanden antraf, ging er um das Gebäude herum, wo er den alten Bauern auf einer provisorisch zusammengezimmerten Bank sitzen sah. Neben ihm saß eine Frau. Sie waren gerade dabei, eine Flasche billigen Wein zu leeren.

»Ich heiße Werens. Ich war vor Kurzem bei Ihnen. Als Korbiel sich erhängt hat – erinnern Sie sich?«

Der Bauer und seine Begleiterin starrten ihn an.

»Von alleine hat er sich nicht erhängt«, knurrte der Bauer.

»Das denke ich auch.«

»Was wollen Sie?«

»Zwei Dinge. Erstens: Wo bekomme ich hier frische Milch?«

»Milch?« Das Pärchen von der Bank schien sich zu amüsieren.

»Ja. Milch.«

»Überall.« Der Bauer nahm einen Schluck aus der Flasche und wischte sich mit dem Ärmel über das Kinn. »Und weiter?«

»Das betrifft Korbiels Mutter: Wo ist hier die Kirche?«

10. September 1978, Sonntag

Die ganze Nacht und den gesamten Morgen regnete es, nichts deutete auf eine Wetterbesserung hin. Korbiel stellte den Kragen seines hellen Regenmantels hoch, schob seinen Filzhut tiefer ins Gesicht und machte sich auf den Weg zu den Wiesen des *Parks der freiwilligen Aufbauarbeit*. Dort hatte man Zelte und Baracken für die Teilnehmer des Erntefests aufgestellt. Der Mann bahnte sich einen Weg zwischen lärmenden Jugendlichen in den blauen Uniformen der freiwilligen Helfer und betrat ein Gelände mit Hunderten von Jahrmarktbuden.

Es war acht Uhr. Korbiel verhielt sich unauffällig. Er ging an einem Tisch vorbei, auf dem Schokoigel sowie Käse- und Schmalzstullen aufgereiht lagen. An anderen Ständen stapelten sich bunte Zierdecken. Bei der Unterführung zur Kaliningradzka-Straße sah er einen Stand der Forstwirte. Dort bemerkte er Männer in Jagduniformen, die vor ihren Gewehren und ausgestopften Rehen und Hirschen posierten. Obwohl es noch sehr früh war, sprangen überall Kinder herum. Sie scharten sich um einen riesigen Holzdrachen und Wigwams mit großen und kleineren Spielfiguren.

Er verließ den Park und kam auf einen großen betonierten Platz, auf dem zahlreiche Holzfiguren unterschiedlicher Größe standen. Auf einer Seite war eine Bühne aufgebaut. Trotz Regen und Kälte tanzten dort einige Paare in Regionaltrachten, während aus riesigen Lautsprechern Volksmusik dröhnte. Das Publikum verkroch sich unter Regenschirme. Manche Zuschauer schlugen ihre vor Kälte starren Hände zusammen, andere hüpften auf der Stelle, um sich aufzuwärmen. Der Mann bog in die Zwyciestwa-Allee ein. Sie war mit zahlreichen Transparenten geschmückt, die die *Arbeiter- und Bauernmacht* priesen. Er schloss sich einem Orchesterzug an und lief zu den Klängen militärmusikalischer Arrangements bis in die Altstadt. Dort war die Menschenmenge noch dichter. Am Rathaus wurde er beinahe von einer authentischen alten Postkutsche überfahren. Zwei Pferdepaare zogen das Gefährt, auf dem ein durchweichter Hornist und ein pitschnasser Postillion saßen.

Im Vorbeigehen boten sich ihm beeindruckende Bilder. Menschen in Gymnastikanzügen sprangen über einen Lederbock, der mitten auf der Straße stand. Andere riefen einander Kommandos auf Deutsch zu und schlugen einen Ball über ein Netz – von der anderen Seite kamen russische Kommandos. Die ganze Stadt schien auf den Beinen zu sein, wenn auch unter Regenschirmen. Am Hohen Tor stieß er auf die Proben einer Modenschau, die vom Warenhaus *Centrum* veranstaltet wurde. Spindeldürre Mädchen liefen fast im Laufschritt über den glitschigen Steg, um ihre aufwendigen Frisuren und Make-ups so schnell wie möglich wieder ins Trockene zu bringen.

Korbiel folgte der Allee, die während der Feierlichkeiten für den Verkehr gesperrt war, bis zum Campus. Die Straßen waren gesäumt von riesigen Tafeln, Postern und Parolen mit Lobeshymnen auf die beste aller Staatsordnungen. Hunderte von polnischen weiß-roten Fahnen hingen wie nasses Laub herab, daneben, ähnlich jämmerlich, die roten Fahnen, das stolze Symbol des sowjetischen Bruderstaates. Überlebensgroße Betonskulpturen stellten *Helden der Arbeit* dar. Dazwischen liefen unscheinbare Agenten des Sicherheitsapparats in Zivilkleidung herum, außerdem Polizisten, freiwillige Reserveoffiziere, Propagandamitarbeiter, Spitzel, Claqueure und Denunzianten. Über ihnen flog ein Hubschrauber mit einem Kamerateam. Millionen Menschen vor den Fernsehern konnten den Ablauf der Feierlichkeiten live verfolgen.

Endlich erreichte Korbiel sein Ziel. Vor einem Studentenwohnheim machte sich eine Gruppe Tänzer startklar. Wysocki war leicht zu finden. Korbiel bedeutete dem Choreographen, ihm zu folgen. Dieser gehorchte nur widerwillig. Als er bereits dicht vor Korbiel stand, schüttelte er nervös den Kopf. In seinen Augen lag blankes Entsetzen. Wysocki hatte Mundgeruch – offenbar hatte er in der letzten Nacht viel getrunken. Korbiel hatte dafür Verständnis. An Wysockis Stelle hätte er genau das Gleiche gemacht. Aber es war ohnehin der letzte Tag im Leben dieses Versagers. Nach Erledigung der Aufgabe würde er unter ungeklärten Umständen ums Leben kommen. Man würde ihn am Bahngleis finden – mit abgetrenntem Kopf. Ein Betrunkener, der unter einen Zug geraten war. So etwas passierte eben. Korbiel und Wysocki zogen sich in einen kleinen Heizungsraum zurück.

»Das Pferd steht in der Garage. In der Nacht haben Polizisten es bewacht. Heute früh habe ich dort Leute mit Taschen reingehen sehen«, sagte der verkaterte Wysocki.

»Man hat es überprüft.«

»Die Figur steht auf einem Holzpodest und wird an Seilen gezogen. Zehn Leute pro Seite. Insgesamt zwanzig Mann.« So schlecht war er wohl doch nicht beieinander. Zählen und Rechnen konnte er noch.

»Hör mir gut zu«, sagte Korbiel und sah Wysocki eindringlich in die Augen. »Das ist eine Bombe mit Zeitzünder. Sie wird alles im Umkreis von zehn Metern auslöschen. Jetzt ist es zehn Uhr zehn. Wir kennen den exakten Ablauf des Spektakels im Stadion. Unsere Zielperson wird mit ihrem Gefolge um Punkt elf Uhr das Spielfeld betreten. Sie wird sich dort eine halbe Stunde aufhalten. So lange wird die feierliche Übergabe der Geschenke dauern. Ich werde das Gerät einschalten und es im Pferd verstecken. Deine Aufgabe besteht darin, den Aufpasser kurz abzulenken. Du kennst ihn. Er ist ja schließlich dein Liebhaber.«

»Werden sie zu Schaden kommen?«

»Wer?«

»Die Leute, die bei der Explosion auf dem Spielfeld sind?«

»Warum jetzt plötzlich diese Gewissensbisse?«

»Ich habe es mir anders überlegt, ich will es nicht tun! Ich bin kein Mörder!«

»Du musst mir nur helfen, kurz in die Figur hineinzugelangen. Du wirst niemanden umbringen!« Korbiel schrie fast, da er fühlte, dass Wysocki widerspenstig wurde.

»Ich bin Künstler, kein Terrorist!«

»Das klingt sehr nobel, aber das Leben ist kein Gedicht. Willst du, dass deine Frau und deine Kinder erfahren, was du nachts mit deinen Liebhabern treibst? Du sollst mir nur helfen, danach gehen wir auseinander und sehen uns nie wieder.«

»Und die Bilder?«

»Die kriegst du in einer halben Stunde.« Korbiel griff in seine Manteltasche und holte einen durchsichtigen Umschlag heraus, der mehrere Fotos enthielt. Damit wedelte er vor Wysockis Nase herum. Wysockis Gesicht verzerrte sich zu einer düsteren Grimasse, dann stieß er einen gellenden Schrei aus und riss ein Küchenmesser aus der Tasche. Da er im Umgang mit der Waffe keine Übung hatte, schlug er blindlings drauflos und erwischte Korbiel nur oberflächlich an der Brust. Korbiel fluchte und packte den Angreifer am Handgelenk. Geübt drehte er ihm den Arm auf den Rücken und brach ihn mit einem Kniestoß. Wysocki heulte vor Schmerz auf und ließ das Messer fallen. Korbiel fing es auf, und mit einem einzigen Ruck stieß er die Klinge in die Halsschlagader des Choreographen. Dann zog er sie aus dem Körper, wischte das Metall am Anzug des Getöteten ab und schob die Waffe in den Schaft seines Militärstiefels.

Seine Brust brannte wie Feuer, aber er hatte jetzt keine Zeit, sich darum zu kümmern. Er riss ein Stück von Wysockis Hemd ab und legte sich einen provisorischen Verband an. Wysockis Körper zog er an den Beinen zu einem Kohlehaufen. Was für ein Idiot. Er hatte den ganzen Plan zunichte gemacht! Wütend schaufelte Korbiel Kohle auf den toten Körper. Nach getaner Arbeit verließ er den Heizungsraum.

Es regnete immer heftiger und die Menschen beachteten den schmutzigen Mann nicht, niemand bemerkte den dunklen Fleck auf seinem hellen Mantel. Korbiel näherte sich der Pferdeattrappe. Er hatte nur einen Versuch. Das Einfachste wäre, die Ladung unter der Figur zu befestigen. Bei diesem Chaos und dem Wetter müsste es unbemerkt gelingen. Das Pferd stand bereit, dicht umringt von einer Schar Kinder. Sie waren alle einheitlich gekleidet, plapperten fröhlich durcheinander und schwenkten ihre Requisiten, die der Choreograph für sie vorbereitet hatte: Holzstöcke mit bunten Bändern, Plastikreifen und rote Tücher.

Korbiel fühlte sich benommen. Seine Füße hinterließen Spuren aus Blut und Kohlestaub, die der Regen schnell wegspülte. Er steckte die Hand unter den Mantel und tastete nach dem Knopf an dem Paket, der den Zeitzünder in Gang setzen würde. Das Pferd stand unbewacht dicht vor ihm. Noch etwa zwei Meter. Korbiel sah sich aufmerksam um. Jemand gab das Kommando zum Abmarsch. Die Kinder begannen, sich in Viererreihen aufzustellen. Er drückte den Knopf und sprang in zwei Sätzen zum Pferd. Schnell befestigte er die Ladung unter dessen Bauch. Die Bombe war mit einem Magneten ausgestattet, der an einem der vielen Metallreifen haften blieb, aus denen das Gerüst der Figur bestand.

Er lächelte selbstzufrieden. Er hatte die Aufgabe ohne Wysockis Hilfe erledigt. Ruhig ging er wieder über den Platz und mischte sich unter die Menge. Als er sich ein gutes Stück entfernt hatte, gab es eine gewaltige Detonation. Heiße Luft und Flammen durchrissen den peitschenden Regen. Stücke von Metall, Holz und Pappe fielen auf Köpfe, Schultern und Rücken der schreienden Kinder. Korbiel warf sich instinktiv zu Boden und bedeckte seinen Kopf mit den Händen. Ein harter Gegenstand traf ihn am Rücken. Verdammter Wysocki. Bei dem Handgemenge musste sich etwas an der Bombe verändert haben. Menschen schrien und weinten. Über dem Platz hing dichter Rauch. Korbiel nutzte das Chaos zur Flucht. Ohne sich umzudrehen, erreichte er die ersten Bäume des Parks. Plötzlich bemerkte er einen Polizisten, der auf ihn zugelaufen kam, und griff nach dem Messer in seinem Stiefel. Er zog es heraus und versteckte es hinter seinem Rücken. Erst wenn der Polizist dicht bei ihm stand, wollte Korbiel ausholen. Aber sein Arm gehorchte ihm nicht. Er ließ sich nicht weiter als bis zur Hüfte heben. Der Polizist war verblüfft. Er hatte dem Mann helfen wollen. Nun sah er das Messer und zog seine Dienstwaffe. Als der Mann das Messer nicht fallen ließ, drückte der Polizist ab.

21. August 2004, Samstag

Werens erreichte den Grund. Seine Füße berührten Sand. Glitschige Wasserpflanzen umschlangen seine Beine. Er schloss die Augen. So verweilte er einen unvorstellbar langen Moment. Das Wasser um ihn herum bewegte sich und Werens' Körper trieb mit der Strömung des Flusses. Schließlich nahm er all seinen Mut zusammen und öffnete die Augen. Was er sah, entsetzte ihn so sehr, dass er den Mund aufriss und nach Luft rang, doch da war nur Wasser. Es lief ihm in den Mund, in die Lunge. Er würde ertrinken. Der letzte Rest Luft wich aus seinem Mund und bildete Blasen an der Wasseroberfläche. Dann spürte er einen kleinen, undefinierbaren Gegenstand in seinem Rücken. Gleich darauf stieß etwas Größeres gegen ihn und Werens rollte über den sandigen Grund. Das schmutzige Wasser wurde noch trüber. Aus dieser Brühe tauchten gleich darauf menschliche Gestalten auf, die er bisher für Gegenstände gehalten hatte. Er riss den Mund noch weiter auf, wollte schreien.

Schweißgebadet wachte er auf. Draußen regnete es. Er setzte sich auf und legte den Kopf auf die Knie. So blieb er sitzen, bis seine Füße eiskalt wurden. Dann ging er unter die Dusche und zog sich an. Der Onkel saß am Küchentisch. Werens setzte sich zu ihm und sie frühstückten schweigend. Die Lage war ernst. Sie kannten den Mörder der fünf Männer, die das Schloss besucht hatten. Er war tot. Das bedeutete keineswegs, dass die Gefahr vorüber war. Ganz im Gegenteil. Korbiel war ermordet worden und seine Mörder waren mächtig. Klaman stand ihnen zu Diensten. Er hatte Korbiel umgebracht. Er war für Frau Molaks Tod verantwortlich. Möglicherweise hatte er sogar am Steuer des Transporters gesessen, der sie angefahren hatte. Die ganze Zeit hatte er Werens verfolgt. Er hatte Werens' Auto aufgebrochen und die Reifen zerstochen. Aber er war nur ein Befehlsempfänger. Werens kannte den Auftraggeber. Gleich nach dem Frühstück würde er diesem Mann einen Besuch abstatten. Er wollte ihn entlarven. Das Frühstück verlief schweigend, weil sie wussten, dass Werens von seiner Mission möglicherweise nicht mehr zurückkommen würde. Auf die Hilfe der Polizei konnte er nicht zählen. Jede Information zu diesem Fall lief wahrscheinlich über Klamans Schreibtisch.

Die Stimmung in der Küche blieb bis zum Ende des Frühstücks bedrückt. Auch Eliza lief mit besorgtem Blick herum. Sie wusste Bescheid. Sie lebte schon so viele Jahre mit Mariusz zusammen, ihr entging nichts. Die Situation hatte etwas von einem endgültigen Abschied. Daran lag es wohl, dass Werens ein Thema anschnitt, das ihn seit Jahren beschäftigte.

»Warum sind meine Eltern eigentlich nach ihrer Heirat weggezogen? Warum sind wir erst Jahre später hierher zurückgekehrt? Und warum sind wir nicht in das große Haus gezogen, das nach Großvaters Tod leer stand, sondern haben beengt zur Miete gewohnt?«

Mariusz schwieg zunächst betreten. Dann seufzte er.

»Also gut. Deine Mutter war eine schöne, wunderbare Frau. Wir haben uns in der Schule kennengelernt. Sie, ich und dein Vater. Wir wurden schnell unzertrennlich. Dann passierte das Unvermeidliche. Ich war älter, vielleicht auch mutiger als dein Vater. Ich verliebte mich in deine Mutter und sagte ihr das auch. Sie erwiderte meine Gefühle. Von da an waren wir ein Paar. Um deinen Vater nicht zu verletzen, trafen wir uns heimlich. Zuerst war das sogar lustig. Dein Vater hat nichts geahnt. Mit zwei Dingen hatten wir allerdings nicht gerechnet. Dein Vater verliebte sich noch heftiger und leidenschaftlicher in deine Mutter als ich. Und mich rief Gott in seine Dienste. Es war eine schwere, tränenreiche Zeit. Alles führte unvermeidlich zu der einzig richtigen Entscheidung. Wir trennten uns. Ich bin im Herbst ins Priesterseminar eingetreten. Kurz darauf habe ich erfahren, dass deine Mutter und dein Vater zusammen waren.«

»Sie wollte es dir heimzahlen«, sagte Werens düster.

»Nein, mein Junge. Vielleicht am Anfang. Deswegen sind sie weggefahren und haben sich nach der Rückkehr von mir ferngehalten. Sie haben an ihrer Liebe gearbeitet, die mit der Zeit gewachsen ist. Dank euch Kindern.«

»Ich muss jetzt gehen.« Werens erhob sich.

»Warte!« Der alte Mann stand ebenfalls auf. »Ehe du gehst, muss ich dir noch etwas sagen! Geh zu deinem Vater. Und lass die Finger von der Sache mit dem Schmetterling. Setz dein Leben nicht aufs Spiel. Darum sollen sich andere kümmern.«

»Dafür ist es zu spät. Wenn ich nicht zu ihnen gehe, werden sie zu mir kommen. Hierher.«

Der Onkel nickte, dann umarmte er Werens und klopfte ihm

auf den Rücken. Doch was Werens spürte, war nicht die warme Hand des alten Mannes, sondern etwas Hartes, das gegen seine Wirbelsäule drückte. Der Onkel sah grimmig entschlossen aus.

»Die ist für dich«, flüsterte er, damit Eliza ihn nicht hören konnte. »Ich habe sie bekommen, als ich Dorfpfarrer war. Es gab Zeiten, in denen es immer wieder zu Überfällen auf Geistliche kam. Und zwar keine Raubüberfälle. Steck sie ein. Sie funktioniert noch ziemlich gut. Benutze sie aber nur im äußersten Notfall.« Er schob Werens eine schwere Pistole in die Hand.

Es regnete ununterbrochen. Werens fuhr mit dem Wagen seines Onkels durch die Innenstadt bis zur Mickiewicza-Straße. Er hielt vor einem frisch restaurierten Gründerzeithaus. Die Eingangstür war nicht verschlossen, sodass er nicht klingeln musste. Zögernd stieg er in den ersten Stock zur Wohnung seiner Eltern hinauf. Dort blieb er eine Viertelstunde lang auf dem Treppenabsatz stehen. Die widersprüchlichsten Gedanken schwirrten ihm durch den Kopf. Er legte das Ohr an die Holztür. Drinnen lief ein Radio und Werens erkannte den Lieblingssender seines Vaters. Da hörte er Schritte. Er erinnerte sich an die ewig nörgelnde Nachbarin aus dem zweiten Stock, sprang die Treppe hinunter und lief zum Auto.

So schnell wie möglich fuhr er Richtung Elblag. Er wollte es endlich hinter sich bringen. Erst als er bereits hinter Morag war, gestand er sich ein, dass er Angst hatte. Er gab noch mehr Gas. Hinter Mlynary erkannte er das Flüsschen Bauda, das sich friedlich durch die Landschaft wand. Er nahm den Fuß vom Gas. Aufmerksam las er die Namen auf den Ortsschildern. Dann erreichte er die Ruine des Dohna-Schlosses in Slobity. Hier war Staatsanwalt Markowski ermordet worden. Werens wollte zu der Stelle am Fluss, wo man am Ostermontag die Leiche entdeckt hatte. Der Geländewagen pflügte problemlos durch den morastigen Untergrund. Nach einer Viertelstunde hatte er sein Ziel erreicht.

Durch die regennasse Frontscheibe sah er zum Haus am anderen Ufer. Es stand auf einer Anhöhe mitten im Grünen. Umgeben von verblühten Maulbeerbäumen. Er erinnerte sich an die Worte seines Onkels. »Simon von Trient wurde am Ostermontag erstochen am Fluss gefunden. In der Nähe des Stadtviertels, in dem die Mörder wohnten.« Korbiel war nicht dumm gewesen. Er hatte genau gewusst, was er tat. Er hatte den Fuß seines Opfers am Baum festgebunden, damit die Leiche nicht weggetrieben wurde. Hätte das Wasser sie mitgenommen, wäre der Hinweis vernichtet gewesen.

Hier hatte Werens den Mann getroffen. Einen harmlosen Greis in Leinenhose und mit dunkler Brille. Er hatte einen Bernhardiner dabei gehabt und völlig friedfertig gewirkt. Was hatte er damals gesagt? »Kommen Sie nur zu mir. Durch den Fluss. Man muss im Leben alles versucht haben.« Das war Montalto. Aber wie hieß er wirklich? Er musste die Nummer eins auf Korbiels Liste gewesen sein. Darüber hinaus kannte Korbiel seinen Wohnort. Warum hatte er Montalto nicht sofort umgebracht? Diesen Fehler hatte er mit seinem Leben bezahlt.

Werens überlegte, wie er zum anderen Ufer gelangen könnte. Durch den Fluss zu waten kam nicht in Frage. Schon seit fünfzehn Jahren war er nicht mehr in irgendeinem Wasser gewesen. Er hatte einen großen Bogen um Seen, Flüsse oder Schwimmbäder gemacht. Er stieg aus dem Auto und schaute sich nach einer Brücke um. Irgendwo musste es doch zumindest einen Steg geben. Der Regen tropfte ihm ins Gesicht.

Den Kapuzenmann bemerkte er erst, als es zu spät war. Er konnte gerade noch erkennen, dass sein Angreifer Klaman war, der in einem Regenmantel steckte, da traf ihn ein kräftiger Kinnhaken. Der nächste Hieb landete in der Magengegend. Werens fiel in den Matsch und blieb zusammengekrümmt liegen. Über seinem Kopf ertönten Stimmen. Jemand hob ihn auf und legte ihn auf die Rückbank eines Wagens. Im nächsten Moment wurde der Motor angelassen. Werens wurde ohnmächtig.

An einen Stuhl gefesselt kam er zu sich. Die Fesseln schnitten tief in seine Gelenke. Auf dem rechten Auge konnte er kaum etwas sehen. Offenbar war seine Augenbraue unter Klamans Schlägen geplatzt. Das erklärte auch das Blut, das ihm über die rechte Gesichtshälfte rann. Hose und Pullover waren steif von bereits geronnenem Blut. Darüber hinaus war er völlig durchnässt und zitterte am ganzen Körper. Klaman lief mit einer Zigarette in der Hand im Raum auf und ab. Eine zweite Person war anwesend, es war der Mann, der Werens und Frau Molak beschattet hatte. Wie viele von ihnen waren noch im Haus?

Schließlich entdeckte er auch den Mann, den er am Fluss gesucht hatte. Montalto saß in einem bequemen Sessel.

»Du bist ganz schön neugierig, Werens.« Seine Stimme klang heiter. Als ob sie gute Bekannte wären und gleich zusammen Pilze suchen würden. Werens machte sich keine Illusionen. Er würde schon bald im Wald sein – allerdings tot. Auch seine letzte Hoffnung löste sich in nichts auf, denn vor Montalto auf dem Tisch lag die Pistole, die der Onkel ihm am Morgen gegeben hatte.

»Leider hast du zu erfolgreich recherchiert. Hier ist die Reise zu Ende. Was wäre dir lieber? Eine Pistolenkugel oder ein Grab im Wasser?« Er lächelte spöttisch. »Mache ich dir Angst? Du hast doch Angst vor dem Wasser, nicht wahr? Seit deinem fünfzehnten Geburtstag. Ich weiß sehr viel über dich. Erzählst du mir, was damals passiert ist? Wer saß alles in diesem Boot? Du, dein kleiner Bruder und eure Mutter? Wer ist auf die Idee gekommen, im Boot zu schaukeln? Du oder dein Bruder? Obwohl eure Mutter schrie und euch bat, aufzuhören! Keiner von euch konnte schwimmen. Ihr habt auch keine Schwimmwesten getragen, warum auch, bei dem schönen Wetter? Na, wer hat geschaukelt? Du oder dein Bruder? Sag nichts. Ich werde raten. Du, nicht wahr? Deswegen kannst du deinem Vater nicht mehr in die Augen sehen. Du bist in die Stadt gekommen und hast bei dem Alten nicht einmal vorbeigeschaut. Aber er hat dir verziehen, das weiß ich.«

»Was hast du ihm angetan, du Arschloch?!«

»Ich kenne ihn nicht einmal. Ich brauche ihn nicht. Paradoxerweise hast du ihm dadurch das Leben gerettet, dass du ihn nicht besucht hast. Mit dem Onkel sieht es schon ganz anders aus. Und dann gibt es da noch diese Frau, wie heißt sie noch? Ah ja, Eliza. Der alte Priester Mariusz war kein guter Hirte, er hat seine Herde im Stich gelassen. Er ist ein Ketzer geworden. Sein Tod ist die gerechte Strafe für das gebrochene Gelübde. Die Geschichte der Heiligen Kirche kennt ähnliche Fälle. Die betreffenden Sünder zeigten aber immer Reue und sind in den Schoß der Kirche zurückgekehrt. Die Kirche mag Erniedrigungsspektakel. Wie zum Beispiel unter Alexander VI.«

Werens erblasste.

»Habt ihr euch neulich nicht über ihn unterhalten? Ich bin eben ein guter Zuhörer. Schon immer gewesen. Ein paar Drähte, Kabel und Metallplättchen können einem große Macht verleihen – es ist ein wahres Wunder! Aber zurück zu Alexander. Hast du gewusst, dass er bereuen wollte, nachdem sein Sohn auf schreckliche Art und Weise umgebracht worden war? Derselbe Papst, der, frei nach Diderot, gesagt haben soll: *Allmächtiger Vater! Wie lange noch werde ich diese abergläubische christliche Sekte und ihre arrivierte Erfindung ertragen müssen?* – derselbe Papst wollte bereuen. Kaum zu glauben, nicht wahr? Aber die menschliche Natur ist unverbesserlich. Nicht mal der Tod der nächsten Angehörigen vermag an ihr zu rütteln. Und du bist der allerbeste Beweis dafür, mein Freund.«

»Ich bin nicht dein Freund«, zischte Werens.

Doch Montalto achtete nicht auf ihn.

»Der verzweifelte Alexander hat schon bald wieder Unzucht getrieben und fröhlich weitergemordet. Es war wohl nur ein kurzer Zusammenbruch gewesen. Aber vielleicht ist dieses Beispiel nicht ganz geglückt.«

»Du bist wahnsinnig, Montalto!«

»Wir kennen uns zu kurz. Dein Wissen über meine Person berechtigt dich nicht, eine solche These aufzustellen! Ich wiederum kenne alle Menschen, die dir nahestehen. Alle. Sogar die hübsche Tierärztin, mit der du es am See getrieben hast. Die andere, die im Gefängnis arbeitet und ein allzu loses Mundwerk hat, ist auch für ein Abenteuer gut, nicht wahr, Werens? Du bist ein Frauenheld. Fremde Ehefrauen machen dich an. Verrat und Lügen sind aufregend. Danach machst du dich aber schnell aus dem Staub. Das ist dein Prinzip. Du wärst ein guter Kainit. In dir steckt Potenzial. Vielleicht würde es sich lohnen, dir noch eine Chance zu geben?«

»Lass diese Frauen aus dem Spiel!«

»Wenn wir schon dabei sind – wie heißt nochmal die aus dem Gefängnis?«

»Ewa Szulc, Herr General«, sagte Klaman.

»Es heißt, sie sei schwanger. Das ist aber traurig. Unser Vaterland braucht Kinder. Sie sind unsere Zukunft. Und welche Zukunft hat unser Journalist? Keine!«

Werens erschauderte. Er versuchte panisch, seine Hände aus den Fesseln zu befreien, was ihm aber nicht gelang und nur den Schmerz verstärkte.

»Warum hast du Frau Molak umgebracht«, stieß er hervor.

»Sie hat über die Treffen im Schloss Bescheid gewusst. Solange sie geschwiegen hat, haben wir sie verschont. Ihr Fehler war, dir die

Geschichte zu erzählen.«

»Aber warum? Es sind schon so viele Jahre vergangen!«

»Das ist eine gute Frage. Schuld an allem war dieser Idiot Korbiel. Er wurde im Gefängnis geläutert und beschloss, sich an uns zu rächen. In seinem Kopf ist die kranke Vorstellung entstanden, uns so umzubringen, wie die ersten Heiligen umgekommen sind. Er hat die Heiligen geliebt. Uns etwas weniger.«

»Und die Schmetterlinge?«

»Die habe ich ihm geschenkt. In Drogosze gab es eine beeindruckend große Sammlung.«

»Und wer bist du?«, fragte Werens.

»Ich verrate es dir, mein Geheimnis ist gut bei dir aufgehoben. Ich bin General Szubert. Viele Jahre habe ich den militärischen Nachrichtendienst geleitet. Jetzt genieße ich meinen wohlverdienten Ruhestand. Genauso trifft zu, dass ich ein religiöser Führer bin. Man hält mich für charismatisch. Leider werde auch ich älter. Meine Brüder haben diese Welt auf eine mehr oder weniger natürliche Art und Weise verlassen. Und jetzt muss auch ich mein schönes Haus verlassen, mit dem ich so viele Erinnerungen verbinde – alles deinetwegen. Nach deinem Tod muss ich weg. Hier wird es von Polizisten und Journalisten nur so wimmeln.«

»Die Polizei arbeitet doch für dich.«

»Klaman ist ein treuer Offizier. Gäbe es doch mehr von seiner Sorte! Leider mag man mich ansonsten bei der Polizei nicht.«

»Warum habt ihr euch im Schloss getroffen? Nur, um eure krankhaften Triebe zu befriedigen?«

»Du weiß nicht, wovon du sprichst? Nachdem der siebzehnjährige Oktavian den Namen Johannes XII. angenommen hatte, wurde seine Residenz in ein Freudenhaus verwandelt. Er hat seine Nutten mit goldenen Kelchen und Altargold bezahlt. Für die Teilnahme an den Orgien erhielt man Bischofsweihen, zehnjährige

Knaben wurden in dieses Amt erhoben! Im Vergleich zu ihm sind wir Unschuldslämmer. Unsere Treffen hatten einen anderen Anlass. Ich habe alle Teilnehmer sorgfältig ausgewählt, auch den Ort.«

Werens wollte etwas sagen, doch Montalto schnitt ihm mit einer herrischen Geste das Wort ab.

»Nach dem Krieg bin ich als sehr junger Offizier nach Niederschlesien gekommen. Für mich hätte es nicht besser laufen können. Man teilte mich einem Suchtrupp zu, der Wertsachen und Kunstschätze aufspüren sollte, die die Deutschen versteckt hatten – das Vermögen aus den Depots niederschlesischer Banken, Schmuck und Wertsachen von Privatleuten, die Warenbestände von Juweliergeschäften und auch Kunstwerke. Während meine Kollegen Gold suchten, widmete ich mich der Kunst. 1953 verhafteten wir ein Mitglied des Werwolf-Verbands, einer geheimen faschistischen paramilitärischen Organisation. Der Mann gab im Verhör Einiges preis. Im Dorf Cieplice fanden wir in einer Villa und in einer Bibliothek die Sammlungen der Wawel-Kathedrale, der Königschlösser in Wilanow und Lazienki, des Nationalmuseums und des Czartoryski-Museums sowie eine Kiste mit der Privatsammlung eines deutschen Aristokraten und Sammlers. Und ich habe dort etwas gefunden, dessen Wert für mich persönlich den Wert der übrigen Funde ums Hundertfache überstieg.«

»Was könnte das gewesen sein?«, warf Werens sarkastisch ein.

»Zufällig fiel mir eine uralte Ausgabe der Vulgata in die Hände. Die älteste Kopie überhaupt, die von niemandem sonst als Hieronymus von Stridon geschrieben wurde! Sie gehört jetzt mir. Am faszinierendsten sind die Texte, die ganz hinten stehen.«

»Die Apokryphen!«, rief Werens und erntete einen anerkennenden Blick von Montalto.

»Das war der unmittelbare Auslöser meiner Faszination für das Böse. Die interessantesten Überlegungen zum Problem des Guten und des Bösen habe ich in den Schriften der Kainiten gefunden. Ihre Vorstellung ist entzückend: Die Guten dienen im Grunde dem Bösen. Eine Umkehrung der Begriffe. Die Kainiten haben das Judasevangelium geschaffen, das erst vor Kurzem wiederentdeckt wurde. Jahwe ist der böse Saklas oder – anders gesagt – der Satan, der die Menschen betrogen hat. Sein Gegner ist Kain, der im Alten Testament verurteilt wurde. Er war im Grunde genommen der Einzige, der Saklas Widerstand geleistet hatte.

Zuerst habe ich die geheimen Schriften jahrelang im Verborgenen studiert. Ich habe mich mit den alten Sprachen beschäftigt. Erst später hatte ich die Idee, meine Überlegungen zu teilen. Ich habe eine geheime Bruderschaft gegründet. Danach musste ich nur noch einige einflussreiche Personen für mich gewinnen und den richtigen Ort finden. Wie du siehst, habe ich damit Erfolg gehabt.«

»Du lügst, General. Wozu die Geheimniskrämerei, wenn es nur um Gedankenaustausch ging?«

»Du gehst den Sachen auf den Grund, und das mag ich, selbst wenn ich dich dafür umbringen muss. Na gut, wenn du so willst: Gefällt dir die politische Ordnung, in der wir leben?«

»Ich kenne schlimmere.«

»Quatsch. In den Siebzigerjahren ist es uns ähnlich ergangen wie jetzt. Schwache Menschen haben uns regiert.«

»Ihr wolltet die Regierung stürzen.«

»Freiwillig hätten sie ihre Macht nicht abgegeben. Wir haben uns für die uralte und bewährte Methode des Attentats entschieden. Es sollte aus organisatorischen Gründen in der Provinz stattfinden und so spektakulär sein, dass das ganze Volk davon erfährt.«

»Und Korbiel war der Attentäter?«

»Korbiel war dumm. Die Bombe ist zu früh hochgegangen und hat Kinder getötet.«

»Offiziell hieß es lediglich, die Veranstaltung sei wegen schlechten Wetters abgebrochen worden.«

»Einen Tag später mussten wir unsere Gruppe auflösen. Alle haben geschworen zu schweigen. Wir hatten im Schloss Fotos von unseren Zusammenkünften mit den Kindern gemacht. Als Versicherungspolice. Sie war sehr wirksam.«

»Korbiel ist im Gefängnis gelandet und die toten Kinder haben ihm keine Ruhe gelassen. Er wurde religiös und beschloss, die Verschwörer für ihre Verstöße gegen die Zehn Gebote zu bestrafen. Nach seiner Freilassung wollte er euch alle nacheinander umbringen, und zwar auf eine raffinierte Art und Weise. Ihr solltet alle sterben wie alte Märtyrer.«

»Das ist ihm ja glücklicherweise nicht gelungen.«

»Warum hast du ihn nicht im Gefängnis umbringen lassen?«

Der General schwieg.

Werens schmunzelte. Die Antwort war auf einmal sonnenklar.

»Korbiel war dein Sohn. Ich war in der Kirche von Drogosze und habe seine Taufurkunde gefunden. Eine der ledigen Frauen hat dich als Vater eintragen lassen: Szubert. Damals hat mir der Name nichts gesagt. Du hast deinen eigenen Sohn umbringen lassen, General Szubert. Oder hast du es selbst getan?«

»Mein Sohn war ein Idiot. Deswegen ist er gestorben. Du hast deine Mutter und deinen Bruder umgebracht. Wer von uns beiden ist schlimmer? Ich habe in Notwehr gehandelt. Er hat nach mir gesucht, um mich umzubringen.«

Werens sagte nichts mehr. Der Vorwurf, seine Mutter und seinen Bruder ermordet zu haben, traf ihn hart. Er hatte wieder das Gefühl zu ertrinken. Er musste sich zusammenreißen. Er fragte nach Biernat. Montalto winkte ab.

»Biernat war ein miserabler Arzt. Aber im Gefängnis hat er den Jungen geschützt. Im Nachhinein wohl ein Fehler.«

»Biernat hat die Drogen für eure Orgien besorgt.«

Montalto applaudierte höhnisch.

»Und wozu habt ihr den Staatsanwalt gebraucht?«

»Er hatte Einsicht in Akten, die für uns wichtig waren.«

»Das Gericht ist im Januar '76 abgebrannt.«

»Das war die einzige Lösung.«

»Und dieser Polizist, Gesler?«

»Raimund war weder an Ruhm noch am Geld interessiert. Als mein bewaffneter Arm setzte er Leute unter Druck, notfalls mit Folter. Er war ein echter Sadist. So einen habe ich gebraucht. Skrupellos. Unauffällig. Korbiel hat von ihm gelernt. Es ist schon skurril, dass Gesler von seinem ehemaligen Lehrling getötet wurde.«

»Und wie hat der Leiter vom Kinderheim euch dabei geholfen, die Regierung zu stürzen?«

»Der Kerl hatte gute Nerven. Es gab Gerüchte wegen der Kinder, Verdachtsmomente. Eine der Gören hatte sich bei einem Erzieher beschwert. Er hat das alles sehr gekonnt vertuscht. Der allzu neugierige Erzieher wurde mit einer Gehaltserhöhung versetzt. Und die Göre hat man zu Biernat in Behandlung geschickt. Er hat ihr Psilocybin verabreicht. Das hat er mit diesen Bälgern immer so gemacht. Fünf, sechs Stunden hat es gewirkt, musste auch nicht gespritzt werden. Es ist wasserlöslich. Dem Mädchen hat er wohl etwas zuviel davon gegeben. Sie hatte danach dauerhafte Wahrnehmungsstörungen. Wer hätte da an ihre Märchen von nackten Männern geglaubt?«

»Aber die Kinder wurden doch vergewaltigt! Es gab Spuren!«

»Heutzutage treiben es doch bereits Vierzehn-, Fünfzehnjährige miteinander. Noch dazu, wenn sie so eng zusammenleben wie in einem Kinderheim. Bei wem hätten sie sich denn beschweren sollen? Worüber? Sie konnten sich an fast nichts erinnern.«

»Ihr Schweine!«

»Nach unserer Auffassung war es umgekehrt. Denk dran, Sodom

und Gomorrha waren unsere Vorbilder.«

»Das ist doch Wahnsinn!«

»Genug jetzt. Bald wirst du in der Bauda ertrinken. Keine Sorge, ehe du ins Wasser steigst, werden dir meine Männer ein Mittel verabreichen. Es wirkt eine knappe Stunde – nach sechs Stunden kann es im Blut nicht mehr nachgewiesen werden. Du wirst es mit dem Schnaps zusammen schlucken. Du trinkst doch gerne.«

Werens zerrte erneut an den Fesseln. Er fühlte, wie ihm das Blut über die Handgelenke rann.

»Ein Unglücksfall. Alkohol gemischt mit Panik. Und hinterher kümmern wir uns um die Tierärztin und die Psychologin. Weißt du, dass Ewa Szulc nach dem Mörder ihres Vaters sucht? Er wurde im Innenhof des Gefängnisses von Barczewo tot aufgefunden.«

»Der Ärmste ist aus dem Fenster gefallen«, mischte sich Klaman ein. »Zuvor wurde er von unbekannten Tätern schwer misshandelt.« Klaman stand hinter Werens und trat ihm nun mit Wucht in den Rücken. Werens stöhnte.

»Wann war das doch gleich, Klaman?«

»'78, wenn ich mich nicht irre, Herr General. Ja, im Februar.«

»Der liebe Gesler hat ihn am Revers gepackt und – zack – war er draußen!«

»Der Papi von Frau Doktor war der Chef des jungen Biernat«, erklärte Klaman. »Er hatte bemerkt, dass Medikamente im Arzneischrank fehlten und hat angefangen zu schnüffeln.«

»Das ist jetzt Nebensache«, fiel ihm Szubert ins Wort. »Zurück zu den Damen. Sie sollen sterben wie Perpetua und Felicitas, zwei Märtyrerinnen aus dem zweiten Jahrhundert. Zwei in einem, wie der Geist der Zeiten es verlangt. Dein alter Onkel wird die Parallelen schon entdecken. Er wird ein paar Wochen länger leben als ihr. Um – wie man so schön sagt – Zeugnis abzulegen. Nur wird ihm leider keiner diese Geschichten mit den *Acta martyrum* glauben.

Das wird für mich die Krönung der Geschichte. Einer berichtet die Wahrheit und keiner glaubt ihm. Nun, für mich ist es Zeit. Mit großem Bedauern muss ich das Land, diesen schönen Ort und meine geliebten Maulbeerbäume verlassen.«

»Man wird dich finden, du Mörder! Irgendwann!«

»In meinem Alter gleicht das einer ganzen Ewigkeit. Adieu!« Der General gab Klaman die Spritze und verließ den Raum.

Kurz darauf hörten sie das Geräusch des Anlassers. Danach war es still. Sie blieben zu dritt zurück: Werens, Klaman und der Dritte. Im Kopf des Journalisten herrschte gähnende Leere. Klaman hielt die Spritze mit der dunklen Flüssigkeit prüfend hoch, ging dann zum Tisch und legte sie dort ab. Gleich würde Werens die Spritze in seinem Arm spüren und bewusstlos werden, ohne je wieder zu erwachen. Die beiden würden seinen Magen mit Schnaps vollpumpen und ihn in den Fluss werfen. Die Strömung würde ihn bis in die Danziger Bucht treiben. Niemand würde in der Lage sein, festzustellen, wo er ertrunken war. Falls man ihn überhaupt je fand. Bis dahin wäre sein Körper aufgebläht und verfärbt. Niemand würde die kleinen Einstichstelle am Arm entdecken.

Doch zunächst verließ Klaman mit einem ironischen Lächeln den Raum. Werens hatte also noch eine Galgenfrist.

Der Mann, der sich bisher im Hintergrund gehalten hatte, war mit einem Satz bei Werens. Er legte ihm den Finger auf den Mund und löste die Fesseln an Werens' Handgelenken.

»Schnell«, zischte er und zeigte auf die Ausgangstür. Werens massierte seine steifen Handgelenke und richtete sich langsam auf. Er taumelte und blickte zu seinem Retter. »Wer sind Sie?«

»Ich heiße Wilk und bin Polizeioffizier. Seit einigen Monaten arbeite ich an diesem Fall. Für weitere Erklärungen ist später Zeit.«

Werens nahm die Spritze vom Tisch und schmetterte sie gegen die Wand. Dann verließen die beiden im Laufschritt den Raum. Draußen deutete Wilk auf den Geländewagen. Sie sprangen hinein. Ehe die Türen zufielen, hatte Wilk schon den Motor angelassen und fuhr mit aufheulendem Motor los.

Den Wagen des Onkels ließen sie am anderen Flussufer stehen und rasten in Wilks Wagen in Richtung Stadt. Werens massierte seine Handgelenke und feuchtete seine Finger mit Spucke an, um das Blut wegzuwischen. Als er sich wieder einigermaßen hergestellt fühlte, nahm er seinen Retter genauer unter die Lupe.

»Haben Sie mich in den letzten Tagen verfolgt?«

»Ich war Ihr Schutzengel – das ist ein Unterschied.«

»Und Klaman?«

»Wir wissen schon länger, dass er auf der Gehaltsliste des Generals steht.«

»Warum habt ihr ihn nicht verhaftet? Warum habt ihr sie nicht beide verhaftet?«

Wilk lächelte nur. Werens wurde ungeduldig.

»Und was ist mit den Kindern? Man muss die Männer bestrafen, sie sind immer noch auf freiem Fuß!«

»Diese Kinder sind heute erwachsen.«

»Und der Anschlag vom Herbst '78?«

»Es gab keinen Anschlag. Die Feier wurde wegen der Wetterverhältnisse abgeblasen.«

»Korbiel wurde doch gefasst! Es gab eine Gerichtsverhandlung, ein Urteil.«

»Korbiel ist tot. Wollen Sie ihn ein zweites Mal verurteilen?«

»Hinter allem stand doch der General!«

»Der General hat sich zu dieser Zeit nachweislich in Warschau aufgehalten. Es gibt niemanden, der bezeugen kann, was sich im Schloss abgespielt hat. Frau Molak kann nicht mehr aussagen.«

»Euch geht es gar nicht um die Toten.« Werens begann, den Sinn der jüngsten Ereignisse zu begreifen. »Euch geht es um etwas völlig anderes.«

Werens blickte über die Schulter. Die Straße war leer. Sie wurden nicht verfolgt.

»Der General besitzt eine Ausgabe der Vulgata, die einmalig ist«, sagte Wilk. »Hieronymus von Stridon fertigte zwei Versionen seiner Übersetzung an. In einer davon sind die Apokryphen enthalten. Eineinhalbtausend Jahre lang wussten nur wenigevon dieser Version. Hieronymus starb in Bethlehem. Über den weiteren Weg des Manuskripts ist nichts bekannt, bis es irgendwann in Berlin auftauchte. Ein hoher Offizier der Spionageabwehr kaufte es aus unbekannter Quelle. Gegen Ende des Krieges wurde das Manuskript in Niederschlesien vor den Russen versteckt. In einer Holzkiste, für die sich kein Mensch interessierte, auch nicht, als sie aus der Bibliothek der Grafen von Schaffgotsch verschwand. Es gab wichtigere Dinge: die Czartoryski-Sammlung aus Krakau, die Kostbarkeiten aus dem Schloss von Łazienki. Der damals noch junge Szubert bekam die Vulgata in die Hände. Er hat sie gut versteckt, keiner von uns hat bisher rausgekriegt, wo er das Buch aufbewahrt.«

»Hat er es hier versteckt?«

»So dumm ist Montalto nicht. Er hat Unterstützer. Die meisten davon sind uns bekannt. Sie haben Angst vor ihm oder werden erpresst. Neulich habe ich einen von den Typen im Fernsehen gesehen. Er spielte sich als Gewissen der Nation auf.«

»Warum unternehmt ihr nichts gegen sie?«

»Dazu darf ich nichts sagen.«

»Aber der General ist doch auf der Flucht.«

»Eben. Und er hat nicht vor zurückzukommen.«

»Er nimmt alles mit, was wertvoll ist.« Langsam verstand Werens, was gespielt wurde.

»In diesem Moment ist er auf dem Weg zu dem Manuskript.« Wilk hatte den vollen Durchblick. Der Mann konnte unmöglich ein gewöhnlicher Polizist sein.

»Warum verfolgen wir ihn dann nicht?«

»Wir behalten ihn im Blick. Außerdem steht er unter Druck und lässt alle Vorsichtsmaßnahmen außer Acht.«

Wilk war ein hervorragender Autofahrer. Die Strecke zwischen der Villa des Generals und der Stadt legten sie in einer Stunde zurück. Vergebens versuchte Werens während der Fahrt, Hanna zu erreichen. Und Ewa Szulc ging auch nicht ans Telefon. Werens bat Wilk, ihn in die Falata-Straße zu bringen. Vor dem Haus des Onkels verabschiedeten sich die beiden Männer.

Werens hatte nicht vor, tatenlos abzuwarten, was als Nächstes geschehen würde. Er rannte ins Haus, wo er im Wohnzimmer mit der aufgelösten Eliza zusammenstieß. Er murmelte eine Entschuldigung und lief weiter ins Arbeitszimmer seines Onkels.

»Onkel Mariusz! Wir müssen Hanna und Ewa helfen. Du weißt schon, der jungen Tierärztin und der Gefängnispsychologin. Ich bin mir sicher, dass der General sie entführt hat.«

Werens dirigierte den Onkel in den Garten. Er war überzeugt, dass das Haus abgehört wurde. Dass Montalto auf der Flucht war, musste längst nicht heißen, dass auch seine Leute ihre kriminellen Pläne aufgegeben hatten.

Im Garten erstattete er seinem Onkel einen hastigen Bericht über die Ereignisse der letzten Stunden. Er ließ nichts aus. Als er fertig war, wartete er ungeduldig auf die Reaktion des Onkels. Im besten Fall erhoffte er sich eine Idee. Es blieb nicht mehr viel Zeit. Eigentlich gar keine. Werens dachte fieberhaft nach. Szubert hatte von Perpetua und Felicitas gesprochen. Er wiederholte für den Onkel, was der General gesagt hatte. Der Onkel runzelte die Stirn, dann machte er auf dem Absatz kehrt und verschwand im Haus. Mit einem dicken Band unter dem Arm kam er wieder zurück. Er musste eine Weile blättern, bis er den gesuchten Abschnitt fand. Seine Miene hellte sich auf. Er führte den Zeigefinger über die Zeilen und las laut vor.

»Im Jahr 203, zu Herrschaftszeiten von Septimius Severus, wurden fünf Menschen in der Nähe von Karthago verhaftet. Alle waren Katechumenen, zu ihnen gehörte auch eine Frau, die sich Perpetua nannte. Sie war die Tochter einer Christin und eines Heiden und stammte aus einem wohlhabenden Haus. Sie war verheiratet und hatte ein Kind.«

»Wie Hanna«, sagte Werens.

»Im Gefängnis begegnete sie der schwangeren Felicitas.«

»Ewa Szulc. Sie ist schwanger und arbeitet im Gefängnis.«

»Nach der Festnahme ließen sich die gefangenen Katechumenen taufen«, las der Onkel weiter. »Als sie sich weigerten, ihrem Glauben abzuschwören, wurden sie zum Tode verurteilt.«

»Ich weiß, wo sie sind! Wir müssen uns beeilen!«

Vor dem Haus fiel Werens ein, dass sie kein Auto hatten. Nervös schaute er sich in der ruhigen Straße um. Vor dem Nachbarhaus hielt gerade ein Wagen und ein junger Mann stieg aus. Am Gartenzaun lehnte ein Mädchen, das ihn lächelnd erwartete. Mit einem Satz war Werens bei dem Jungen und riss ihm den Autoschlüssel aus der Hand. Werens und der Onkel sprangen gleichzeitig in den nagelneuen, metallic-grauen Citroën. Mit quietschenden Reifen fuhren sie los. Der Onkel schüttelte missbilligend den Kopf und hob die Augen zum Himmel, als wollte er Gott um Vergebung bitten. Währenddessen trat Werens das Gaspedal durch. Ohne Rücksicht auf Geschwindigkeitsbeschränkungen oder rote Ampeln rasten sie in einer Viertelstunde zum Gefängnis. Unterwegs erzählte der Onkel noch mehr von der Märtyrergeschichte.

»Im Gefängnis hatte Perpetua Visionen. Sie kletterte auf eine

Leiter, unter der ein Drache lag. Die Leiter steht bildhaft für den Märtyrertod. Oben gab es einen Garten, in dem ein alter Mann Schafe molk und jeden Ankömmling mit einem Stück Käse beschenkte. In der zweiten Vision sah sie ihren Bruder, der als Kind gestorben war. Er versuchte, Wasser aus einem Becken zu trinken, dessen Rand er nicht erreichen konnte. Und in der letzten Vision kämpfte sie in einer Arena mit dem Satan in Gestalt eines hässlichen Ägypters. Nachdem sie ihn besiegt hatte, erhielt sie als Preis einen Zweig mit goldenen Äpfeln.«

»Wie sind die Frauen ums Leben gekommen, Onkel Mariusz? Wer hat das Urteil vollstreckt?«

»Sie wurden wilden Tieren zum Fraß vorgeworfen. Aber die ausgehungerten Bestien griffen die Heiligen nicht an. Dann wurden Gladiatoren in die Arena geschickt, die alles, was lebte, mit ihren Schwertern erstachen.«

Sie klingelten am Gefängnistor und liefen unruhig auf und ab. Werens hatte das ungute Gefühl, etwas übersehen zu haben. Endlich ging das Tor auf und Werens erkannte seinen alten Bekannten. Der Wärter Jan schaute ihnen mürrisch entgegen.

»Haben Sie Ewa gesehen? Die Psychologin?«, fragte Werens.

Der Wärter schien ihn wiederzuerkennen und lächelte sogar ein wenig. »Nein. Ich habe seit vier Stunden Dienst. In der Zeit habe ich sie nicht gesehen.«

»Wer hatte vor Ihnen Dienst? Können wir den fragen?«

»Er schläft jetzt vermutlich.«

»Es ist dringend! Ewa schwebt in Lebensgefahr!«

Einen kurzen Moment zögerte Jan, dann holte er sein Handy heraus und wählte. Sein Gesprächspartner schien nicht erfreut über diesen Anruf, es folgten lange Erklärungen und Entschuldigungen. Dann war das Gespräch beendet.

»Während seiner Schicht waren keine Besucher hier. Auch die

Psychologin nicht. Das ist sicher.«

»Könnte jemand ins Gefängnis gelangen, ohne dass Sie oder Ihr Kollege es bemerken?«

Jan zuckte die Schultern.

»Das ist ein sehr altes Gebäude. Früher war es ein Kloster, zu dem große Ländereien gehörten. Über die Jahre schenkten die Bischöfe den Ordensbrüdern auch Ackerflächen außerhalb der Stadtmauer, am anderen Kanalufer. Alles, was östlich der Stadt lag.«

»Ein Kanal?« Werens schrie fast. Wasser! Sie waren auf der richtigen Spur. Jan sprach ungerührt weiter.

»Um 1800 begann man im Klostergarten mit dem Bau eines mehrstöckigen Gebäudes, ein gewaltiges Bauwerk. Allein die Grundmauern waren einen Meter dick. Im vorderen Gebäude lagen die großen Zellen, die kleineren Einzelzellen befanden sich im mittleren Flügel, der vier Stockwerke hoch war. Dort sperrte man ungehorsame Klosterbrüder ein. Dreißig Jahre später beschlossen die preußischen Behörden, das Kloster dichtzumachen.«

»Und das Gefängnis?«, fragte Werens.

»Nach der Säkularisierung wurde hier ein Gefängnis eingerichtet, die offizielle Einweihung erfolgte 1832. Drei Jahre später wurde eine Trennmauer aus Ziegelsteinen errichtet, um das Hauptgebäude von der Abteilung 14 zu trennen.«

»Das Gelände der heutigen Justizvollzugsanstalt unterscheidet sich also von dem ursprünglichen! Man muss also nicht durch die Mauer durch, um auf das ursprüngliche Gelände zu gelangen. Haben, historisch betrachtet, auch die umliegenden Gebiete zum Kloster gehört, das dem Gefängnis einverleibt wurde?«

»So ist es.« Der Wachmann lächelte breit. Es freute ihn, dass er Werens ganz offensichtlich beeindruckt hatte.

»Manche Gebäude gibt es also nicht mehr?«, fragte der Onkel.

»Vieles wurde zerstört. Und der Teich zum Beispiel ...«

»Welcher Teich?«

»Die Mönche hatten am Kloster einen Teich angelegt, indem sie einen Seitenarm der Pisa stauten. Früher hieß er *Mühlenteich*.«

»Gibt es den immer noch?«

»Ja, nur ist er heute öffentlich zugänglich und dient als Erholungsgebiet.« Jan zeigte in die Richtung.

Werens und sein Onkel ließen den Wärter stehen und rannten los. Wenige Minuten später erreichten sie das Ufer. Mittlerweile war es Abend geworden und der große Teich lag still vor ihnen. Wenn der General sich präzise an die Beschreibungen in den *Acta martyrum* hielt, müssten Hanna und Ewa von der Hand der Gladiatoren sterben, und zuvor hätten hier wilde Tiere auftreten müssen. Gladiatoren? Hungrige Löwen? Werens war ratlos. Dennoch: Das hier musste der richtige Ort sein.

Fragend sah er zum Onkel, der nur langsam wieder zu Atem kam. »Wir müssen die Visionen mit einbeziehen«, sagte er keuchend.

»Die erste Vision ist unsinnig. Mit einer Leiter kommt man nicht in dieses Gefängnis.«

»Vielleicht aus dem Gefängnis?«

Werens schüttelte den Kopf. »Hanna und Ewa haben das Gefängnis nicht betreten. Der Wärter war sich sicher.«

»In der zweiten Vision sah sie ihren früh gestorbenen Bruder, der versuchte, Wasser aus einem Becken zu trinken. Aber der Rand war zu hoch. Der Teich ist da. Aber wer oder wo ist der Bruder?«

»Oh, Gott«, rief Werens aus. »Dieses Spiel ist viel durchtriebener als ich dachte. Dieser Bruder bin ich. Und der Plan geht nur auf, wenn ich hier bin!«

Der Onkel starrte ihn ratlos an. »Wovon sprichst du?«

»Über Wilk, meinen angeblichen Retter! Sie haben mich reingelegt! Alle drei! Szubert, Klaman und mein rettender Engel Wilk.

Der General hat seine alten und toten Handlanger – Gesler, Markowski und Biernat – lediglich gegen neue ausgetauscht, die noch schlauer, gerissener und rücksichtsloser sind. Klaman und Wilk.«

Werens blickte sich lediglich um. Nicht nur Hanna und Ewa waren in Gefahr.

Plötzlich legte sich der Onkel am Teichufer ins Gras, als seien sie am Strand. Er verschränkte die Hände hinter dem Kopf und blickte zu den Sternen, die gerade aufgingen. Dann griff er in die Tasche und holte eine Packung Zigaretten hervor. Er entnahm ihr eine, zündete sie an und genoss den ersten, tiefen Zug. Eine Rauchwolke stieg hoch und löste sich in der Dämmerung auf.

»Onkel Mariusz? Bist du wahnsinnig geworden?«

»Warum?«

»Irgendwo in der Nähe verstecken sich diese Verbrecher und du liegst einfach da und rauchst!«

»Was soll ich deiner Meinung nach sonst tun?«

»Denk nach.«

»Das lohnt sich nicht.«

Werens verschlug es die Sprache.

»Wie spät ist es?«, fragte der Onkel.

»Bald zehn.«

»Dann haben wir einige Stunden Ruhe. Perpetua und Felicitas sind erst in der Morgendämmerung gestorben.«

22. August 2004, Sonntag

Gegen Morgen hing dichter Nebel über dem Teich. Werens hatte sich noch vor Mitternacht neben seinen Onkel in das feuchte Gras gelegt und mit ihm gemeinsam in den Himmel geschaut. Die

Zigarettenschachtel war fast leer, als er das Schweigen brach.

»Was hat Eliza eigentlich gegen mich?«

»Ich habe nicht den Eindruck, dass sie dich nicht mag.«

»Ist es, weil ich euer Leben durcheinandergebracht habe?«

»Es waren schwere Zeiten für sie, als wir uns kennenlernten. Ich hatte gerade eine kleine Gemeinde übernommen. Und sie hatte kurz zuvor Kind und Mann verloren und gab sich die Schuld dafür. Sie wollte sich das Leben nehmen. Ich bot ihr einen Job an. Mit der Zeit haben wir uns ineinander verliebt. Nach einer Weile konnte ich nicht länger mit der Lüge leben und musste mich entscheiden.«

»Warum wollte Eliza sich das Leben nehmen?«

»Es gab ein Feuer in ihrem Haus. Darin ist ihre Familie umgekommen. Eliza ist nur am Leben geblieben, weil sie Nachtschicht in der Fabrik hatte.«

»Aber sie konnte doch nichts dafür.«

»Hättest du es damals gekonnt? Ihr habt mehr gemeinsam als du denkst. Sie hat sich nach dem Tod gesehnt, und du bist aus der Stadt geflohen.«

»Das kann man nicht vergleichen. Ich war damals dabei. Ich habe gesehen, wie sie ertranken und habe ihnen nicht geholfen.«

»Du warst noch ein Kind.«

»Mein Vater ist anderer Meinung.«

»Hat er das gesagt?«

»Du hättest sehen sollen, wie er mich danach angesehen hat.«

»Es war eine große Tragödie für uns alle.«

Allmählich kroch ihnen die Kälte in die Glieder. Sie standen auf und bewegten sich, um warm zu werden. Das Gespräch mit dem Onkel hatte Werens die Angst vor dem, was ihn erwartete, genommen. Seine einzige Sorge galt den beiden Frauen. Er wusste nicht, was die Leute des Generals im Schilde führten und konnte keine

Vorkehrungen treffen. Er sah auf die Uhr – es war bald vier Uhr. In den *Acta martyrum* war von der Morgendämmerung die Rede. Sie zogen sich hinter eine Hecke zurück, auch wenn das wenig nützen würde. Von ihrem Versteck aus würden sie die Frauen nicht retten können. Möglicherweise wurden sie auch schon beobachtet. Sie hatten Werens dazu auserkoren, zum Augenzeugen des Mordes an den beiden Frauen zu werden. Seine Aufgabe bestand darin, ein Zeugnis über dieses Verbrechen abzulegen.

»Onkel Mariusz, erinnerst du dich noch an unser Gespräch am ersten Abend? Da hast du mir von dem verhängnisvollen Dreizehnten erzählt. Von dem Großmeister der Tempelritter, Jacques de Molay, den man an einem Dreizehnten ermordet hatte. Und dass es gar nicht der Dreizehnte, sondern der Zweiundzwanzigste gewesen war, weil man den julianischen Kalender durch den gregorianischen ersetzt hat?«

»Ja und?«

»Heute ist der 22. August.«

»Das ist doch nur eine Geschichte.«

»Ich habe das Gefühl, dass wir seit ein paar Tagen auf Schritt und Tritt von Geschichten verfolgt werden.«

»Alles wird wieder gut.«

»Woher willst du das wissen?«

»Vertrau mir.«

Der Onkel murmelte etwas von schwacher Blase und verschwand hinter einer kleinen Baumgruppe. Plötzlich hörte Werens ein leises Plätschern, das von einer kleinen Brücke zu ihm herüberdrang. Als würde jemand vorsichtig rudern. Werens kniff die Augen zusammen und versuchte, den dichten Nebel zu durchdringen. Endlich erkannte er einen länglichen Schatten. Der dunkle Fleck dehnte sich aus und wurde immer größer, bis er endlich die Gestalt eines Menschen, annahm. Hanna und Ewa standen geknebelt und Rücken an Rücken aneinandergebunden in einem Boot. Der Anblick war unheimlich – als ob ein zweiköpfiger Mensch mit vier kurzen Armen, die am Körper anlagen, über das Wasser schweben würde. Das Boot driftete langsam zur Mitte des Teiches. Die Strömung trieb es weiter zu der Stelle, wo der gestaute Fluss den Teich wieder verließ. Dort befand sich ein Wehr, und Werens begriff nun, was passieren würde: Wenn das Boot das Wehr erreichte, würde das Boot kippen. Die Frauen würden ins Wasser fallen. Gefesselt konnten sie nicht schwimmen und würden ertrinken. Wie gelähmt starrte er auf das Boot.

Hilfesuchend sah er sich nach seinem Onkel um, doch der schien spurlos verschwunden zu sein. Werens war auf sich gestellt. Nur noch wenige Meter trennten das Boot von dem Wasserfall. Die beiden Frauen rissen panisch an ihren Fesseln. Werens erinnerte sich an den Text der alten Aufzeichnungen. In der zweiten Vision war der Rand des Beckens zu hoch für den Bruder. Der Bruder, das war er. Das Wasserbecken war der Teich. Der Durst, den er nicht zu stillen vermochte, war die Rettung der beiden Frauen.

Er konnte nicht ins Wasser gehen. Um nichts in der Welt. Schon einmal war er ins Wasser gefallen. Er hatte seinen Bruder angeschrien, mit dem Schaukeln aufzuhören. Der wollte aber nicht hören. Dann das Entsetzen in den Augen seiner Mutter. Vater, der am Ufer herumlief und laut schrie. Das Wasser in seinem Mund. Neben ihm tauchte seine Mutter auf. Ihre langen, dicken Haare zogen sie nach unten. Um diese Haare krampfte sich die Hand seines kleinen Bruders. *Das war doch nur Spaß*, schien das Gesicht des Bruders zu sagen. Im nächsten Moment ging er unter. Die Mutter hielt sich etwas länger über Wasser. Dann knallte ihr eins der Ruder gegen die Schläfe. Sie sank mit offenen Augen und Werens wollte ihr folgen. Aber da packte ihn die starke Hand seines Vaters am Hemd und er wurde nach oben gezogen. Vater legte ihn sich über die Schulter und schwamm zum Ufer. Er sah noch, wie sein Vater ins Wasser zurücklief und zu der Stelle schwamm, an der das Boot gesunken war. Er blieb lange unter Wasser, sehr lange. Dann tauchte sein Kopf wieder auf und er schrie. Der Schrei trug weit übers Wasser, und verhallte im Wald und auf den Feldern.

Werens kam wieder zu sich. Die Frauen hatten das Wehr erreicht, das Boot schlingerte und kippte. Ewa und Hanna verloren das Gleichgewicht und fielen ins Wasser. Ihre Köpfe tauchten unter. Werens war der Bruder am Beckenrand, der das Wasser nicht erreichen konnte.

Mit einem lauten Schrei stürzte er sich ins dunkle Wasser. Es drang ihm in den Mund. Er riss sich zusammen, konzentrierte sich darauf, Hannas und Ewas Gesichter heraufzubeschwören. Er ruderte mit den Armen und Beinen und hatte schnell das gekenterte Boot erreicht. Mit letzter Willensanstrengung tauchte er darunter. Die Frauen lebten noch. Sie strampelten, behinderten sich gegenseitig in ihrem Überlebenskampf. Werens umfasste ihre Taillen und zog sie mit sich unter dem Boot hervor und an die Oberfläche. Endlich erkannten sie ihn und hörten auf sich zu wehren. Mühsam arbeitete er sich mit seiner Last zum Ufer vor. Die Böschung war nicht steil, sodass er die beiden Frauen leicht auf die Wiese ziehen konnte. Dort ließ er sich neben sie ins Gras fallen. Eine ganze Weile lagen sie keuchend nebeneinander, unfähig zu sprechen.

Als sein Atem sich etwas beruhigt hatte, befreite er die Frauen mit zitternden Fingern von den Knebeln und löste die steife und glitschige Schnur von ihren Hand- und Fußgelenken. Hanna und Ewa umarmten sich und fielen dann Werens um den Hals. Sie weinten vor Glück.

Doch Werens konnte sich noch nicht freuen. Der General würde sie nicht einfach so gehen lassen! Er hatte recht. Hinter der Mauer tauchten Wilk und Klaman auf. Werens konnte im Gegenlicht ihren Gesichtsausdruck nicht erkennen, aber er sah, dass sie fast gleichzeitig in die Taschen ihrer Jacken griffen. Werens warf sich über die beiden Frauen, mehr konnte er in diesem Moment nicht tun.

Plötzlich ertönte eine Polizeisirene. Dann noch eine. Aus zwei Richtungen rasten Streifenwagen heran und schnitten Wilk und Klaman den Fluchtweg ab. Diese richteten ihre Waffen ohne zu zögern gegen die Polizisten. Es folgte ein Schusswechsel, bei dem Klaman und Wilk sich ans Ufer zurückzogen. Schließlich sprangen sie in den Fluss. Verzweifelt versuchten sie, das gegenüberliegende Ufer zu erreichen. Wilk wurde an der Schulter getroffen. Er kroch jammernd die flache Uferböschung hoch, wo er von Polizisten in Empfang genommen wurde, die eben aus einem dritten Streifenwagen stiegen. Klaman hatte nicht vor, sich zu ergeben. Er ließ sich flussabwärts treiben. Die Strömung wurde immer stärker. Klaman hatte eine schwere, steife Jacke an und seine Bewegungen wurden von Minute zu Minute schwächer. Plötzlich trieb die Strömung ihn zu einem abgestorbenen Baum, der aus dem Wasser ragte. Ein spitzer Ast riss ihm den Arm auf, er verlor Blut. Kurz darauf verfing er sich in einem anderen Ast. Trotzdem kämpfte er weiter. Er befreite sich und schwamm wieder. Die Strömung wurde reißend. Klaman bewegte sich auf die nächste Kaskade zu, die diesmal höher war. Ein Strudel riss ihn mit – sein Körper drehte sich im Kreis, tauchte immer wieder unter – dann erreichte er den nächsten Wasserfall. Er schrie auf, dann verschwand er in den Fluten.

Eine elegante Limousine tauchte in Świnoujście auf. Der Fahrer steuerte seinen Volvo direkt zum Fährhafen. Eine Weile kurvte er zwischen den großen Lager- und Umschlagplätzen herum. Überall standen LKWs und andere Fahrzeuge. Endlich fand er einen Parkplatz, verließ seinen Wagen und begab sich zur Fußgängerbrücke, die direkt auf die Verladerampe führte. Die *Pomerania* würde den Hafen gleich Richtung Kopenhagen verlassen. Das Gehen fiel dem Mann sichtlich schwer. Immer wieder blieb er stehen, schnappte nach Luft und sah sich nach allen Seiten um.

Kurz vor der Verladerampe traten zwei Männer in dunklen Anzügen auf ihn zu. Sie rissen ihm den eleganten Koffer aus der Hand und legten ihm Handschellen an. Andere Passagiere beobachteten verwundert, wie brutal sie mit dem sympathischen alten Herrn umsprangen. Einige verlangten nach Erklärungen, zogen ihre Handys aus der Tasche und drohten, die Polizei zu verständigen. Sie beruhigten sich erst, als einer der Männer seinen Dienstausweis vorzeigte und sie aufforderte weiterzugehen. Die Menschen nahmen ihre Koffer und zogen weiter. Bald erinnerte sich niemand mehr an den Vorfall.

Epilog

Eliza wuselte in der Küche herum. Immer wieder schaute sie im Wohnzimmer vorbei und summte leise eine Melodie. Ihr war eine wichtige neue Aufgabe zugefallen: Diese wog etwa zehn Kilo, war behaart, lag aufgeregt schnuppernd in einer Küchenecke und wedelte mit dem Schwanz. Eliza warf einen besorgten Blick auf den Hund. Sie kannte sich nicht gut aus. Was fraß wohl so ein Tier, insbesondere wenn es gerade aus der Tierklinik entlassen worden war? Der Hund schien ihre Zuwendung zu schätzen. Er blieb brav liegen und wartete geduldig auf eine Portion Rindfleisch.

Im Wohnzimmer hatten es sich Werens und sein Onkel gemütlich gemacht. Der Alte hielt ein Glas mit spanischem Rotwein in der Hand. Heute sogar mit Elizas Segen. Werens trank heißen Tee. Lächelnd sah er seinen Onkel an.

»Einen Moment lang habe ich an dir gezweifelt.«

»Die Familie lässt einen nie im Stich.« Der Onkel griff zu seinem Glas und nahm einen weiteren kleinen Schluck.

»Plötzlich warst du verschwunden.«

»Hast du gedacht, ich hätte Reißaus genommen?«

»Eigentlich ja.«

»Dein alter Onkel war nie ein Feigling.«

»Wieso hast du die Polizei angerufen, obwohl du nicht sicher sein konntest, ob die womöglich mit Wilk und Klaman unter einer Decke stecken?«

Der Onkel schmunzelte.

»Ich habe doch nur wegen eines Autodiebstahls angerufen.«

Werens ging ein Licht auf.

»Das Auto, das wir uns ausgeborgt hatten?«

»Ich habe die Polizei angerufen und gesagt, ich wüsste, wo der gestohlene Wagen steht.«

»Drei Streifenwagen wegen eines gestohlenen Autos?«

»Ich hatte nicht nur das gestohlene Auto gesehen, sondern ein paar verdächtige junge Männer mit glänzenden Gegenständen am Gürtel, die irgendwelche Geschäfte abwickelten. Sie haben mir geglaubt. Warum auch nicht? Der Eigentümer hatte den Diebstahl gemeldet. Das Kennzeichen stimmte. Man hat zwei Streifenwagen losgeschickt, der dritte kam hinzu, nachdem die ersten Schüsse gefallen waren.«

»Du hast uns das Leben gerettet!«

Der Onkel winkte ab.

»Das war nur ein Telefonanruf.«

»Ich denke, ich muss jetzt auch einen Anruf erledigen.«

Der Onkel nickte wissend.

Nach seinem Telefonat ging Werens in die Küche. Der Hund lag satt und zufrieden am Fenster. Eliza hatte offenbar seinen Geschmack getroffen.

»Na, komm!«, sagte er und klopfte sich ans Bein. Der Hund folgte ihm zur Tür. Vor dem Haus stand der rote Golf mit intakten Sitzen und Reifen. Das hatte er seinem Onkel zu verdanken. Nachdem sie in die Falata-Straße zurückgekehrt waren, war er nicht gleich schlafen gegangen, sondern hatte eine Werkstatt beauftragt, das Auto zu reparieren. Der Hund sprang auf die Rückbank. Werens schmunzelte. »Der Kreis schließt sich, mein Freund. Ich bin dir am Freitag, dem Dreizehnten, begegnet. Nun sitzen wir in diesem Auto und es ist wieder Freitag, das heißt eigentlich Sonntag, aber der Zweiundzwanzigste, der der Dreizehnte sein sollte. Oder auch nicht, es ist ziemlich kompliziert. Ich erkläre dir das ein andermal.«

Sie trafen Hanna in der Mickiewicza-Straße. Sie trug ein helles Kostüm, strahlte und sah einfach blendend aus. Werens sprang aus dem Auto, lief zu ihr hin, umarmte sie lange, und sie küssten sich.